**Esprit de Paix «Manahau»**

PIERRICK RENARD

# Esprit de Paix
# «Manahau»

© 2024 Pierre Renard
Édition : BoD – Books on Demand, info@bod.fr
Impression : BoD – Books on Demand, In de Tarpen 42, Norderstedt (Allemagne)
Impression à la demande

ISBN : 978-2-9552-5660-2
Dépôt légal : Janvier 2024

# Table des matières

Préambule :　9

Mercredi 7 septembre :　10

28 mai 1955 :　12

Septembre 1965 :　15

Juin 1974 :　22

Aéroport de Roissy Charles-de-Gaulle :　91

Pokhara gare routière :　102

Hôtel Adhémar Montelimar Vendredi 11 novembre 8h30 :　115

Samedi matin 12 novembre hôtel Adhémar 8 h 30 :　122

Dimanche 13 novembre hôtel Ibis Nantes 8 h 00 :　126

Mardi 15/11 Cabinet de gynécologie:　130

Espeluche (Drôme) Premier jour du reste de sa vie :　156

Mercredi 3 avril 1996 :　170

11 Septembre 2001 :　178

Djerba novembre 2022 :                      183

Bruxelles fin juillet 2023 :                 202

5 Février :                                  223

14 Février 2023 :                            225

Dimanche 12 mars :                           246

Lundi 27 mars :                              248

*Ceci est une fiction, donc tous les personnages ont été in-ventés ... ou pas*
*Ceci est une fiction, donc toutes les situations ont été in-ventées ...ou pas*
*Ceci est une fiction, donc tous les rêves se sont réalisés... ou pas !*
*Mais si ceci n'est pas une fiction, alors certains noms ont été modifiés ... ou pas !*

# Préambule :

Comme y'a eu Gainsbourg et Gainsbarre ...
Y'a le Renaud et le Renard ...
Le Renaud ne boit que de l'eau ...
Le Renard carbure au Ricard ...
Docteur Renaud ... mister Renard ... (Renaud SECHAN)

« Bonjour Pierre, est-ce qu'actuellement vous rêvez encore qu'elle revienne vers vous, est ce que tous les matins vous espérez sortir de ce cauchemar et vous réveiller à côté d'elle? »

C'est la première fois en plus de trente ans qu'il hésite à répondre !

La première idée qui lui traverse ce qu'il lui reste d'esprit c'est la même, celle de toujours, de tous les jours depuis ce jour, le vingt mars 1992 où il l'a vue :

« Oui bien sur j'ai envie qu'elle (re)vienne vers moi, j'ai envie qu'elle m'aime, qu'elle m'aime encore et toujours, j'ai besoin d'elle ...»

Mais est ce qu'il a vraiment besoin d'elle, est ce qu'elle est vraiment son oxygène comme il le pense depuis si long-temps ?

Bien sûr qu'il a besoin d'elle, mais elle, elle n'a plus besoin de lui et c'est bien là le problème. A quoi bon continuer à rêver, à espérer quand il sait au fond de lui que tout est fini, que sa vie n'a plus de sens, et qu'il en est seul responsable ?

# Mercredi 7 septembre :

Service de consultations externes de psychiatrie et d'addictologie de l'hôpital de Gwenn Ran : C'est la première entrevue avec ce médecin psychiatre de France.

Tout comme «Taote» Muriel, sa psy du « paradis », puisqu'il habite au paradis depuis vingt ans bien qu'il soit toujours vivant, c'est une jeune femme qui se trouve en face de lui et qui écoute un résumé attristant de sa vie récente.

Par contre il ne connaît pas son prénom, et il ne la tutoiera pas car ici nous sommes dans le monde « civilisé », il ne faut pas mélanger les « tu » et les « vous », il ne faut pas mettre les soignants et les soignés sur la même marche, l'ascenseur social ne les a sans doute pas déposés au même étage, il faut savoir rester à sa place (ou plutôt à celle que l'on vous a attribuée) !

Pourtant, il y a bien longtemps, quand lui était étudiant, un professeur le recevant le premier jour d'un stage en service de psychiatrie, lui avait dit :

> «Parfois, le plus difficile pour vous sera de différencier les malades des soignants, ici les malades ne se baladent pas avec un entonnoir sur la tête, en faisant la poule ou en se prenant pour l'empereur Napoléon, et les personnes que vous croiserez en blouse blanche, ne seront pas forcément saines d'esprit !»

Alors, voilà Docteur, moi Pierre je vais me mettre « à poil » devant vous sans me déshabiller, sans enlever le moindre vêtement, ce qui serait certainement plus facile malgré ma pudeur ridicule, non je vais parler de moi, de ma vie de mes problèmes, de MON problème.

Moi le taiseux je vais parler, je vais vous parler parce qu'on a décidé que c'était certainement bien pour moi.

Pourtant, habituellement, moi je ne suis pas celui qui parle, je suis celui qui écoute ! Que vous, qui avez à peine la moitié de mon âge, qui ne me connaissez pas, qui ne connaissez rien de ma vie de mon entourage, de mon passé, de mon présent et certainement de mon avenir (car je ne vois ni boule de cristal ni tripes de poulet sur votre bureau), il va falloir qu'après quarante-cinq minutes à m'entendre (m'écouter ?) égrener mes jérémiades, vous soyez en mesure de me connaître, d'apprécier mon état de santé mentale et de décider du dosage de petites pilules acceptable par mon organisme pour rester dans le monde des vivants bienheureux !

Je vous aime déjà bien Docteur, mais pour pouvoir engager un vrai travail de confiance ensemble, il faut que je vous appelle par votre prénom, et comme votre badge ne le mentionne pas, je vais de suite vous « baptiser », vous renommer.

A partir de ce jour, et pour moi et moi seul, vous devenez : « Lumière ».

C'est l'anagramme de Muriel avec une touche de féminité qui manque à votre uniforme hospitalier (contrairement à Muriel qui travaille « en civil »).

Bienvenue « Lumière », Maeva « Lumière » dans mon monde dans ma vie, dans ma tête, dans mon cœur, espérons que vous saurez éclairer cette année qui s'offre à nous, cette année où j'essayerai de ne pas rater les rendez vous mensuels que vous m'accorderez, cette année loin du paradis au cœur de la « civilisation »...

# 28 mai 1955 :

Tout commence un samedi en soirée, vers vingt-deux heures, déjà peut être l'envie de la fête, du weekend ...
C'est le mois de mai, « En mai fait ce qu'il te plait ! » ...
Né en mai , donc conçu en août, un enfant des congés payés, le front populaire, Jaurès, même si tout cela se passe après la deuxième guerre mondiale, au milieu des trente glorieuses et pas en 1936 !

> « C'est juste une histoire banale ...
> Une histoire ordinaire ...
> Un samedi soir sur la terre ! »
> (Françis CABREL)

Sa vie commence ce jour, mais il ne s'en souvient pas bien sûr, comme il ne se souvient pas non plus de ses premières années !
Il a lu que si l'on écoute les « Spécialistes » de la petite enfance, les premières années sont fondatrices de la personnalité de l'être en devenir ...
Alors peut être que tout vient de là, qu'il n'a pas de fondations, qu'il n'existe pas vraiment ? Les souvenirs, il en a bien sûr, mais est ce que ce sont ses propres souvenirs ou ceux qu'il a entendu raconter tellement de fois aux repas de famille et autres réunions ?

Est-ce qu'il les a vécus ou est-ce que son cerveau les a intégrés comme étant siens à force de répétition, comme «un bourrage de crâne » instillé insidieusement par son entourage au fil des anniversaires et autres Noëls ?

Ainsi, cette grave maladie dans les premiers mois de sa vie, répétée à chaque rencontre avec son parrain qui n'était pas peu fier de raconter avoir contribué au sauvetage de son filleul préféré qui passait son temps à hurler, boire et se vider alors qu'ils étaient en vacances en bord de mer. Hospitalisé en extrême urgence, diagnostiqué d'une «toxicose du nourrisson» encore sympathiquement appelée «choléra infantile», maladie dont le principal traitement en dehors des médicaments est d'éviter la déshydratation du bébé qui pourrait être fatale ou entraîner des lésions irréversibles, donc de le faire boire quasi continuellement !!!

Premiers pas vers une future addiction à la boisson ?

Pour lui, la première image, le premier souvenir précis, ce sera l'école: dernière année de maternelle, il a déjà cinq ans !

Comme il s'ennuie ferme alors « sa madame, madame Payot » lui apprend à lire, à écrire, à compter ... plutôt que de jouer et de profiter de ces instants qui auraient dû justement lui fabriquer des souvenirs !

C'est la fierté de la famille, surtout de sa maman:

*« Il n'a pas besoin de faire le cours préparatoire, il sait déjà lire et écrire. Il rentrera directement de la maternelle au cours élémentaire, à n'en pas douter il deviendra quelqu'un d'important !»*

Car pour le moment il n'est pas quelqu'un, il n'existe pas ?

Si, certainement, mais il ne s'en souvient pas , il ne saurait dire ce qu'il a vécu pendant ces cinq premières années d'existence, mille huit cent vingt-sept jours d'amnésie, de « non vie »! Environ quarante trois mille huit cent quarante-huit heures de brouillard, presque trois millions de battements de cœur pour qui pour quoi ?

Peut-on naître à cinq ans et mourir une première fois à dix ans, puis essayer de revivre, de survivre ?

Sa première « mort », contrairement à sa « naissance », il s'en souvient bien :

# Septembre 1965 :

C'est la rentrée scolaire, sa première rentrée dans la grande école, la grande ville, le collège et l'internat loin de chez lui, de sa famille, de ses copains. L'internat, avec les grands lui qui est encore si petit, il vient tout juste d'avoir dix ans, sa vie (sa vraie vie, celle dont il se souvient a vraiment débutée il y a environ mille cinq cent cinquante-trois jours, trente sept mille deux cent soixante-douze heures, presque deux millions trois cent milles battements de cœur seulement, et on l'arrache à cette vie qu'il commençait tout juste à se construire à ses premiers souvenirs si minces, si ténus, à ses premiers amis !

Mais c'est « pour son bien » qu'on lui impose cette épreuve, car même s'il y avait un collège dans son village où il aurait pu rester étudier, auprès de ses copains d'enfance et rentrer le soir à la maison, on, ou plutôt, elle a décidé que pour lui c'était une chance de partir ...

Car bien sûr, c'est elle qui décide de l'éducation des enfants, c'est une histoire de femmes ça, ça ne se discute même pas !

*« Pour devenir quelqu'un, mon fils tu dois profiter de cette chance que nous t'offrons, tu verras tu nous remercieras plus tard »*

Quitter sa famille, ses amis, son univers, quelle chance effectivement pour un petit bout de dix ans qui a déjà « effacé » de sa mémoire environ la moitié de sa courte existence, et qui ne comprend pas POURQUOI !

Donc, le premier jour du reste de sa vie commence loin

des siens, loin de tout ce qu'il connaît : un nouveau monde à découvrir, une jungle à tenter d'apprivoiser !

Ainsi donc, ce serait à cet instant que tout aurait basculé dans sa vie, que tout ce qui allait lui arriver de mal et de pire viendrait de cet « abandon », tout ce qu'il aura fait dans son existence c'était pour lutter contre l'abandon, pour un immense besoin d'amour, d'existence, de reconnaissance ?

Ainsi, c'est dans cette école, dans cet internat, que tout allait s'inscrire pour modifier insidieusement ce qu'il devait devenir en ce qu'il allait devenir !

C'est ici qu'il va tout découvrir le meilleur comme le pire, l'amitié à la vie à la mort comme la méchanceté, le sentiment amoureux comme la trahison, la découverte des interdits et des transgressions, la première fois qu'il côtoiera la mort avec le suicide, par pendaison, de son copain Yves qui lui non plus ne comprenait pas ce qu'il faisait là dans ce monde qui ne lui correspondait pas !

C'est ici qu'il fumera sa première cigarette, puis son premier «pétard», c'est ici qu'il boira son premier verre d'alcool, qu'il prendra sa première cuite, qu'il vivra ses nombreuses et adolescentes histoires d'amour et les chagrins qui suivent en attendant l'histoire suivante.

C'est sans doute ici que vont se développer ces addictions qui vont rythmer son existence pendant toutes ces années : le tabac, l'amour (les femmes.), l'alcool !

Une espèce de remix soft du fameux «Sex, drugs and rock and roll» mais version Bisounours ! Le tabac il décidera un beau jour de s'en débarrasser, et après quelques essais ratés comme tout «bon» fumeur, il mettra la barre très haut en arrêtant de fumer un jour d'anniversaire, le sien ! Accueillant ce soir là tous ses ami(e)s, il les fit bien rire en leur annonçant qu'il avait arrêté de fumer le jour même à quatorze heures, lui qui, dès qu'il quittait son travail fumait «comme un pompier» où qu'il soit (à l'époque on ne se souciait pas des non-fumeurs qui de fait partageaient bien involontairement les effets nocifs de «l'herbe à Nicot»)

Donc, comme tout le monde était persuadé que la question du jour n'était pas: «Est-ce qu'il réussira à tenir, mais plutôt dans combien de temps (en minutes ou en heures!) reprendra-t-il une cigarette?»

Donc, comme il n'a pas voulu perdre la face devant tous ses amis, il a tenu bon toute la soirée, et sans doute tout le reste de sa vie!

Fierté mal placée?

Peut être, mais sacrément efficace dans le cas présent, aujourd'hui, plus de trente années plus tard, il se maudit de s'être arrêté en route dans son combat contre les addictions et de ne pas avoir terrassé celle pour l'alcool qui commençait sans doute à prendre corps dans sa tête et qui l'envahirait petit à petit, à bas bruit, mais qui allait malheureusement détruire ce qu'il chérissait le plus, sa famille, ses merveilleux enfants et maintenant petits enfants, tout ce qu'il avait construit, et surtout celle qu'il n'avait cessé d'aimer comme un fou depuis le premier jour de leur rencontre trente ans plus tôt, et qu'il continuerai d'aimer jusqu'à son dernier souffle, même si cet amour n'était plus réciproque.

Mais revenons au lycée, à cette période qui va le former et le déformer à tout jamais. Il aurait voulu être, exister, être le centre du monde ou en tous cas le centre de son monde, et son monde ce n'était pas cet environnement choisi par ses parents, ou plutôt par sa mère! Il aurait préféré rester dans son cocon familial, dans son village, avec ses copains d'enfance, qu'on le laisse grandir et choisir, un peu plus tard, de rejoindre le lycée, la ville voisine, mais à l'adolescence comme les autres, pas à peine sorti de la petite enfance!

Cinquante cinq ans plus tard, il se retrouve là, face à « Lumière » et il rembobine à grande vitesse sa vie, il ne veut garder que les bons souvenirs, mais est ce vraiment possible ?

Le blanc n'existe que par rapport au noir, le rire par rapport aux pleurs et le bonheur par rapport au malheur.

Tout n'est que pourcentage, une équation, un algorithme ...

Il s'est rarement posé la question de savoir s'il était heureux ?

Il n'était pas malheureux, pas trop malheureux, pas trop souvent, pas trop souvent trop malheureux ...

Mais était il assez heureux, assez souvent heureux, assez souvent assez heureux ?

Est-ce que voir le monde autour de soi être malheureux, mal heureux, peu heureux, est-ce que ça ne suffit pas à beaucoup de gens pour se croire heureux ?

Heureux il l'a été, il a été amoureux, souvent, très amoureux, très souvent ...

Chaque décennie passée est associée à une forme de bonheur, de malheur, d'amour ...

Mais chaque fois qu'une page s'est tournée, elle s'est tournée définitivement, il a fait le vide, le vide grenier, le vide cerveau !

Il n'a pas oublié bien sûr , mais il ne veut pas vivre dans le passé, il n'a pas de regrets, ou si peu, il croit vraiment maintenant qu'il a eu sept vies dans sa vie, et qu'à l'aube de sa septième vie, il peut regarder en arrière pour savourer le plus souvent, pour s'interroger parfois quand même sur ses choix passés, mais jamais pour regretter car chaque vie se nourrit des précédentes, et il ne serait pas celui qu'il est sans l'intégralité de ce parcours qu'il espère pouvoir poursuivre encore un bon moment.

La mort ne lui fait pas peur, mais il n'est vraiment pas

pressé, par contre, la maladie, le handicap l'effraient plus que tout, il veut mourir mais le plus tard possible et en très bonne santé !

Première vie, première dizaine : petite enfance sans doute heureuse, la moitié du dossier est effacée, et l'autre moitié reste banale, normale, banale comme la vie d'un enfant banal, normal dans une famille banale, normale dans un village banal, normal, de la France « Cocorico » à la fin des années cinquante.

Famille modèle : deux enfants, dont un fils, qui à n'en pas douter portera haut les couleurs de la famille, pour la fille on verra bien pourvu qu'elle trouve un bon mari avant de leur donner des petits enfants !

Bientôt la petite famille ouvrière s'embourgeoise : la maison, la voiture, le frigo, la télévision et même, luxe ou folie : le téléphone !

Tout cela grâce au travail de Monsieur bien sûr, mais aussi (surtout?), grâce à l'aide de la belle famille : Madame est fille unique alors Papa et Maman donnent une maison que Monsieur se chargera de rénover sous les ordres et désidératas de Madame.

On lui fait bien sentir à Monsieur qu'il n'est pas vraiment du même monde que Madame, et qu'en le choisissant, elle l'a du même coup projeté dans une nouvelle dimension, et qu'il faudra s'en montrer digne et reconnaissant, et surtout il faudra bien comprendre et accepter que dans une famille il ne peut y avoir qu'un chef !

Un matriarcat s'installe donc petit à petit, d'abord quelques petites touches légères, vaporeuses, « Hamiltoniennes », puis la pression viendra, de plus en plus présente, de plus en plus prégnante, de plus en plus évidente, évoluant vers une forme de ce que l'on pourrait appeler une « gyno dictature »

Lui, il ressent beaucoup d'admiration pour ce père, beau, aimant et travailleur, mais il ressent quelque chose de disharmonieux dans le mode de fonctionnement de sa famille. Dans cette société tellement phallocrate du début de ces années « sixties », dans ce milieu ouvrier « supérieur » tellement figé dans une posture politico syndicale qui volera en éclats quelques années plus tard, il sent tout de même, au fond de lui une tristesse, une pitié à voir son père, son héros, se faire dominer (maltraiter ?) dans sa propre maison, dans sa propre famille par sa femme, la femme qu'il aime et qui l'aime, sans que cela ne semble poser de problème à quiconque !

C'est sans doute en voulant reproduire, inconsciemment cette image paternelle que toute sa vie il va endosser (in)volontairement ce costume de « victime », pour éviter tous les conflits et disputes apparemment si fréquents chez les autres mais jamais entrevues dans sa propre famille !

C'est tellement plus confortable de faire « comme si » tout allait bien, de laisser glisser les tourments, les attaques, les blessures, aussi violentes soient elles, sur la carapace qu'il se forgera au fil du temps.

Mais après toutes ces années, il se rend compte que la carapace n'était pas toujours très étanche et qu'elle a laissé passer, s'infiltrer le poison tant redouté.

Il découvre qu'il y a un moment inexorable où il faut enlever la cuirasse et évacuer le poison accumulé depuis toutes ces années, et que quand ce temps est venu, c'est violent, très violent surtout si on ne s'y est pas préparé.

Quand on croit faire le bonheur de ses proches et faire régner l'équilibre, l'harmonie, autour de soi, quand on croit être au paradis, être heureux, et penser qu'on l'a bien mérité, et que ça va durer toujours parce qu'il n'y a aucune raison que ça s'arrête. Quand on est heureux, on n'est pas préparés à être malheureux, ni à rendre les autres malheureux !

Aujourd'hui l'armure est ouverte, il sent s'écouler le sang de son cœur explosé, implosé, il ne sait pas encore ce qu'il doit faire, mais il faut qu'il tente tout pour refaire le voyage dans l'autre sens.

Quand on est malheureux, et qu'on rend les autres malheureux, il doit bien y avoir un moyen de faire le voyage retour pour ceux qu'on aime.

Il est temps d'entamer ce voyage retour, de revivre toutes ces années qui l'ont façonné tel qu'il est aujourd'hui, car il l'a bien compris, celui qu'il est devenu ne correspond pas à celui qu'ELLE aurait aimé qu'il devienne ...

« Quand une femme rencontre celui qu'elle pense être l'homme de sa vie, elle se dit : Pourvu que je réussisse à le changer et à en faire ce que je désire !
Quand un homme rencontre celle qu'il pense être la femme de sa vie, il se dit : Pourvu qu'elle ne change pas ! »

# Juin 1974 :

Baccalauréat en poche, fini le lycée, finie la pension, bonjour la vie d'étudiant. Même si cela ne change pas beaucoup de choses dans sa vie car il reste dans la même ville pour faire ses études, il n'est pas encore venu le temps de l'émancipation, la vraie, loin du nid et de la « mère Coq » !

La deuxième année de sa vie d'étudiant lui permet de s'envoler un peu, pas encore très loin du nid, mais suffisamment tout de même pour ne le rejoindre qu'une fois par semaine environ, ce qui lui permettra de se sentir vraiment vivant sans doute pour la première fois, depuis près de vingt ans !

Encore une année à étudier, mais aussi à faire la fête, à fumer, boire, draguer, la vraie vie d'étudiant !

Et le diplôme tant espéré en poche, va lui permettre de s'émanciper vraiment !

Pas encore si loin de la « basse cour », mais une proposition de travail lui permet d'intégrer une nouvelle ville, une nouvelle région, de nouveaux amis, de nouvelles amoureuses, bref, une nouvelle vie: Sa vie !

Ce ne sera pas encore le paradis, en tous cas pas tel qu'il l'imagine le paradis, il manque un peu (beaucoup) de soleil, de douceur de vivre, mais c'est sa vie et pour le moment il s'en contente même si au fond de lui il sait bien que ce n'est que la deuxième vie de sa jeune existence, et qu'il aura le temps d'en vivre bien d'autres qui ne pourront que l'emmener au plus près du bonheur, du Nirvana ...

S'il faut croire à (en) quelque chose (ou quelqu'un), alors fi des religions toutes plus exclusives, intolérantes et violentes les unes que les autres, il préfère croire (ou faire semblant de croire) à cette histoire de sept vies, de réincarnation, de karma et de Nirvana (pas le groupe de musique), même si ce n'est pas encore trop à la mode, mais la mode il s'en fout, et elle lui rend bien !

Une première expérience professionnelle en milieu hospitalier qui ne le change pas trop des stages effectués pendant ses études, avec en moins les professeurs, les notes les examens et en plus la reconnaissance des patients, l'impression d'exister pour quelque chose ou pour quelques uns et bien sûr le salaire qui, même s'il n'est pas mirobolant, est toujours plus intéressant et motivant que les diverses payes glanées pendant toutes les vacances scolaires et universitaires passées à trimer dans des jobs tous plus sales, inintéressants et bêtifiants les uns que les autres !

Il s'est très souvent dit qu'il faudrait envoyer les jeunes quelques semaines faire ce type de travail, et y trouver une motivation supplémentaire dans les études !

Car, même s'il n'y a pas de honte à faire certains métiers, il faut bien sûr manger , il est difficile d'imaginer qu'un jeune puisse rêver de passer sa vie sur une chaîne à sodomiser des poulets tout juste tués et plumés, qui passent en toute impudeur, croupion en avant devant lui, de manière à ce qu'il puisse avec un tuyau leur aspirer les tripes ...

Dans ce type de travail, la seule promotion, le saint Graal sera de quitter la chaîne des poulets pour intégrer celle plus prestigieuse des dindes et des chapons avant les fêtes de fin d'année !

Qui s'est toujours imaginé, depuis sa plus tendre enfance en fabricant de crèmes glacées industrielles, de biscuits chocolatés qui commencent par B et qui finissent par N, ou autre «brosseur de saucissons secs» ?

Qui passe ses jours et ses nuits à rêver de travailler dans

une cale de navire ou dans un atelier de peinture et de sablage des chantiers navals, dans la chaleur ou le froid, la poussière toujours, d'amiante parfois, et les mauvaises odeurs toujours plus entêtantes les unes que les autres. Celles qui s'accrochent à vous malgré les douches, les shampoings, les savons dont les parfums exotiques ne réussissent qu'à créer une nouvelle fragrance bien écœurante, bien loin de celle promise par le publicitaire qui a réussi à vous faire croire qu'une fois sorti de l'atelier, de l'usine ou de la fromagerie, une simple douche vous transportera dans les mers du sud avec les lagons azurés, les jolies vahinés, le soleil ...

L'idée que l'on se fait du bonheur, ou plutôt celle que le publicitaire veut te faire croire du bonheur, pour pouvoir te vendre encore plein d'autres produits qui à n'en pas douter t'apporteront, à défaut du bonheur, un sentiment bizarre, celui de ne pas vivre, justement, la vie que l'on t'avait promise, que tu t'étais promis aussi.

Il s'en souvient avec plaisir de cette période qui mélangeait encore un peu l'insouciance de l'étudiant avec la nouvelle fierté de travailler (avec un vrai travail cette fois) et la liberté de vivre sa vie, même si cette liberté ne dépassait pas souvent les murs de son petit studio, mais il commençait enfin à vivre ...

La semaine partagée donc entre son petit studio tristounet (sur les lieux même de son travail), et les journées, bien occupées à mettre en pratique ce que ses professeurs lui ont transmis pendant ces belles années étudiantes, journées qui s'enchaînent jusqu'au week-end ou il retrouve un peu de sa vie d'étudiant, en revenant à son port d'attache pour retrouver ses copains bien sûr, sa famille évidemment, mais surtout sa chérie, Corine qui, elle, n'en a pas encore fini tout à fait de ses études, cette chérie qui le cajole à chaque retour, comme le ferait une femme de marin quand le mari rentre au port !

Son intuition féminine (à elle) lui a fait sentir qu'il fallait qu'elle sorte « le grand jeu » si elle voulait que se concrétise son projet à plus long terme, car les femmes ont toujours des projets, ce sont les reines de la planification de l'anticipation !

Son projet donc, était très simple et tellement « féminin » : finir sa dernière année d'étude pour pouvoir ensuite exercer à côté de lui, pour sans doute garder continuellement un œil sur lui, puis fonder rapidement une jolie petite famille avant de s'endetter pour vingt ans minimum !

La résidence secondaire, les voitures de luxe, les voyages suivront sans aucun doute. Mais pour cela il faut qu'elle réussisse à le faire revenir dans son lit chaque weekend, qu'il ne lui vienne pas l'idée que sa vie puisse être autre chose que ce tableau de route qu'elle a fixé pour eux. Et elle sait comment le rendre dépendant d'elle, de ses charmes et d'une sexualité débridée qu'il n'avait jamais connu avec personne avant elle !

Il s'est souvent demandé si les études de podologie pédicurie qu'elle terminait, étaient pour quelque chose dans sa capacité à prendre « son pied » et à lui faire prendre le sien aussi fort, aussi souvent et avec tellement d'enthousiasme ?

Ou était-ce simplement la méthode implacable d'une « prise en main » totale de sa vie à lui, de son avenir à lui, pour pouvoir régenter leur future vie à eux ?

C'était donc souvent douloureux de devoir la quitter pour rejoindre, le dimanche soir son petit studio loin de sa belle et de ses charmes, mais, à y réfléchir, finalement ce rythme lui convenait assez bien, à lui ...

Jusqu'à ce qu'elle commence à se faire insistante, pour partager un peu plus que ces week-ends torrides et débridés, et où elle commence à parler sérieusement d'avenir à deux..

Peur de ne pas vivre sa jeunesse ?

Peur de s'engager ?

Toujours est-il que malgré tous ses efforts à elle, malgré tout son plaisir à lui (à eux ?), petit à petit il prend ses distances, ne revient plus toutes les semaines, commence à se faire de nouveaux ami(e)s dans sa nouvelle région et prend conscience que cette vie qu'elle lui promet ne ressemblera en rien à ce qu'ils vivent actuellement.

La passion charnelle durera-t-elle quand Corine troquera son costume d'amante éperdue pour celui de compagne voir d'épouse, puis de mère de famille ?

Bien sûr qu'au fond de lui il sent qu'il aura envie d'avoir, de fonder une famille, mais c'est assurément beaucoup trop tôt, n'oublions pas qu'il n'a que vingt-trois ans, et que si l'on se souvient qu'il est né à cinq ans, il n'aurait en réalité que tout juste dix-huit ans !

Assurément beaucoup trop tôt pour lui pour entrer dans le moule qui lui semble destiné, mais est ce que rien ne peut faire dévier le destin, est ce une fatalité ?

D'ailleurs y a-t-il un destin ?

Il décide donc, pour la première fois il décide de décider de sa vie ...

Il commence à s'intégrer à cette région d'adoption très rurale où il a « atterri », il découvre une autre vie, un autre monde, il découvre ... La Sarthe.

Cette région, capitale à la fois de la rillette et de la course automobile, n'en est pas à un anachronisme près. C'est comme le disait fièrement à l'époque la banque agricole : « Le bon sens près de chez vous ! », mais pas toujours quand même !

Même en mocassins ou en baskets on la sentait bien la

terre collée comme aux semelles des bottes ou des pneus des tracteurs qui souillaient régulièrement les petites routes de ce département « charcutier »

Heureusement le temps « de cochon », également, qui y régnait une bonne partie de l'année lavait ces affronts glaiseux grâce à une pluie aussi fréquente et dense que le ciel uniformément gris et démoralisant pour ceux qui, comme lui, rêvaient déjà secrètement au soleil !

Malgré tout, il y passera quinze ans de sa vie, déjà sa troisième vie ?

C'est dans cette période qu'il s'épanouira professionnellement, d'abord dans cet établissement de convalescence et de réadaptation, qui renfermait en son seing une quantité de personnages truculents qui n'auraient pas dépareillé dans une histoire de Marcel Pagnol ou dans un roman de René Fallet.

Alors, cet ancien sanatorium qui, «en manque» de tuber-culose, à cause de ces foutus antibiotiques, a dû comme ses « congénères » trouver une nouvelle façon d'exister. Tout comme ses anciens pensionnaires qui après avoir passé, pour certains, quelques unes de ce qui aurait dû être les plus belles années de leur vie à côtoyer la maladie, allaient se retrouver tout à coup guéris, « orphelins de sana », rendus à la vie civile comme des condamnés relâchés dans la nature sans y être préparés, et qui risquent plus que n'importe qui de récidi-ver. Un haut (?) fonctionnaire, en existe t il des bas ?, dans un somptueux bureau parisien du ministère de la santé devra donc décider de la vie à venir de ces « ex tubars » et de leurs lieux de vie :

« *Nous convertirons donc ces établissements, anciens lieux de culte dédiés au Bacille de Koch, en centre de rééduca-*

tion, de réadaptation et de gériatrie puisque le siècle qui s'annonce sera celui des victimes de la route, des accidents de la vie moderne, mais également celui des vieux, des très vieux, de plus en plus vieux ! Quand aux anciens malades de longue, très longue durée, ces anciens pensionnaires, condamnés par le passé puis amnistiés et libérés grâce aux progrès de la médecine moderne, qui ne savent plus où aller pour essayer d'exister à nouveau, comme les anciens bagnards qui ont peuplé la ville de Cayenne et ses environs après la fermeture définitive de l'île du diable au lendemain de la seconde guerre mondiale, on leur trouvera un travail, une occupation dans ces nouveaux établissements, si la maladie leur a laissé trop de séquelles physiques ou psychologiques ! »

C'est ainsi que l'on retrouvera Eric, ancien charbonnier dans le civil, au poste de brancardier ce qui ne sera pas sans poser quelques problèmes, car on ne manipule pas un sac de boulets ou d'anthracite comme une mamie polytraumatisée ou un grand père nonagénaire sourd et incontinent, sans aller au devant de quelques catastrophes orthopédiques ou vésicales « Madame Eric », la femme du charbonnier brancardier, qui s'entêtait à laver les sols des couloirs en une seule fois avec sa serpillère alors que tout le monde devait les emprunter, et qui refusait de les faire par moitié pour permettre l'utilisation de la moitié sèche sans « saloper » son travail, au prétexte que du temps du sana on faisait comme ça et que c'était très bien ainsi, mais qui piquait invariablement des colères noires (charbon) en découvrant les traces laissées par les roues des fauteuils roulants sur les sols qu'elle avait laissés parfaitement immaculés (mais mouillés) quelque instants plus tôt !

La standardiste, Mme Colette, ex poissonnière, qui au

micro (c'était bien avant les bips et les téléphones portables) faisait passer les messages importants pour le personnel et pour les malades comme elle le faisait quelques années plus tôt au retour des bateaux de la Turballe qui ramenaient sardines et maquereaux frais pour les usines de conserve, mais qu'elle essayait à grands renforts de décibels de vendre, à meilleur prix, aux passants pour les barbecues du soir.

Ces messages qui rythmaient la vie des pensionnaires et des employés, résonnant dans tous les couloirs de l'établissement et jusqu'au moindre recoin du grand parc adjacent grâce à un réseau de hauts parleurs tellement dense que personne ne pouvait jamais y échapper, que l'information soit publique ou plus intime !

Cette même standardiste appelait régulièrement l'un des médecins de l'équipe et, comme les patronymes de ces praticiens étaient le Dr Doupy pour le directeur, le Dr Degretin pour le sous directeur, et le Dr Mereux pour l'interne , il arriva ce qui devait arriver, un jour il surprit la conversation de deux papys sans doute un peu « durs de la feuille », après une annonce de Mme Colette réclamant l'un des trois médecins dans une salle de soins, l'un des papy disant à l'autre :

> « On est bien soignés ici, mais les docteurs ils ont vraiment des noms bizarres, il y a Youpi, le crétin et le merdeux ! »

Dialogue digne de René Fallet dans la soupe aux choux !

C'est dans cet établissement qu'il rencontre Dominique qui y travaille comme orthophoniste Dominique ce sera sa première compagne, ils forment rapidement un gentil petit couple prêt à reproduire le modèle familial tant espéré par leurs parents respectifs. Mais en fait étaient-ils vraiment Amoureux avec un grand A, comme dans les romans d'Alexandre Jardin ou dans les tragédies classiques ?

Tout était déjà tracé, déjà dans la logique des choses orchestrées de loin par la société qui essaie (et réussit souvent) à tout formater, l'Amour comme le reste

Donc, à peu près le même âge, même niveau d'étude, même milieu socioprofessionnel, ils se rencontrent sur leur lieu de travail (à défaut de s'être rencontrés pendant leurs études), sympathisent puis un peu plus, et se re-trouvent quelques mois plus tard à vivre dans un apparte-ment, en grande partie financé par la « belle maman » (ça ne vous rappelle rien ?). Il n'est pas malheureux, là encore, mais est ce qu'il est heureux comme on se doit de l'être quand on commence une grande histoire d'amour, quand on commence une grande aventure à deux ?

Professionnellement, ils sont maintenant tous les deux des travailleurs indépendants, un statut de profession li-bérale avec une belle plaque en cuivre, bien brillante, bien astiquée (au début), à faire baver et rougir de plaisir les pa-rents si fiers de leurs progénitures qui jusqu'à présent ont tout bien fait comme on l'attendait, et qui vont bientôt se plaindre de devoir payer bien trop d'impôts tout en souhai-tant secrètement en payer encore plus l'année suivante ...

Il ne leur manquerait plus qu'une petite fille ou encore mieux un petit garçon pour atteindre l'orgasme familial !

Mais chaque chose en son temps, même si les « mamies » en rêvent secrètement ou à voix basse avec leurs amies.

Le temps passe, on se sépare de l'appartement pour acheter vingt-cinq ans de crédit accompagnés d'une très grande et très vieille maison à la campagne entourée de cinq hectares de terre, ce dont elle a toujours rêvé, elle qui ne vit (presque) que pour ses chevaux et ses chiens ... Et son travail aussi bien sûr !

Par contre, pour lui, il est bien fini le temps des folies sensuelles et sensorielles partagées avec Corine. Ce ne sont plus que de lointains et savoureux souvenirs. Dominique l'a rapidement et brutalement fait revenir sur terre ! Fini de rêver, de fantasmer, finies les siestes crapuleuses ... Les travaux dans la maison qui n'en finiront jamais à moins de gagner au loto (encore faudrait il jouer !), ou de trouver un trésor dans ce château qui a dû en voir pendant ces siècles passés.

Les travaux donc, réparer les clôtures, soigner les animaux, creuser, piocher, ce sont là les nouveaux centres d'intérêt de sa nouvelle compagne, au grand détriment de leur vie sexuelle qui bientôt ressemblera plus à l'encéphalogramme d'une huître qu'à ce qu'on pourrait attendre d'une relation épanouie d'un jeune couple amoureux !

Il va tout de même réussir à la «sortir», à l'éloigner un petit peu de la Sarthe: une fois des vacances en roulotte (tirée par un cheval !), une autre fois une grande randonnée avec un âne bâté pour porter les sacs à dos, le plus souvent en compagnie des chiens bien entendu !

C'est au retour de cette escapade qu'en arrivant à quelques kilomètres de chez eux, une voiture grilla un stop et entra en collision avec eux qui étaient lancés à pleine vitesse dans cette grande ligne droite qui semblait sans danger !

La petite Renault cinq qu'il conduisait partit en tête à queue, mais par miracle il n'y avait personne en face et il finit par réussir à la stopper sur l'accotement. Sortant pour constater l'étendue des dégâts, les jambes flageolantes et prêt à insulter le chauffard, il vit celui-ci arriver en courant, blême à l'idée de ce qu'il allait découvrir. ....

Miraculeusement, malgré la vitesse et la violence du choc, il n'y avait ni blessés (ils étaient trois dans la Volkswagen et eux deux dans la Renault), ni même de trop importants dégâts sur les deux véhicules, l'un comme l'autre étaient encore en état de rouler. Donc, après s'être confondu en excuses et reconnu la totalité des torts, selon lui il passait tous les jours à cet endroit sans faire d'infraction, mais cette fois il était en grande discussion avec un de ses deux passagers, et il n'avait pas vu le croisement arriver, et ensuite une fois engagé il était trop tard !

Heureusement en effet qu'il n'avait pas eu du tout le réflexe de freiner car le choc aurait certainement été beaucoup plus violent, frontal et peut être meurtrier, mais finalement ils purent repartir chacun de leur côté

Ce n'est pas le genre de péripéties qui allaient donner envie à Dominique de multiplier les voyages, ce fut donc leurs dernières vacances «loin» de la Sarthe, de ses animaux, de sa maison, de son univers, et de toutes les façons il y a tous ces travaux à faire, il faut avancer !

Quant à lui qui rêve toujours de voyages, de contrées lointaines, de soleil, de cultures exotiques, de sexe débridé, il se découvre bientôt de fait, terrassier, maçon, homme à (presque) tout faire dans un univers où il ne se reconnaît pas, dans une relation qui n'a en fait pas grand-chose d'amoureuse !

Mais le soir dans son lit, au lieu de compter les moutons pour s'endormir, il compte : un soir les piquets plantés dans la journée, le lendemain les millions qui restent à rembourser à la banque, et parfois quand la mélancolie reste plus forte que la fatigue accumulée par ces « travaux guerriers », parfois il recompte les jours heureux ...

Alors, pour adoucir ces journées « d'esclave » soumis à sa maîtresse, il se met à rêver à ce fameux trésor qui pourrait lui changer la vie, ce trésor qui va devenir le moteur, le turbo qui va lui permettre de se motiver, lui permettre de pouvoir continuer à rêver, à croire que sa vie ne peut se résumer à quelques brouettes de terre, quelques bottes de foin, des lumbagos et des ampoules plein les mains.

Et, finalement il va le trouver le trésor !

En fait ce n'est pas lui qui sera « l'inventeur » du trésor, c'est un maçon qui, en creusant une tranchée dans le sol en terre battue d'une cave va tomber par hasard sur le « jackpot » et, comme dans toutes les bonnes histoires de chasse au trésor, sa découverte posera plus de questions qu'elle n'apportera de réponses !

Donc, en piochant dans le sol, il brise une bouteille enterrée assez profondément ce qui excite sa curiosité, d'autant plus qu'il s'aperçoit rapidement qu'aucun liquide ne s'échappe de cette bouteille brisée, mais que par contre elle semble contenir quelque-chose.

Après examen des débris, il s'avère que dans cette bouteille il y a plusieurs paquets de rouleaux de billets de banque, roulés et attachés dix par dix avec de la ficelle à rôti !

En y regardant de plus près, le maçon va découvrir une trentaine de bouteilles bouchées, cachetées à la cire et en-terrées assez profondément.

Une fois les bouteilles ouvertes, les billets détachés, empilés et comptés, le fabuleux trésor se monte à plus de dix millions de francs de l'époque ...

Ces billets semblent totalement neufs, ils datent des années quarante ce qui lui laisse supposer que cette gigantesque somme vient, soit du marché noir pendant la guerre (nous sommes en campagne, à moins de deux cent kilomètres de Paris et il semble plausible que l'occupant des lieux se soit livré à cette activité fort lucrative) et qu'il ait caché son butin à la libération pour éviter les ennuis avec la maréchaussée de la France libérée, mais qu'il lui soit arrivé malheur avant de pouvoir en profiter ou prévenir un proche de l'existence de ce pactole, soit que cette somme soit le fruit d'un «hold up» et que son ou ses auteurs n'aient pas eu le loisir d'en profiter !

Ne sachant trop quoi faire de cette somme, après avoir remercié le maçon comme il se doit, il commence à échafauder des plans sur l'utilisation de cette énorme somme qui à n'en pas douter va lui permettre non seulement de terminer les travaux de la maison mais également de pouvoir enfin partir en voyage, au soleil, dans les îles ...et de réaliser mille autres rêves dans les années à venir !

C'est donc naturellement vers une amie qui travaille à la Banque de France qu'il se tourne, et elle a vite fait de briser le rêve ! En effet ces billets de banque même s'ils sont dans un parfait état, n'ont plus de valeur marchande puisqu'ils ont été «démonétisés» le 1er janvier 1960 lors de l'apparition du «nouveau franc» ! ! ! ! !

MERCI Mr PINAY ! ! !

Donc, pour lui changement de musique, il passe de «l'ode à la joie» à «la marche funèbre» en quelques mesures, et le choc est rude !

Complètement dépité par ce coup du sort, par cette trahison, il ne pense qu'à se débarrasser de ces maudits bouts de papier !

Son meilleur copain, François l'en débarrassera volontiers, mais, ensuite, à chaque fois qu'il lui rendra visite il aura un pincement au cœur en se remémorant cet épisode douloureux qu'il aurait préféré oublier.

En effet, son ami artiste photographe avait trouvé une utilisation inattendue mais artistique de ces billets: il en avait tapissé tous les murs et le plafond de ses toilettes (il faut dire que les billets de banque de cette époque étaient très jolis, très colorés et plein d'enluminures) de telle sorte qu'à chaque fois que l'on utilisait ses toilettes, sorte de «caverne d'Ali Baba» on s'imaginait au siège de la banque de France ou à fort Knox.

Finis les rêves et les châteaux en Espagne (ou ailleurs) et retour à la pioche, à la brouette et à tout ce qui va finir par lui casser le dos !
D'ailleurs il commence sérieusement à en avoir plein le dos, mais il finit par le faire rond (le dos !), comme à chaque fois.
Quant à elle, elle vit son rêve au milieu de ses chiens et de ses chevaux, de la paille et du crottin quand lui n'est pas loin d'y devenir allergique, mais il se dit que l'allergie ça se soigne, il suffit de trouver le bon médecin ou le bon remède s'il existe. Mais lui, il n'est pas seul dans sa tête, on y retrouve, bien imprimé dans son cortex, l'image du matriarcat et de la soumission de l'homme, et c'est bien pratique pour lui qui redoute de devoir prendre les décisions et craint, plus que tout les conflits, alors il finit par se persuader que :

> *« C'est comme cela que ma vie doit être, peut être que la prochaine me permettra de vivre enfin mes rêves et que c'est décidément mon karma de me soumettre pour avoir un avenir meilleur ! »*

Finalement, évidemment, ce ne sera pas lui qui décidera de la fin de l'aventure qui aura tout de même duré environ sept ans.
Contre toute attente c'est elle qui délaissera un temps «ses projets communs» qui les occupaient à deux cent pour cent, pour se consacrer tout d'abord au dressage du dernier chien arrivé à la maison, puis pour se consacrer surtout au dresseur qui à n'en pas douter avait plus de chien et de mordant que ce compagnon sans doute trop obéissant (bien dressé diront certains(es), dominé et mentalement un peu « castré »

« *La cheffe de votre tribu a décidé de vous éliminer, sa décision est irrévocable, et aujourd'hui, pour vous, l'aventure s'arrête !* »

Ce sera la seule concession un peu exotique qu'elle lui accordera à ses rêves d'aventure à lui, quelques miettes d'exotisme en guise d'adieu, avec comme principaux souvenirs des ampoules et des cals sur ses mains autrefois si douces, et des lombalgies tenaces, souvenirs douloureux des coups de pelle, de pioche et bien sûr de manutentions diverses mais pas très variées

Heureusement, aussi bien dans leur « couple » que dans son couple à lui (le dresseur), les séparations ne viennent pas traumatiser des enfants puisqu'il n'y en a pas, si l'on fait exception de leurs chienchiens et matous respectifs bien entendu, qui s'en remettront fort vite d'autant plus qu'avec un dresseur aux ordres (du moins pour un certain temps) il faut mieux baisser les oreilles et la queue et filer droit ! Les chiens et les chats bien sûr !

La deuxième partie de cette troisième vie, il la passera avec Jeanne, une très gentille infirmière avec qui il travaillait également, et qui venait de divorcer, mais qui bizarrement passait la plupart de son temps libre avec son ex mari et la nouvelle compagne de celui-ci !

Quand on est amoureux, quel que soit son âge, on a dix sept ans, et c'est tellement agréable, tellement grisant de se dire, de se redire, de se persuader, que cette fois c'est certainement la bonne, que tous nos rêves vont se réaliser, que la vie est belle, très belle, vraiment tellement belle !

C'est vrai qu'elle est belle la vie, enfin elle peut être belle, très belle, mais il faut s'y employer, il faut la prendre à bras le corps, la triturer, la malaxer, la pétrir pour essayer de la façonner à son goût, à son espoir et à ses rêves !

Pourquoi, comment, à peine séparé de Dominique, se retrouve-t-il dans le lit, dans la vie dans la maison de Jeanne ? A bien y regarder, c'était vraiment très pratique à défaut d'être très romantique !

Ils se connaissaient déjà, elle venait de divorcer, il venait de se faire jeter comme un malpropre, ils travaillaient auparavant dans le même établissement (le fameux centre de rééducation), elle habitait une petite maison dans les bois aussi proche de son lieu de travail à elle que de son ancienne maison à lui (ou plutôt à Dominique), ils étaient jeunes ils étaient beaux, ils étaient tristes et seuls ...

On est moins tristes et moins seuls à deux, on passe les premières soirées à se réconforter mutuellement, puis les suivantes à refaire le monde devant un feu de cheminée, puis comme l'hiver est là et que les températures baissent, surtout dans les vieilles maisons isolées de la campagne sarthoise, ils se retrouvent bien vite sous la couette à refaire leur monde, à rêver, et :

« *Que voulez-vous, les nuits sont longues et les chemises sont courtes !* »

Mais cette fois réussiront-ils à voir les mêmes rêves, à regarder dans la même direction spontanément, sans que l'une domine l'autre pour insidieusement essayer de faire dévier ses rêves à lui pour qu'ils ne fassent qu'un avec les siens à elle ?

Saura-t-il cette fois exister en tant qu'individu dans ce couple, saura t il ne pas se faire phagocyter, même de la plus agréable des manières, dans cette relation ?

La vie, sa vie reprend donc à quelques encablures de son ancienne vie, il s'investit pleinement dans son travail, ne comptant pas ses heures, semaines de travail acharné, week-ends de formation professionnelle d'abord comme élève, puis bientôt comme formateur, enseignant. Même si cette nouvelle activité l'éloigne un certain nombre de weekends de sa nouvelle chérie, il s'épanouit dans ce nouvel univers qui lui permet de se sentir apprécié, admiré parfois, ce qui est très gratifiant, surtout si cette admiration se lit dans les yeux de jeunes et jolies consœurs !

Pendant ces instants-là, il se sent exister vraiment, il se sent enfin aimé comme il en rêve depuis si longtemps, il aimerait que le temps s'arrête, il a l'impression d'être à sa place, d'être enfin le centre d'intérêt de quelqu'un(e). Il multiplie donc ces weekends de formation, en compagnie de deux confrères, deux amis de vieille date avec qui il a créé une structure d'enseignement de la thérapie manuelle destinée aux kinésithérapeutes et également à quelques médecins. Tous les trois ils se complètent bien, ils sont tellement différents à tout point de vue qu'au final la «mayonnaise» prend bien pour le plus grand plaisir des stagiaires. Franck : il l'avait connu dans le centre de rééducation dans lequel ils ont travaillé ensemble, avant de s'installer chacun de leur côté dans la région mancelle. Même en travaillant chacun de son côté, ils continuèrent à se voir, devenant amis très proches, d'autant que Babette, l'adorable Babette (qui avait le mérite de supporter le caractère de Franck au quotidien) était au fil du temps devenue la confidente de Pierre, sa «petite maman», même s'ils n'avaient que six ans d'écart !

Après que Pierre ait débuté une formation en ostéopathie en région parisienne, il revint tellement enthousiasmé qu'il persuada très facilement Franck de l'accompagner dans ce voyage initiatique qui allait de fait changer leurs vies. C'est également au cours de cette formation qu'ils firent connaissance avec Patrick, l'incroyable Patrick, véritable puits de sciences, mais qui, quelque soit le sujet, était capable de partir dans tous les sens, de se noyer et de noyer son auditoire sous un flot de détails aussi précis qu'inutiles

Il se trouve que Patrick habitait dans le département voisin de la Sarthe, ce qui les incita à se retrouver régulièrement chez l'un ou l'autre pour réviser et mettre en pratique toutes ces nouvelles connaissances passionnantes.

Leur maître, leur mentor qui s'appelait Bob repéra rapidement ce trio passionné assez disparate évidemment, mais avec son flair habituel il décida de miser sur eux et leur demanda, une fois leur formation terminée de rejoindre son équipe enseignante. Belle aubaine pour eux, même si cela signifiait une multiplication des week-ends de «travail» !

Ils s'épanouirent ensemble dans le sillage de Bob, mais malheureusement l'âge avançant, ce monstre de travail et de connaissances dut se résoudre à lever le pied dans un premier temps avant de passer totalement le relais à son fils qui n'avait ni le charisme ni l'intelligence ni les connaissances de son père. Ce qui fit que très rapidement la situation se dégrada et que nos trois compères décidèrent un beau jour de quitter le navire et de voler de leurs propres ailes. Voilà donc comment ils se retrouvèrent régulièrement plus ou moins loin de la région Sarthoise, allant même jusqu'à organiser chaque année un séminaire d'une semaine au soleil, séminaire qui faisait la part belle au tourisme mais, ils tenaient à ce qu'il comporte tout de même une partie enseignement.

C'est ainsi qu'ils emmenèrent leurs élèves successivement à Malte, en Turquie, en Crête et en Tunisie pour le plaisir de tous y compris les conjoints s'ils le souhaitaient !

C'était pour lui la possibilité de concilier plusieurs de ses passions: son travail, l'ostéopathie, l'enseignement et bien sûr les voyages !

Toujours entouré d'une espèce de cour d'admirateurs(trices), presque de groupies qui lui donnent son oxygène, sa dose d'amour et d'admiration qui lui ont tellement manqué depuis tant d'années, même s'il n'en avait pas vraiment conscience avant !

Le reste du temps, il se partage entre son travail (beaucoup), le sport qu'il a repris, car Jeanne fait du sport : tennis, running ...et bizarrement, il n'a pas eu le moindre regret à troquer la pelle et la pioche au profit de la raquette, et les chaussures de sécurité pour une paire de «Stan Smith» !

La petite maison de Jeanne qu'ils habitent s'appelle «la Pietannerie», elle se situe en bordure d'une superbe forêt, ils font souvent des balades ensemble, pour aller faire courir la chienne, Zulma un joli setter irlandais trouvé, abandonné en pleine campagne, et bien vite adopté, puis son «successeur», Zorg un magnifique et très drôle Bearded Collie.

Leurs plus proches voisins qui s'appelaient Mr et Mme Poron, un jeune couple avec deux enfants étaient très gentils, mais malheureusement pour eux, ils n'avaient pas inventé l'eau tiède, ni rien d'autre d'ailleurs !

Un soir où ils les avaient invités, avec leurs enfants à prendre l'apéritif, Mme Poron leur proposa en toute simplicité, comme on se rend service entre voisins, de leur prêter à l'occasion un de leurs films pornographiques préférés !

Imaginant avec inquiétude ces deux (ou plus ?) corps, qui invitaient à tout sauf à l'amour, les imaginer donc ne serait-ce qu'un instant en pleins ébats aurait suffit à calmer un régiment de légionnaires en manque !

Néanmoins, pour éviter tout malentendu et tout risque de surenchère dans ce domaine, et préférant éviter ce genre de service entre voisins, ils déclinèrent poliment la proposition. Sans vérifier sur une boussole s'ils étaient dans le vrai, ils décidèrent conjointement, que dorénavant, à chaque fois qu'ils évoqueront leurs voisins, ils entonneraient la fameuse chanson :

« *Au nord y avait les Porons* ..» *(Pierre BACHELET)*

La magnifique forêt domaniale qui jouxtait leur maison était propice aux promenades, aux joggings seul ou à deux, avec ou sans chien, et fût le théâtre de quelques aventures mémorables.
Ainsi, cette fois où ils partirent rendre visite à un vieux monsieur qu'ils avaient eu tous les deux comme patient et qui habitait justement en bordure de cette forêt.
Passant un jour non loin de chez lui, ils décidèrent de lui faire la surprise d'une visite, lui qui ne devait pas en avoir souvent ! Ils trouvèrent assez facilement la vieille bicoque délabrée, accueillis par une meute de chiens qui comme il le précisera *« (ils) Sont bien avertissant !».* Très fier d'avoir la visite de « ses docteurs », il les fit rentrer dans la pièce unique, mal éclairée, sol en terre battue, table de ferme recouverte de vaisselle sale et de mille choses qu'il ne valait mieux pas connaître, et à l'occasion de quelques poules qui picoraient ce qu'elles trouvaient !
Évidemment il voulait absolument leur offrir quelque chose à boire !
La politesse les empêchant de refuser, il fallut faire un choix drastique entre :
« *Un café* », mais l'expérience de Pierre dans ce domaine lui soufflait d'éviter, car même (surtout) s'il était un grand buveur de café, il savait que dans la campagne sarthoise on faisait le café le dimanche pour la semaine, puis qu'il était stocké sous l'évier dans un grand faitout, et on y puisait en fonction des besoins tout au long de la semaine ! Or nous étions samedi, donc non vraiment merci, pas de café !

Restait un alcool, ce qui réduisait le risque d'infection, de contamination ?

Il y avait le choix, leur dit leur hôte, entre de la «goutte», des cerises à l'eau de vie et de la liqueur de noyaux !

Jeanne, qui avait fait ses études à Poissy et y avait découvert une liqueur appelée «Noyau de Poissy» sauta sur l'occasion (inespérée) et choisit une liqueur de noyaux. Celle-ci se trouvait dans une de ces épouvantables bouteilles en «faux bois», souvenir sans doute ramené d'un voyage organisé avec le club du troisième âge !

Pierre, lui se contentât prudemment d'une petite «goutte» maison !

Le papy opta pour des cerises à l'eau de vie qui avaient été préparées, avec amour par sa défunte femme.

Tout en discutant de la pluie et du beau temps , de quoi parler d'autre?, ils découvraient leurs boissons respectives: Pierre manqua s'étouffer avec cette espèce d'alcool à brûler, puis s'interdit de respirer quelques minutes à cause des risques d'explosion au moment où il vit le papy allumer son briquet après avoir roulé sa cigarette !

Jeanne s'étonnait de ne pas reconnaître du tout, mais alors pas du tout, le goût du «Noyau de Poissy», qui en migrant dans la Sarthe avait non seulement changé de goût, mais également pris quelques (dizaines) de degrés d'alcool !

Papy, lui suçotait avec un plaisir quasi extatique, les petite cerises qui lui rappelaient certainement tellement de souvenirs conjugaux, et, nonchalamment reposait les noyaux bien décapés en un petit tas bien rangé devant lui, ce qui dénotait avec le capharnaüm alentour !

Après avoir refusé poliment une «petite rincée» au moment où ils allaient se lever pour partir, Jeanne vit avec effarement le papy racler la table pour récupérer les fameux noyaux récurés par ses soins (accompagnés inévitablement de quelques croûtes de pain, brins de tabac et ...) et les enfiler consciencieusement dans le goulot de la bouteille de liqueur ! Evidemment, ensuite, ils en rirent, mais devinrent encore plus méfiants, y compris pendant leurs voyages, quand on leur offrait quelque chose d'inconnu à boire ou à manger. Rester classique et n'accepter que des boissons capsulées, et surtout les voir décapsulées devant eux !

Cette anecdote en appelle une autre : Pierre allait dans une ferme, soigner tous les jours un jeune garçon qui souffrait de mucoviscidose, il avait de ce fait lié des relations amicales avec toute la famille, qui lui offrait de temps en temps un lapin, des légumes, des fruits ...

De son côté, Pierre avait pris l'habitude de leur acheter toutes les semaines une douzaine d'œufs, des bons œufs fermiers pondus par des poules en liberté, du bio avant l'heure ! Jusqu'au jour où, passant à proximité de la ferme à un horaire inhabituel, et pour éviter de revenir exprès dans l'après midi, il débarqua à l'improviste !

La maman, surprise de sa visite à une telle heure, s'excusa, confuse de ne pas avoir fait le ménage, mais ce n'était pas vraiment un problème pour Pierre, l'important était que le gamin soit là, et c'était le cas !

Donc, la maman le précéda dans la chambre, refit rapidement le lit, ouvrit la fenêtre pour aérer, et pour ... jeter par la fenêtre le contenu de la bassine qui servait de crachoir au gamin ! Pierre n'était pas au bout de ses surprises quand il vit accourir des quatres coins de la cour toutes les poules caquetant, qui se mirent gaillardement à picorer les crachats devant ses yeux ébahis et consternés !

Et là, en quelques secondes défilent devant ses yeux les douzaines de douzaines d'oeufs qu'ils ont mangé depuis des mois, persuadés que se fournir directement à la ferme était décidément une bonne idée !

Après cet épisode, il fit un «pieux» mensonge, affirmant à la fermière qu'il ne pouvait plus manger d'oeufs car il faisait de l'albumine !

Mais fort heureusement, la campagne réserve d'autres plaisirs parmi lesquels les grandes promenades, les balades en vélo ...

Au cours d'une de ces promenades automnales, en compagnie de Claudine la meilleure amie de Jeanne (infirmière comme elle), ils ramassèrent un grand panier de champignons, des cèpes exclusivement, pour être sûrs de ne pas se tromper, et les cuisinèrent en rentrant à la maison. Donc ce soir là le menu était omelettes aux cèpes, salade et tarte à la rhubarbe du jardin. Soirée à trois très conviviale. Claudine les abandonnant, pour rentrer dormir chez elle «en ville» car elle travaillait tôt le lendemain, après cette magnifique parenthèse campagnarde. Mais vers deux heures du matin, réveillés brutalement par le téléphone, à l'autre bout du fil (il n'y avait pas encore, ou peu, de téléphone sans fil ni de portable !) Claudine en pleurs, hystérique, les accusant de l'avoir empoisonnée avec «leurs» champignons, car elle se tordait de douleurs dans son lit, persuadée que quand le médecin appelé en urgence à son chevet arriverait, il ne pourrait que constater son décès, et qu'il faudrait qu'ils répondent devant la justice de leur forfait !

Terriblement inquiets pour leur amie, mais ne constatant aucun trouble digestif ni chez l'un ni chez l'autre, ils tentèrent de la rassurer en attendant l'arrivée de SOS médecin (qui n'avait jamais aussi bien porté son nom).

Dès qu'il fut arrivé, ils raccrochèrent et attendirent fébriles à côté du vieux téléphone à cadran en bakélite noire l'appel promis par le praticien dès qu'il aurait fini son examen, et posé son diagnostic, se tenant prêts à sauter dans la voiture pour rejoindre l'hôpital.

L'attente leur parut une éternité, et quand la sonnerie déchira pour la deuxième fois le silence de la nuit, ils prirent une grande inspiration avant de décrocher, et d'entendre la voix calme du médecin leur assurant que : « Tout était sous contrôle, et que leur amie n'avait pas été empoisonnée par des champignons, mais qu'elle venait de faire sa première crise de coliques néphrétiques ! ! !»

Ils pouvaient donc se rendormir paisiblement tous les deux, comme leur amie à qui il venait d'administrer de quoi «rêver un jusqu'au milieu de la journée !»

Se rendormir, dans de telles conditions ce n'est pas si simple, alors blottis l'un contre l'autre sous la couette, ils se mirent à refaire le monde, à rêver, à mettre des mots sur leurs rêves, à décider d'essayer de les réaliser.

Un de ses rêves à elle parmi les plus anciens et ancrés dans sa mémoire, de ce rêves récurrents qui font partie de vos nuits comme de vos jours, son rêve à elle depuis qu'elle est toute petite c'était donc, lui dit elle, d'aller en Afrique voir les éléphants, les lions et tous les animaux sauvages, et pour cela de s'envoler dans le ciel dans «un gros n'avion rouge» !

Mais où est ce qu'il allait pouvoir trouver : «UN GROS N'AVION ROUGE»?

C'était pour lui, la première fois qu'il allait vraiment pouvoir partager quelque chose avec celle qui partageait désormais sa vie, et son rêve à elle correspondait à ses rêves à lui ! Avoir enfin un projet véritablement commun voilà qui devrait booster leur relation, qui à défaut d'avoir été passionnée et passionnelle dès le premier jour, ressemblait de plus en plus à ce qu' il attendait, ce qu'il espérait....

De jour en jour, au fur et à mesure qu'ils préparaient ce

voyage, ils devenaient de plus en plus complices, de plus en plus amoureux, égrenant les jours, les semaines et les mois à l'inverse de toutes ces relations qui s'étiolent, sapées par le quotidien et la routine ! Inexplicablement, ils semblaient avoir inversé le sablier du temps qui passe, et qui use et abîme tout, même le plus beau.

Alors, ce rêve, ce grand voyage, un matin il se concrétise ! Après des semaines de préparation, de lectures, de repérages, après avoir réussi à maîtriser ce nouvel outil ap-pelé «Internet», après l'obtention de leur premier passeport (tout un symbole), après la vaccination contre la fièvre jaune obligatoire pour découvrir le continent africain, et bien qu'il n'ait pas réussi à trouver son «Gros N'avion tout Rouge», elle a accepté le marché qu'il lui a proposé, à savoir qu'il y ait au moins un petit peu de rouge sur l'avion ce qui fût beaucoup plus facile à trouver !

Ce sera donc Kenya Airways qui les emporterait de Roissy Charles de Gaulle en direction de Nairobi ...

Pour l'un comme pour l'autre c'est un baptême de l'air, huit heures et demie de vol pour avaler les six mille cinq-cents kilomètres qui séparent les deux capitales, et à l'arri-vée c'est le choc, le choc attendu, le choc espéré.

L'atmosphère, la température, les couleurs, les odeurs, les bruits tout est tellement différent, différent de chez eux bien sûr, mais différent de tout ce qu'ils avaient pu s'ima-giner et c'est à ce moment là que Pierre sait qu'il vient de mettre les doigts dans ce pour quoi il était programmé : les voyages, la découverte des autres lieux, des autres personnes et des autres cultures .Leur premier jour afri-cain, encore un peu dans le monde dit «civilisé», Nairobi est un mélange de grande métropole moderne autour de laquelle de nombreux villages africains se seraient agglo-mérés avec leurs traditions, leurs musiques leurs odeurs et malheureusement aussi leurs excès liés à la vie moderne: pollution, bruit, violence, drogue et délinquance ...

Il leur faudra donc attendre encore quelques heures pour s'éloigner de cette ville et de ses risques, la voiture qui était réservée, petit quatre quatre bientôt récupéré, les sacs à dos et la canadienne (toile de tente) chargés, et les voilà enfin partis pour l'aventure, leur aventure, celle qu'il et qu'elle attendait depuis tellement longtemps, depuis toujours sans doute !

Les journées passent vite, trop vite bien sûr, mais aucune déception, tout est encore mieux que ce qu'ils avaient pu imaginer, tout est magique, l'Afrique est magique, ils ne savent pas pourquoi, comment l'expliquer, mais ils le ressentent conjointement au fond d'eux.

Ce voyage est le premier qu'ils font aussi bien ensemble que séparément, mais ils savent sans même avoir besoin d'en parler, ils savent qu'il y en aura bien d'autres, c'est une évidence ces voyages, ces découvertes, seront leur moteur, leur oxygène une raison d'exister ensemble. Quatre semaines de rêves éveillés, de découvertes, plus de choses apprises, comprises en quatre semaines que dans toute leur exis-tence jusqu'à ce jour.

Des paysages, des animaux « sauvages» en liberté, des femmes et des hommes «sauvages» également, beaux, tellement beaux, naturellement beaux et bons, vivant dans la nature si belle elle aussi !

Quelques aventures et/ou mésaventures à ramener dans les sacs à dos ,en plus des centaines de diapositives (le numérique n'existait pas encore), des millions d'images dans la tête, à pouvoir raconter, les yeux pleins d'étoiles, une fois rentrés à la maison auprès des amis, des parents qui n'auront sans doute jamais la chance de vivre ces instants rares !

Ainsi : Le premier soir avec la «Suzuki» au beau milieu d'une réserve, entourés de millions d'oiseaux, des flamants roses en majorité, trop occupé sans doute à admirer leurs envols dans le soleil couchant, peut être également perturbé par la conduite ( et donc le volant) à droite, toujours est il que l'aventure avait bien failli avorter avant même son véritable commencement !

Une manœuvre approximative de Pierre et la voiture qui se retrouve avec une roue dans le vide ... Il faut sortir du véhicule pour constater la situation, et surtout pour trouver une solution pour revenir dans le droit chemin, tout en gardant un œil pour surveiller ses arrières des fois qu'un lion ou qu'une lionne ait la drôle d'idée de venir leur rendre une petite visite ! Pas de fauve à l'horizon, juste une grosse envie de vite planter la tente et de dormir du sommeil des braves après tant d'émotions.

Cette autre fois ou étant partis faire un tour dans une réserve après avoir planté la tente dans une zone autorisée, ils la retrouvèrent complètement déchirée à leur retour pour avoir oublié de laisser la porte de la canadienne ouverte, ce que les babouins, toujours très curieux, affamés et voleurs n'apprécièrent pas, mais qui, évidemment ne les empêchera pas d'entrer visiter !

Ce fût l'occasion pour eux de dormir dans la voiture, et de constater que ce véhicule déjà assez inconfortable pour rouler n'était véritablement pas fait pour y dormir et encore moins pour envisager d'y faire le moindre câlin ...

D'où la nécessité de trouver un moyen de réparer la canadienne ou du moins ce qu'il en restait après la visite de nos proches cousins les babouins !

Mais comment trouver de quoi la réparer là où ils se trouvent, en pleine réserve loin de tout magasin ?

Seule trace de la «civilisation» à des kilomètres à la ronde, un lodge, sorte d'hôtel de luxe pour amateurs de safaris fortunés.

C'est dans la boutique de cet établissement qu'ils trouvèrent la solution à leur problème d'intendance : des épingles nourrices (tout le stock est rapidement acheté), qui savamment placées permettront de créer un nouveau concept de toile de tente à connotation punk, tente qui ne manquera pas d'attirer l'attention et bien sur des tas de questions lors des bivouacs suivants..

Cette autre fois, dans le nord du pays, après des heures de piste pour rejoindre le seul «hôtel» répertorié dans toute la région, selon les différents guides consultés, hôtel fortement recommandé car la région proche de la frontière somalienne, s'avère être peu sûre !

Donc à la nuit tombée ils arrivent enfin dans ce village tant espéré, pour apprendre que le fameux hôtel n'est resté qu'un projet, et qu'il n'y a aucune autre possibilité d'hébergement dans le secteur !

Pour se remettre de cette mésaventure, ils s'offrent une bière (chaude) dans le seul petit «boui-boui» de la rue qui est à la fois la rue principale, la seule rue du village !

Le maître des lieux semble très surpris de voir des touristes blancs débarquer chez lui, et après avoir compris la situation, il prend les choses en main et leur assure qu'ils auront un dîner et un logement pour la nuit !

Commence alors «le sport national africain»: le marchandage !

Pour le marchandage c'est Pierre qui s'y colle, Jeanne, elle donnerait toujours plutôt plus que la somme demandée ... mais le marchandage c'est un sport, c'est une philosophie, c'est avant tout un jeu, un match de tennis, un chant contrechant, et il adore ce jeu, quel dommage que notre société moderne ait fait disparaître cet «art» de notre quotidien.

Donc, après discussions et palabres ils se mettent d'accord sur un «package» dîner / coucher, seule contrainte il faudra attendre environ une heure, donc une deuxième bière toujours aussi chaude arrive sur la table pour faire patienter. Pendant cette attente, ils observent la vie de cette route en latérite grouillante d'activités.

Certainement que nombre de personnes qui subitement passent dans la rue, devant le «café», ne sont que des curieux avides de voir la tête des «Mzungus» qui sont venus se perdre dans leur village.

Il y a tellement d'allers et venues, on se croirait dans une ruche, qu' ils ne prêtent pas vraiment attention à cet homme qui passe près d'eux avec dans sa brouette une carcasse de chèvre encore fumante, qui va malheureusement se révéler être l'ingrédient principal de leur dîner !

Autant dire qu'il ne réussirent pas à manger le moindre morceau tant la viande était dure ! Restait une sauce improbable et quelques morceaux de manioc, ou d'autre chose, allez savoir ! Légèrement déçus par la partie restauration du marché passé avec «l'aubergiste», ils attendaient avec fébrilité de découvrir la chambre qui allait pallier «l'hôtel mirage»...

Leur hôte les emmena donc derrière son «établissement» pour leur montrer la case qu'une partie de sa nombreuse famille venait en fait de libérer pour leur permettre d'y dormir. Eux qui voulaient de «l'authentique», comme Ugolin dans Manon des sources, eux qui voulaient découvrir la vie autochtone, la vie quotidienne, ils furent servis ...

Case en terre battue sans eau ni électricité, un trou derrière une tôle en guise de toilettes, et une nuit sans lune et presque sans étoile : une nuit bien noire tout à fait dans la tonalité du lieu et du moment !

Vite ils récupèrent les duvets dans la voiture, les installent dans la case, à même le sol puisqu'il n'y a pas de matelas ni même de paillasses, et pour la sécurité ils «embauchent» un jeune qui surveillera la voiture durant la nuit ... Puis ils vont se coucher, épuisés par cette journée de piste et ces dernières péripéties. Et, une fois enfoncés dans les duvets et après avoir éteint la faible lampe torche qui fonctionne encore, ils n'ont plus qu'à espérer que le sommeil viendra vite ...

«C'est toi qui vient de me jeter quelque chose demande à voix basse Jeanne pas rassurée du tout?»
«Non je te promets ce n'est pas moi !»

«ALLUME TOUT DE SUITE !»

Et là, Jeanne s'aperçoit que c'est un non seulement un gros lézard (geko) qui vient de lui tomber dessus, mais qu'en éclairant le plafond de la case, on peut y admirer un nombre incalculable de ses congénères qui, même s'ils semblent dormir, sont autant de menaces de chutes et de collisions nocturnes !

« On sort et on va dormir dans la voiture !»
«Impossible, si notre gardien de nuit, (armé de sa grosse machette) entend du bruit autour du quatre quatre, il va croire à des rôdeurs ou des voleurs et on va se faire découper en tranches !»

Seule solution ...
Pas de solution !
Essayer de dormir malgré tout, malgré ces dizaines de bestioles répugnantes, mais inoffensives, oui mais répugnantes tout de même et essayer de se convaincre qu'il faut mieux que ce soit un lézard plutôt qu'un crocodile comme

il y en a certainement pas bien loin du village et de leur palace !

Autant dire que leur nuit fût courte, peuplée de cauchemars et de bestioles en tous genres, et que rarement lever du soleil ne fût apprécié comme il le fût ce matin-là !

Mais les sourires qui les accueillirent au sortir de leur case, montraient combien ces personnes qui n'avaient pas grand chose étaient fières et heureuses de l'avoir partagé pour une nuit. Pour remercier ils essayèrent de faire bonne figure en buvant le café au lait de chèvre et en mangeant les galettes recouvertes de beurre (de chèvre?). Sans doute la même que la veille au soir !

Rien ne se perd tout se transforme, malheureusement !

L'entièreté du voyage dépassa leurs espérances et c'est avec avec beaucoup de tristesse qu'ils durent se résoudre à reprendre un autre gros navion rouge et blanc pour regagner la Sarthe, en se promettant de revenir ...

Une fois de retour dans leur quotidien, ils ne purent que constater tous les deux qu'ils avaient mis le doigt, la main, le bras voire le corps entier dans une machine infernale qui allait inexorablement les attirer vers d'autres voyages, d'autres continents, d'autres pays,et surtout d'autres personnes !

Chacun reprend son travail, son sport, les soirées au coin du feu à deux, à rêver, à envisager les futures destinations pour continuer à assouvir leur soif de découverte.

Un soir, alors qu'ils allaient dîner chez Patrick qui habitait à une cinquantaine de kilomètres de chez eux, ils roulaient sur une grande ligne droite bien dégagée, personne en vue si ce n'est une voiture arrivant sur une petite route perpendiculaire bien sur non prioritaire par rapport à eux, mais en approchant de l'intersection, sans raison, Pierre commença à lever le pied et même à freiner légèrement ce qui étonna Jeanne ..

« *Je sais que j'ai la priorité, mais depuis que j'ai eu un accident dans les mêmes circonstances, je ne peux m'empêcher d'avoir ce réflexe !*»
«*Qu'est ce que c'est que cette histoire d'accident, tu ne m'en avais jamais parlé avant, c'était grave ?*»
« Raconte»

Pierre entreprend donc de lui raconter cet épisode qui aurait pu tirer un trait définitif sur son histoire personnelle et celles des occupants des deux voitures incriminées !

En arrivant chez Patrick, Jeanne lui demanda si elle pouvait utiliser sa ligne téléphonique, car les téléphones portables n'existaient pas encore.

Plus il la regardait parler avec un(e) inconnu(e) au téléphone, plus il la trouvait bizarre et se demandait bien de quoi il retournait.

Dès qu'elle eut raccroché, l'explication arriva comme un coup de poing en pleine figure :

« *Tout à l'heure quand tu m'as raconté l'histoire de ton accident lui dit elle, cela m'a fait un drôle d'effet, mais je voulais être certaine de moi avant de t'en parler, c'est pourquoi j'ai demandé à Patrick de pouvoir appeler Claude, mon ami d'enfance, celui qui m'a vendu ma jolie coccinelle volkswagen jaune d'or, car il y a quelques années j'étais dans sa voiture (la même coccinelle) avec Claude et Herbert, et nous avons eu un accident, de notre faute, qui ressemblait tellement à ce que tu venais de me relater, qu'il fallait que j'en ai le coeur net. Je viens de demander à Claude s'il se souvenait du nom du conducteur qu'il avait failli tuer ce jour là, il vient de me répondre qu'il ne se souvenait pas de son nom mais par contre qu'il se souvenait parfaitement qu'il était kinésithérapeute ! ! !*

Ainsi, quelques années plus tôt, ils auraient pu (dû ?) mourir tous les deux dans cet accident et comble de l'histoire ils utilisent quotidiennement la voiture responsable !
Le moins que l'on puisse dire c'est que cette révélation éclaira d'un jour nouveau leur relation et leur point de vue sur la fragilité des choses, sur la destinée, sur leur destinée.
Ils ne devaient pas mourir avant de s'être rencontrés, ils devaient poursuivre leurs chemins respectifs, et un jour le destin ferait se recroiser leurs routes,en espérant que la rencontre soit plus paisible et débouche sur quelque chose qui ressemble au bonheur et à la joie de vivre. Ils prirent conscience de l'importance de profiter de l'instant présent : « Carpe Diem «

Profiter de la vie, profiter de ses amis, passer avec eux des soirées à refaire le monde , à bien manger, à boire (trop quelquefois), à rire de tout et de rien, à chanter quelquefois, à s'aimer, mais aussi à essayer de leur transmettre le virus du voyage, ce qui fût relativement facile auprès de certains, étant donné l'enthousiasme communicatif avec lequel ils décrivaient leurs aventures !

En particulier Herbert, l'ex mari de Jeanne, et Soizic sa nouvelle chérie alors que pendant toute la durée de leur relation, ni lui, ni Jeanne n'avaient jamais envisagé de partir découvrir d'autres cieux !

L'année suivante ils repartirent au Kenya , puis ce fut la Thaïlande, la Grèce, la Turquie et enfin le Népal ...

Enfin le Népal, car cet extraordinaire voyage sur le toit du monde, allait être leur dernier voyage ensemble !

Rien ne laissait supposer ce qui allait se produire, tout

semblait aller pour le mieux dans leur vie, dans leur couple, dans la vie !

Pour la première fois même, ils (elle) avaient même évoqué la possibilité de bientôt faire un bébé après Katmandou, les Annapurnas, l'Everest, l'Himalaya que des noms qui les faisaient rêver, même eux qui n'étaient pourtant pas montagnards dans l'âme !

Pour eux, leur rapport avec la montagne se résumait à une ou deux semaines de ski par an, le plus souvent avec des copains, le plus souvent dans les Alpes.

Comme cette fois où ils quittèrent la Sarthe le soir après leur journée de travail avec un couple d'amis dans la voiture. Tout était bien organisé, jusqu'à l'ordre de passage des relais entre les quatre chauffeurs. Comme ils avaient tous travaillé, ils étaient relativement fatigués et avaient décidé de se relayer toutes les heures ou toutes les 90 minutes, selon l'état de fatigue, pour éviter les risques d'endormissement. Herbert fut le premier à prendre le volant, suivi de Soizic, et donc après deux bonnes heures de route, ce fut le tour de Jeanne....

Quand elle réveilla Pierre, environ deux heures plus tard, elle lui déclara fière d'elle :

« Ca a bien roulé, on n'est plus qu'à 100 kilomètres du Mans !»

En prenant le volant, à peine réveillée sans doute, par réflexe peut être, dès qu'elle vit «Le Mans» sur un panneau routier, son esprit casanier lui suggéra (malheureusement) de rentrer à la maison !

Une fois les quatre compères réveillés, il fut décidé de ne pas s'énerver, de ne pas crier, de ne pas se fâcher, que ce n'était pas très grave que c'était le début des vacances donc qu'il fallait rester zen !

Mais, à l'unanimité moins une voix, il fut décidé que Jeanne ne s'approcherait plus du volant pendant toute la durée des vacances !

Finalement, durant tout le trajet, le reste de l'aller, comme le retour, Jeanne put dormir tranquillement à l'arrière de la voiture !

De là à penser que c'était un stratagème ...?

Le Népal, donc, gros travail de préparation, car comme à chaque fois il s'agissait de tout organiser tout seul, de voyager avec les sacs au dos, au plus près des populations loin des circuits organisés.

Donc Pierre ne se déplaçait plus sans ses guides de voyage et toutes ses notes sur l'avancée du projet.

Pourquoi le Népal, ce n'est pas une destination banale sauf à vouloir grimper sur les plus hauts sommets du monde ?

Autant le Kenya avait été initié par Jeanne et son gros navion rouge, autant le Népal fut une suggestion de Pierre qui, depuis qu'il avait dévoré «Tintin au Tibet», qui en fait se passe le plus souvent au Népal, et l'avait lu et relu jusqu'à en connaître chaque «bulle», chaque personnage comme un tintinophile qu'il n'était pourtant pas vraiment, rêvait d'y aller ! Pierre rêvait de découvrir cette place de Katmandou entourée de stupas, où les piments étalés au sol sur des grands draps blancs, séchaient au soleil, et il s'était promis que s'il trouvait cette place et ses piments, il ferait comme le capitaine Haddock, il croquerait dans un gros piment rouge, quitte à, comme le capitaine courir en jurant jusqu'à la fontaine la plus proche ! Il avait d'ailleurs à cet effet, secrètement préparé une liste de jurons triés sur le volet mais dignes de figurer dans un florilège du colérique et quelque peu alcoolique personnage fétiche d'Hergé.

Donc, c'est avec son guide du routard en poche qu'il se rend à un séminaire de posturologie à Marseille, débarquant de son train de nuit à la gare Saint Charles dans une ville qu'il ne connaissait que par le football ou les livres de Pagnol !

Un taxi le déposa rapidement au Sofitel situé au-dessus du vieux port où devait se dérouler ce séminaire, cette formation animée par le Dr Ricot et qui lui avait été recommandée par un confrère lors d'un précédent séminaire d'ostéopathie.

Arrivé en avance, il patienta dans le vaste hall de l'hôtel qui accueillait, ce jour-là, divers séminaires, symposiums etc.

Il fit bien attention de ne pas se tromper de salle, pas très envie de se retrouver avec les astrologues en herbe qui se réunissaient dans un salon voisin, mais qui auraient peut être pu lui annoncer quel serait son proche avenir, ce qui l'aurait bien fait rigoler lui, le cartésien, et pourtant ...

Donc, après avoir émargé au bureau de l'AFP, (association française de posturologie, rien à voir avec la presse !), ou on lui remit un beau badge avec son nom son prénom et sa spécialité (professionnelle), badge qu'il s'empressa d'épingler à sa chemise, celà lui donnait une contenance, une impression d'exister au milieu de tous ces inconnus.

Grande salle, certaines personnes semblent se connaître, voir même bien se connaître, mais heureusement quelques individus isolés (comme lui), cherchent une place où se poser et se faire le plus discret possible, ce qui pour lui était une gageure, car comme Ange lui avouera plus tard (beaucoup plus tard), il ne passait pas vraiment inaperçu avec son look qu'elle qualifierait «d'indien» : longs cheveux, grosse moustache, démarche nonchalante ... un look loin des participants à cette formation médicale et certainement plus proche de celui des astrologues et autres sorciers voisins de salle !

Mais cette fois-ci, l'habit ne fera pas le moine, et donc il se retrouve assis à côté d'ELLE. Cette charmante participante dont le badge, décidément précieux, annonce qu'elle s'appelle Ange et qu'elle est podologue. Une place libre les sépare, elle lui explique qu'elle attend une amie consoeur de Lyon, dont le train doit être en retard. Elle ajoute en lorgnant sur son badge, vraiment indispensable pour briser l'anonymat, nouer les contacts et délier les langues des personnes timides :

« *C'est drôle, votre nom de famille c'est le prénom de mon fils !*»

« *Votre fils s'appelle Renaud ?*»

«*Non il s'appelle Pierre !*»

Et là, en regardant de plus près, il s'aperçoit que sur son badge, la secrétaire à intervertit son prénom et son nom de famille (qui se trouve être également un prénom !)

Ils ignoraient que ces quelques paroles banales échangées allaient être le début d'un tremblement de terre, d'un gigantesque séisme que même le vieux port n'avait jamais vécu, et pourtant, à en croire les marseillais, ils avaient tout vu ici !

Cette révolution à venir, auquel ni l'un ni l'autre n'étaient préparés, ils n'en avaient bien sûr aucune conscience à ce moment là, mais petit à petit, insidieusement le «philtre magique» allait faire son chemin (peut être le résultat des travaux pratiques de leurs voisins astrologues qui pour certains y associaient sans doute le vaudou, la magie noire et la sorcellerie ?)

Après les discours de bienvenue, les présentations d'usage et les premiers cours magistraux dispensés par le fameux Dr Ricot, qui aurait pu être le fruit du mélange entre le César de Pagnol et le professeur Tournesol, après donc cette découverte des prémices de la posturologie, ils se répartissent par groupes de deux pour commencer les travaux pratiques et les examens cliniques.

Comme son amie lyonnaise n'était toujours pas arrivée, c'est tout naturellement qu'ils se retrouvent en binôme pour travailler.

Il n'avait pas encore vraiment osé la dévisager avant, mais il s'aperçoit qu'elle est très jolie, elle semble un peu triste, un peu sur la réserve, mais la tristesse la rend encore plus belle, et déjà désirable (?)
Son regard, mais ce regard ! ! ! !

*« Elle a les yeux revolver, elle a le regard qui tue*
*Elle a tiré la première, m'a touché c'est foutu ...»*
(Marc LAVOINE)

Et elle s'appelle Ange !
Il est totalement déstabilisé, tétanisé, foudroyé (?).
La seule fois qu'il a ressenti cela, dans les yeux de quelqu'un, c'était il y a si longtemps.

Il était encore au lycée, «tombé en amour» devant la beauté, la douceur et le regard «bleu des mers du sud» de cette fille arrivée tout droit de son île de l'océan indien, Madagascar, où elle avait vécu quelques années avant de revenir dans sa région natale.

Aussi incroyable que cela puisse paraître, elle se prénommait Ange elle aussi !

Mais malheureusement pour lui, elle se contenta longtemps, trop longtemps à son goût, de le considérer comme son meilleur copain quand lui passait ses journées et ses nuits à vivre seul sa première grande histoire d'amour !

Il lui fallut attendre la fin de leurs années de lycée pour

que leur relation devienne ce qu'il avait toujours voulu et rêvé qu'elle soit : une belle et grande histoire d'amour.

Mais cette période fut malheureusement trop courte, puisqu'une fois le baccalauréat en poche elle dut partir à Paris pour ses études !

Néanmoins cet épisode restait la plus belle chose qui lui soit arrivée et là, aujourd'hui voir cette fille inconnue devant lui, avec ce regard et ce même prénom, cela réveillait tellement de choses en lui.

Il ne s'était pas préparé à un tel choc émotionnel et se sentait perdu, peut-être même déjà «éperdu»?

Ce simple regard remettait en perspective les quinze dernières années de sa vie amoureuse, lui faisant prendre conscience de la tiédeur de tout ce qu'il avait vécu et vivait encore actuellement avec ses différentes compagnes.

Ange, son grand amour post adolescent qu'il n'avait jamais vraiment oublié, pour preuve, il y a quelques années il avait essayé de reprendre contact avec elle peu de temps après sa séparation d'avec Dominique.

En effet, hasard ou destin, encore une fois (?), il avait croisé Sarah sa petite soeur en se promenant en ville un week-end où il était revenu voir ses parents et ses amis d'enfance, et ils avaient convenu de passer une soirée ensemble car la chance voulait qu' Ange était actuellement chez leurs parents pour quelques semaines. Il la trouva bien sûr toujours aussi belle, peut-être même plus, séduisante, solaire.

De toute évidence, depuis tout ce temps il était, et avait toujours été amoureux sans le savoir ou plutôt sans se l'avouer. Peut être une des raisons des différents échecs dans ses relations, et de sa difficulté à vouloir vraiment s'engager !

Malheureusement (pour lui), elle était amoureuse d'un autre et devait se marier dans quelques semaines, d'où sa présence chez ses parents pour finir d'organiser la cérémonie !

Quel dommage que son futur mari soit retenu à Paris pour son travail, elle aurait tant aimé lui présenter !

Ce n'était que partie remise car elle comptait fermement lui présenter le jour J, puis maintenant qu'ils s'étaient re-trouvés, elle ne le «lâchera» plus, et qu'il était obligé de ve-nir au mariage ... (en tant qu'invité !) Pitoyable !

Heureusement que les témoins étaient déjà choisis, sinon elle aurait trouvé un autre pitoyable !«le rôle» !

Aujourd'hui, dans cette salle de conférences du Sofitel de Marseille, à nouveau, il ressent dans tout son être ce qui, presque vingt ans plus tôt l'a pour la première fois fait se sentir vraiment, totalement, vivant et heureux. Il est subjugué par ce regard, et même s'il essaye de ne rien laisser paraître (il ne veut pas être le lourdaud de service qui saute sur tout ce qui bouge dès qu'il se retrouve loin de chez lui !), il sait déjà que cette rencontre laissera des traces dans sa vie.

En l'observant, il découvre que ses yeux sont mauves, et quand, pour procéder aux examens cliniques, c'est son tour à elle de se déshabiller, il la découvre dans de très jolis sous-vêtements assortis à l'incroyable couleur de ses yeux !

Il est indéniablement troublé, mais il ne faut surtout rien laisser paraître ...

*« Les dessous chics c'est la pudeur des sentiments maquillés outrageusement*
*Les dessous chics c'est ne rien dévoiler du tout ...»*
                                                    (Serge GAINSBOURG)

Ils sont là pour travailler, ils ne se connaissent pas, lui est en couple, il ne sait rien de sa vie à elle si ce n'est qu'elle a un fils qui s'appelle Pierre (et selon toutes vraisemblance ce garçon doit avoir un papa !).

Il n'a pas traversé la France pour jouer au joli cœur, mais pour travailler, pour apprendre, assouvir cette soif de découvrir de nouvelles voies à explorer pour ensuite pouvoir les transmettre.

La journée de cours et de mise en pratique se passe très bien, le contenu est très intéressant et s'intègre parfaitement dans la vision qu'il a de son travail ostéopathique. L'amie lyonnaise attendue n'est finalement pas venue, ce dont il ne se plaint pas il va pouvoir la «garder» que pour lui !

De fait, ils forment un binôme qui va se poursuivre toute la journée y compris pendant les pauses et au moment du déjeuner.

Par chance elle ne connaît personne dans l'assistance (à part le Dr Ricot qu'elle a déjà rencontré une fois, mais il est évidemment très demandé et peu disponible) ce qui lui permet de rester à ses côtés naturellement, ils font donc un petit peu connaissance, elle s'appelle donc Ange, est en pleine installation d'un nouveau cabinet dans la Drôme, où elle va bientôt déménager, elle vient de trouver une maison, et va donc pouvoir quitter le Jura avec son fils, après un divorce qui semble compliqué, mais y en a t il de simples ?

Au cours du déjeuner pris en commun, un des participants propose à Pierre d'aller dîner dans un petit restaurant sympa et moins surfait que ceux proches du vieux port. Ayant sa voiture, il se propose de servir de chauffeur !

Prenant son courage à deux mains, Pierre ose transmettre l'invitation à Ange, qui dans un premier temps refuse :

«*Fatiguée !*»
« *Mais nous ne rentrerons pas tard*»

*« Besoin de faire des économies, car mon cabinet n'est pas encore ouvert »*
*« Pas de soucis je t'invite, ça me fait plaisir et ça te fera du bien »*
*«Pas très envie de sortir trop de problèmes dans ma tête, juste envie d'être seule.»*
*« Un petit break ne peut être que bénéfique, et puis il faut te nourrir tu sembles si fragile»*

A force de persuasion, elle finit par accepter, rendez-vous est donc pris devant l'hôtel avec le chauffeur d'un soir et deux autres stagiaires qui doivent se joindre à eux.

Quand il rejoint sa chambre pour prendre une douche et se préparer, qu'il fait le bilan de cette première journée de formation, même si le contenu l'a fortement intéressé, ce n'est pas la posturologie qui occupe son esprit, c'est elle, Ange, la fille aux yeux et à la jolie lingerie mauves, tellement belle, mais qui semble tellement triste.

Pourquoi une telle tristesse dans un aussi joli regard ?

Pourquoi cette langueur qui émane de cette si jolie jeune femme qui, en outre a le bonheur d'avoir un magnifique fils de six ans et une nouvelle vie qui s'offre à elle ?

Qui est-elle pour venir bousculer ses certitudes à lui, sans raison, et sans avoir rien fait pour le déstabiliser ?

Quelle place peut elle prendre dans son esprit à lui, dans sa vie ?

Trop de questions qui se bousculent dans sa «petite» tête déjà bien remplie par tout ce qu'on lui a enseigné aujourd'hui, et dire que demain à cette heure là il sera dans le train pour rejoindre sa petite vie tranquille, mais qu'adviendra-t-il alors de toutes ces questions qui se posent à lui de façon tellement inattendue ?

C'est ainsi, avec toutes ces interrogations que lui, «l'in-

dien» comme elle l'a déjà nommé dans sa tête, qu'il se retrouve assis à ses côtés à l'arrière d'une voiture, un peu serrés car ils sont trois, mais il ne s'en plaint pas car il peut sentir et identifier son délicieux parfum, «Oscar de la Renta» et la chaleur de son corps qui diffuse en lui par le simple contact de leurs cuisses. Il ne peut que regretter la brièveté du trajet et l'absence de bouchons un samedi soir à Marseille Le restaurant, il s'en souvient à peine, installé face à elle il la regarde plus qu'il n'écoute ses voisins de table, il la regarde «picorer» dans son assiette et se soucie peu de savoir si les filets de rouget qu'on lui a recommandés et qu'il a donc commandés, sont aussi délicieux que promis, sa soirée est délicieuse, sa voisine est délicieuse, il faudrait suspendre le temps, faire un arrêt sur image ...
Mais il faut rentrer, il y a école demain !
Le voyage retour est l'occasion de se serrer un peu plus que l'espace libre ne l'exige, c'est l'occasion d'effleurer sa main, comme un collégien qu'il est subitement redevenu !
Quand ils arrivent à l'hôtel, elle lui précise qu'elle n'a pas réservé de chambre au Sofitel qu'elle trouvait trop cher pour ses ressources actuelles, mais juste à côté, l'hôtel est situé juste après le parking du Sofitel
L'occasion était trop belle, il ne pouvait pas la laisser traverser toute seule ce grand parking mal éclairé dans une ville connue autant pour son taux de délinquance, que pour son équipe de football !
Pendant que les trois autres décident d'aller boire un dernier verre au bar de l'hôtel, il l'accompagne donc pour lui éviter toute mauvaise rencontre ...
Le lendemain matin, le jour est levé quand il regagne sa chambre du Sofitel, il ne se souvient pas vraiment comment ils se sont retrouvés dans sa chambre à elle, à passer une bonne partie de la nuit à parler, essentiellement à parler.

Elle lui a expliqué le pourquoi de ce regard triste, pourquoi cette mélancolie ?

Après avoir découvert que son mari la trompait, elle avait demandé et obtenu le divorce et la garde de son fils. Ce problème réglé, elle a décidé de changer de région pour commencer une nouvelle vie.

Son choix s'est porté sur la Drôme où habitait sa sœur, elle venait de trouver une maison à louer, un local professionnel qui devrait être opérationnel dans quelques semaines, et son rêve d'une nouvelle vie, de son droit au bonheur allait enfin pouvoir se concrétiser.

Malheureusement le cauchemar vient de recommencer, le beau rêve vient de voler en éclat, car son ex mari a demandé et vient d'obtenir par un jugement en référé la garde exclusive de leur fils au motif que ce déménagement était une manœuvre déguisée pour l'empêcher lui, de voir son fils et d'exercer son rôle de père !

*« C'est mon fils ma bataille, Fallait pas qu'elle s'en aille ...»*
*(D.BALAVOINE)*

Même s'il n'a pas d'enfant, Pierre peut imaginer ce qu'elle ressent, et l'abîme qui s'est ouvert devant elle.

Elle lui a bien sûr demandé s'il était marié, s'il avait des enfants et pourquoi était-il là dans sa chambre ?

Alors ils ont parlé, beaucoup parlé, lui il a, comme d'habitude beaucoup plus écouté que parlé, mais il essayé de trouver les mots justes pour ne pas la blesser davantage, pour essayer de lui apporter du réconfort sans donner l'impression de profiter de la situation. Il a essayé de la consoler, elle lui a montré des photos de son fils, elle lui a dit qu'elle maudissait tous les hommes et il l'a crue.

Comble de l'horreur pour cette femme trompée à qui on

veut arracher son enfant, le travailleur social chargé par le juge des référés de rendre un rapport sur sa demande de garde, lui a tout simplement expliqué que, comme il n'était pas insensible à ses charmes, si elle voulait vraiment avoir la garde de son fils, il fallait qu'elle «fasse un petit effort» et qu'en contrepartie il lui garantissait un rapport pour le juge totalement en sa faveur !

En tant que représentant du sexe «fort» Pierre ne se sentait pas vraiment très fier de ses congénères, il le lui dit, essaya de la convaincre que tous les hommes n'étaient pas «comme ça», mais c'était peine perdue et il la comprenait.

Il passa donc de longues heures à la rassurer, à écouter son chagrin, son envie de hurler à l'injustice des hommes, faite par les hommes pour les hommes.

A cela il ne pouvait proposer, opposer que son épaule pour pleurer, ses bras pour la bercer, la câliner, ses mains pour toucher son beau visage, essuyer ses larmes et caresser ses cheveux. Quand le dimanche matin il rejoint sa propre chambre pour prendre sa douche et préparer sa valise pour le retour, il ne sait plus démêler le réel des rêves !

Il se souvient parfaitement l'avoir vue «enlever ses yeux mauves», ce n'étaient que des lentilles colorées.

Il se souvient l'avoir vue se déshabiller pour se changer devant lui sans fausse pudeur, la pudeur ce n'est pas son fort lui dit elle !

Il se souvient qu'elle est belle, très belle, mais qu'elle semble tellement fragile !

Elle lui semble aussi belle à l'intérieur qu'à l'extérieur.

Il se souvient qu'elle était très tendue, depuis le début de la journée bien sûr, mais certainement depuis bien longtemps avant !

Tendue, crispée, les nerfs à fleur de peau, alors tout naturellement comme c'est son métier, et qu'il avait envie de la faire se sentir mieux, il lui a proposé de lui masser le dos, le cou, les épaules ...

Elle lui a dit qu'elle ne voulait pas faire l'amour avec lui, mais il le savait déjà, et n'était d'ailleurs pas certain de le vouloir lui-même.

D'en avoir envie c'est indéniable, bien sûr qu'il en «crevait» d'envie mais de le vouloir ? Non, pas dans ces conditions.

Il savait que ce n'était pas le moment, mais il était déjà persuadé qu'ils se reverraient bientôt et que le moment viendrait.

Cette nuit tout ce qui importait c'était elle et seulement elle, il voulait qu'elle oublie, provisoirement son cauchemar, il voulait qu'elle se sente bien, légère, apaisée, presque heureuse.

Alors rêve ou réalité, il se souvient d'avoir massé puis caressé son magnifique corps bronzé, doucement, tendrement, précautionneusement, interrogeant du regard l'envie qu'il avait d'oser aller plus loin, quémander d'un regard l'autorisation d'ajouter aux caresses quelques baisers, se concentrer sur elle, sur son plaisir à elle !

Après, longtemps après, elle lui a murmuré à l'oreille qu'il était doux et gentil, que ses mains étaient douces et chaudes, et que sa compagne avait bien de la chance ...

Puis, ils se sont assoupis, enlacés tendrement, jusqu'au lever du soleil.

Quand un premier rayon vint éclairer son corps dénudé puis son visage angélique endormi, il l'admira longuement, presque religieusement avant d'avoir le courage de se lever, au risque de la réveiller et peut être de briser le charme de cette «« aurore méridionale » qui pour lui (et peut être pour elle) resterait inoubliable.

Ils se retrouvèrent rapidement, en cours côte à côte, comme la veille, presque comme si de rien n'était, presque comme si ce n'était qu'un rêve, et que chacun ignorait ce que l'autre avait vraiment rêvé, et ce que l'autre espérait de ce rêve et de ses éventuelles suites ? Ils purent néanmoins se parler pendant les pauses, sans perturber les cours, et en fin d'après midi en regagnant ensemble en taxi la gare, là où leurs chemins devaient se séparer.

La séparation est toujours un moment difficile, alors il ne faut pas trop la faire durer, la seule chose qu'ils pouvaient se promettre et qu'ils se promirent avant de se séparer, c'est de se donner des nouvelles, de s'écrire, de se téléphoner à l'occasion, et de continuer à croire que la vie peut être belle pour peu que l'on se batte pour.

Il la serra fort dans ses bras, s'imprégnant une dernière fois d'une bouffée d'Oscar de la Renta, l'embrassa tendrement et parti sans se retourner de peur qu'elle ne perçoive dans son regard quelques larmes qui arrivaient.

Dans le kiosque de la gare de Marseille, Pierre acheta une jolie carte postale pour le «petit Pierre», un gros bloc de papier à lettres, des enveloppes et un critérium.

«C'est un beau roman, c'est une belle histoire ...
Il rentrait chez lui là haut dans le brouillard ...
Elle, elle restait dans le midi ...»
(Michel FUGAIN)

Sitôt assis dans le train, Pierre commença la première lettre d'une longue série à venir, début d'une étonnante relation épistolaire pour essayer de compenser ce qui à l'évidence ne pouvait l'être ...

Cette première, longue lettre écrite, il tenta de faire un

peu de «ménage» dans sa tête pour essayer de savoir ce qui lui arrivait, de comprendre où il en était !

C'était une situation nouvelle, assurément compliquée, lui-même ne savait pas où tout cela pouvait le mener, donc il fallait être prudent, essayer de faire le moins de mal possible autour de lui, épargner dans la mesure du possible les personnes qu'il aimait ! Il lui fallait faire le point dans sa tête, dans son coeur, était-il brutalement tombé amoureux d'Ange?

L'histoire était-elle en train de se répéter presque vingt ans après, et comment faire pour que l'issue, cette fois, soit différente ?

Était-il toujours amoureux de Jeanne, l'avait il jamais été?

Peut- on être amoureux de deux femmes en même temps ?

De la même façon, avec la même intensité, le même désir ?

Bien que n'ayant pas fait l'amour avec elle, est ce que la relation intime initiée pendant ces deux jours avec Ange c'était déjà tromper Jeanne ?

Est-ce que le sentiment ressenti et peut être partagé, c'est déjà «l'adultère»?

Est-ce que caresser c'est tromper ?

Autant dire que le voyage retour ne fut pas simple, il y avait plus de monde dans sa tête que dans le wagon qui le ramenait, et il avait l'impression qu'elle (ou sa poitrine) allait exploser, là en plein milieu du TGV !

Quant aux jours et aux nuits qui s'annonçaient....

Mieux vaut ne pas trop y penser tout de suite, les problèmes arriveront suffisamment vite ! Gare du Mans: Jeanne est venue le chercher, elle voudrait sortir, aller dîner quelque part, puis peut-être un ciné, mais Pierre est fatigué, le voyage, le stage très intensif !

En fait, il n'aspire qu'à prendre une bonne douche et à dormir.

Jeanne, est peu habituée à ce qu'il décline une propo-

sition de sortie, elle n'en fait pas une montagne, elle peut comprendre qu'il soit effectivement fatigué, même si c'est bien la première fois qu'elle l'entend dire ça !
Retour donc dans leur petite maison, il va enfin pouvoir se détendre sous une douche bien chaude ... bientôt rejoint sous le jet brûlant par Jeanne pour qui, visiblement, l'heure du sommeil n'a pas encore sonné !
Elle est belle, elle est douce, elle est amoureuse, elle aime faire l'amour et c'est aussi ce qu'il aime en elle ... puisqu'il l'aime !
Il est bien, il ferme les yeux et se laisse faire, il se laisse envahir par la violence de son désir à elle, par l'insistance de ses caresses, content de ne pas avoir ce soir à prendre d'initiative, il garde les yeux fermés pour ne pas rompre le charme des films, celui qui se joue dans la douche, et celui qui se joue dans sa tête !
Bientôt plaisir partagé, simultané, exprimé, mais partagé avec qui ?
Celle qui est dans sa douche, dans sa bouche, dans ses bras ou celle qui est dans son esprit, dans son rêve ?
Rêver, fantasmer, simuler, est ce que c'est tromper ?
Une question parmi les nombreuses autres qui vont venir polluer son sommeil jusque très tard dans la nuit, malgré la fatigue accumulée.
A ses côtés, nue dans le lit, après avoir refait l'amour plus doucement, plus calmement, plus «bourgeoisement», Jeanne s'est endormie paisiblement, le corps et l'esprit saturés d'endorphines, ignorant tout de la tempête qui agite son compagnon. Lui, il la regarde à la faveur d'un rayon de lune, comme il le faisait au lever du soleil le matin même, mais dans un autre lieu, un autre lit, et surtout avec une autre à ses côtés !

*«Peut-on aimer deux femmes en même temps ?»*

C'est le mantra qui va rythmer son quotidien à partir de maintenant et pour combien de temps ?

*«Tu as bien dormi mon chéri ? Tu as eu raison de vouloir rentrer à la maison hier soir, j'ai passé une délicieuse soirée et j'ai dormi comme un bébé !»*
*«Comme un bébé !»*

Stupeur !
Il repense à la discussion d'il y a quelques semaines avec Jeanne, quand pour la première fois elle lui a demandé s'il serait heureux d'avoir un bébé avec elle, pas tout de suite bien sûr, c'est une décision qu'il faut mûrir, mais il ne faut pas attendre d'être trop vieux non plus !
Au moment où elle lui a posé la question, la réponse allait de soi, bien sûr que ce serait formidable, mais aujourd'hui que répondrait il ?
Que serait-il capable de répondre ?
Il ne sait pas, il ne sait plus rien, il est totalement perdu et n'a personne à qui en parler. La seule qui éventuellement pourrait l'écouter et peut être le conseiller ce serait Babette qui a déjà joué pour lui ce rôle de confidente, mais cette fois c'est impossible, elle est trop proche de Jeanne, ce sont les meilleures amies, elles travaillent dans le même service, se côtoient toute la journée et passent une bonne partie de leurs loisirs ensemble.
Non, décidément il n'a personne avec qui en parler pour essayer de faire baisser la pression !

*Il est celui qui écoute, pas celui qui parle !*

Retour au cabinet, reprise du travail, c'est une bonne façon de s'occuper l'esprit, Franck le questionne longuement sur la teneur et l'intérêt du stage de posturologie qu'il vient de faire, et, comme s'il avait un sixième sens, ou un détecteur de «non dits», avec un grand sourire, lui demande si il y avait de jolies marseillaises ?

Et il ajoute, de plus en plus souriant :

*« Ce matin quand je suis arrivé au cabinet il y avait un message pour toi sur le répondeur de la part d'une certaine Ange, je ne connais pas la spécialité de cet «Ange», mais rien qu'au son de sa voix je pense que je vais bientôt m'intéresser de plus près à la posturologie et à ses à côtés «*

No comment !

Les patients arrivent, il faut s'en occuper, et cela arrange bien Pierre, mais il le sait, parce qu'il le connaît bien, Franck reviendra à la charge, peut-être au moment où Pierre s'y attendra le moins, mais il essayera de savoir ! Les journées passent, un nouveau rituel s'est installé, vérifier le courrier en arrivant au cabinet et avant d'en repartir car c'est bien évidemment son adresse professionnelle qu'il lui a laissée !

Dès que le travail lui en laisse la possibilité, il sort son bloc de papier à lettres et son critérium et lui raconte brièvement ses journées, mais surtout lui demande de lui raconter tout ce qu'elle fait, tout ce qui lui arrive, le bon comme le moins bon, il pourra dans la lettre suivante la réconforter, essayer de la rendre plus forte, de ne pas accepter ce qui lui arrive comme une fatalité. Il veut tout savoir d'elle, comment est elle habillée, de quelle couleur sont ses yeux aujourd'hui, a-t-elle assorti ses dessous avec la couleur de ses yeux ?

Les lettres qu'il reçoit, il les ouvre fébrilement, pressé de savoir comment elle va, savoir si, malgré tous ses soucis, elle a pensé à lui, si elle a pensé qu'ils pouvaient bientôt

se revoir, où, quand, comment ? Après quelques semaines, quelques dizaines de lettres échangées, quelques appels téléphoniques, (mais ce n'était pas encore l'ère des portables, il était donc plus compliqué de pouvoir se joindre discrètement, sans éveiller l'attention), un «beau» matin il prend une grande décision, il part officiellement à Paris pour une journée de révision, mais avec en poche un billet de train pour Paris évidemment mais également un Paris / Dole (dans le Jura) où elle habite encore pour quelques jours, finissant les carton en vue de son déménagement pour la Drôme !
Que va t il faire là bas ?
Lui-même serait bien en peine de répondre à cette question, mais il faut qu'il le fasse ! Elle a bien essayé de l'en dissuader quand le matin même il l'a informée de son arrivée, mais rien ne pourrait le faire changer d'avis !
Pour une fois qu'il prenait une décision, il s'y tiendrait. Arrivé gare de Dole, elle est là sur le quai à l'attendre, encore plus fragile et encore plus jolie que dans son souvenir.
Elle semble fatiguée, épuisée par ces semaines de combat juridique dont elle ne voit pas la fin, dont elle ne veut surtout pas voir la fin qui se dessine !
En effet, selon toute vraisemblance, le juge ne voudra pas se «déjuger», il va donc falloir qu'elle parte, qu'elle laisse son fils ici et qu'elle emménage seule dans sa nouvelle demeure, en espérant que les différentes procédures que lui fait miroiter son avocate aboutiront enfin un jour !
Il la serre dans ses bras ! Des semaines qu'il attend cela, qu'il attend de respirer «Oscar». Elle, elle reste distante, le traite de fou, lui demande ce qu'il fait là quand sa vie à lui est ailleurs ? Elle lui demande des nouvelles de Jeanne, lui redit qu'elle ne veut pas briser son couple, que le sien est déjà en lambeaux, détruit, que tous les jours elle pleure et

que son fils pleure et que rien ne justifie de faire subir cela à une femme, à un enfant !
Néanmoins, puisqu'il est là :

« Bienvenue à Dole » !

Après quelques minutes de trajet dans sa petite voiture, les voici arrivés dans sa future ex maison, puisqu'elle est vendue et qu'elle finit de la vider. Ce n'est bien sûr pas encore là dans cette maison qu'ils feront l'amour, il en a bien conscience, et ce n'était sans doute pas la raison de sa venue, il voulait juste la voir, la respirer, la toucher. Oui, la toucher, dans tous les sens du terme, comme elle, elle l'a touché en plein cœur à Marseille, sans le vouloir, sans raison.

Il sait qu'en venant ici, chez elle, aujourd'hui, il s'est jeté à corps (coeur ?) perdu dans cette histoire qui aurait pu rester simplement une jolie rencontre, mais qui désormais sera bien plus que cela. La journée passe vite, trop vite, il doit reprendre son train, il ne peut pas ne pas rentrer ce soir, il est attendu, Jeanne a prévu d'aller au cinéma !

Passer toutes ces heures dans le train pour ne pouvoir finalement passer que si peu de temps avec elle, est ce bien raisonnable ?

Bien sûr que non, mais il ne veut pas être raisonnable, il veut être avec elle. Simplement avec elle, à côté d'elle, respirer le même air qu'elle et accessoirement « Oscar » son parfum !

C'est ce jour-là qu'elle lui donne une écharpe copieusement parfumée pour que le souvenir olfactif perdure ... jusqu'à leur prochaine rencontre, s'il y en a une un jour !

C'est le premier cadeau qu'elle lui fait, il est heureux comme un enfant le soir de Noël découvrant tout ce dont il a rêvé. Il va pouvoir la « sentir » à ses côtés quand l'envie se fera trop forte et qu'il ne pourra pas s'échapper jusque chez elle ! Dans le train du retour, il lui écrit tout ce qu'il n'a pas pu, ou pas osé dire quand elle était devant lui, il lui écrit son espoir ou son désespoir il ne sait plus très bien, et quand son absence lui devient insupportable, il s'oxygène, se réanime à «grandes goulées» d'Oscar le nez dans cette écharpe seule preuve tangible que toute cette journée n'a pas été qu'un rêve !

Autre ville, autre gare, autre quai, autre femme...
Cette fois, il ne peut échapper au dîner en ville et à la séance de cinéma. Pour le film, ce sera »Hook» avec Dustin Hoffman dans le rôle du capitaine Crochet, et Julia Roberts dans celui de la fée Clochette.

La jolie fée Clochette avec son petit tutu mauve, assortis à ses grands yeux de biche apeurée !

Il est au supplice, il ne voit qu'Elle sur l'écran, et est persuadé que tout le monde dans la salle ne voit qu'Elle !

Jeanne est dans la salle assise à ses côtés et Ange est là sur l'écran à danser et virevolter devant eux !

De temps en temps Jeanne se tourne vers lui, le regarde et s'étonne de le voir sourire un peu bêtement, niaisement même, elle ne lui connaissait pas cet attrait, cette quasi dévotion pour la fée Clochette !

Heureusement qu'elle ignore tout de sa journée. Elle a tout de même remarqué qu'il s'était acheté une écharpe à Paris, et s'en était étonné car il en avait d'autres qu'il utilise rarement ! Une pizza après la séance, l'occasion de prendre le temps de parler de leurs journées respectives. Heureusement qu'elle a plein de choses à raconter, lui, comme d'habitude reste dans le vague:

« *Oui, journée intéressante, mais fatigante, oui il y aura certainement d'autres journées de travail planifiées, mais rien n'était encore vraiment décidé !...»*

« *Tu semblais apprécier le film, moi j'ai trouvé ça pas mal, mais pas génial !*»

« *Oui, depuis que je suis gamin j'ai toujours adoré l'histoire de Peter Pan, et cette fois encore j'ai bien aimé !*»

Est ce que ne pas dire toute la vérité, même pour éviter de blesser, c'est tromper ?

Retour à la maison, câlin sous la douche ou au coin du feu, la tête un peu ailleurs, comme de plus en plus souvent.

Les semaines défilent, les mois aussi, les vacances approchent, cette année ils partent en Grèce avec retour par Venise. Les vacances, les voyages, le soleil, la mer, c'est toujours bien, propice à oublier les soucis, les couples se resserrent, c'est le temps de l'amour, et de l'insouciance, alors il fait comme si ...

Comme si elle n'existait pas, disparue de sa vie comme elle y était apparue, d'un claquement de doigts !

Mais les lettres lui manquent, aussi bien celles qu'il a pris l'habitude de lui écrire que ses réponses !

Le téléphone n'en parlons pas, c'est trop compliqué et beaucoup trop risqué, alors de temps en temps il réussit à s'isoler pour lui envoyer une petite carte postale qu'il glissera au milieu de celles destinées à la famille et aux amis.

Il va même lui envoyer une carte du «Pont des Soupirs» à Venise, un des symboles des amoureux du monde entier.

Pendant ce temps, dans la Drôme, Ange, complètement perdue, après tous ces événements qui viennent de perturber la belle vie qu'elle avait préparé pour son fils et pour elle, a trouvé un chevalier servant en la personne de Fabien le frère de son beau-frère (le mari de sa sœur) qui à son tour est tombé sous son charme.

Il vient de quitter brutalement sa copine pour dit-il s'occuper d'elle, l'entourer, essayer de la protéger ... de tout ce qui lui arrive.

Sans en avoir vraiment envie, sans trop savoir comment refuser, le repousser au risque de compliquer encore la vie de ceux qu'elle aime dans son nouvel univers, elle se retrouve «en couple».

Fabien vient habiter chez elle, prend soin d'elle, essaye de se rendre indispensable, et comme il est très disponible, qu'il a beaucoup de temps libre, il va arriver assez facilement à se rendre utile puis presque indispensable.

Elle se confiera totalement à Pierre, sans faux semblants, dans quelques lettres qui, pour une fois lui feront plus de mal que de bien, qui lui arracheront plus de larmes que de sourires, mais il continuera à lui écrire, à essayer de lui redonner confiance en elle, à lui dire qu'il faut qu'elle continue à se battre pour le «petit» Pierre en particulier.

Il lui dit et redit, lui écrit dix fois, vingt fois qu'il ne faut pas que par fatalité, elle accepte la vie qu'elle mène actuellement, une vie qu'elle n'a pas choisie, qui ne lui correspond pas du tout, qu'elle ne maîtrise pas, qu'elle ne décide pas.

Une vie où même l'homme qui partage sa maison, son existence quotidienne et jusqu'à son lit, elle ne l'a même pas choisi par amour, mais qu'il s'est imposé «par défaut»!

Il lui dit et redit qu'il voudrait être tout près d'elle pour pouvoir la prendre, la secouer, réveiller celle qui était capable de se battre, d'avoir des projets, qui avait foi en l'avenir et qui aurait soulevé le monde pour le bonheur de son fils.

Elle lui dit et redit qu'il faut qu'il l'oublie, que sa vie à lui est ailleurs et pas avec elle, que c'est dommage mais que la vie est ainsi faite, qu'elle n'est pas faite pour le bonheur ...

Que, peut-être, sans doute, avec un timing différent, leur jolie rencontre aurait pu déboucher sur une belle histoire mais qu'il faut cesser de rêver, le destin les a fait se croiser, mais simplement se croiser, et pas au bon moment !

Un discours qu'il ne peut entendre : «Cesser de rêver!», « Croire au destin» et ne rien tenter pour le faire dévier de sa soi-disant trajectoire !

Ce n'est pas possible, pas à son âge, pas à leurs âges !

C'est un discours de vieillards résignés qui attendent le dernier voyage comme du bétail à l'entrée de l'abattoir !

*« Réveille toi, ça ne peut pas être ça ta vie et la vie de ton fils, pas toi, ne reste pas au milieu du troupeau de résignés, il y a toujours quelque chose à faire, et si tu ne sais pas ce qu'il faut faire, alors improvise, ce sera toujours mieux que ce programme mortifère !*

En lui disant ou écrivant cela, il ne pouvait s'empêcher de penser à la fameuse formule chère à son grand père : « Grand diseux, petit faiseux» !

Qui était-il pour lui donner tous ces conseils quand lui-même était englué dans une histoire sentimentale, mauvais roman photos dont il ne savait comment sortir !

Expliquer aux autres ce qu'il faut faire pour être vraiment, totalement heureux et ne pas accepter passivement ce que la vie vous propose, quand on est incapable de prendre la moindre décision dans sa vie personnelle par peur de ...

Nouveau voyage, au Népal cette fois, Pierre et Jeanne vont bientôt s'envoler avec chacun en tête l'espoir que ce voyage «initiatique» leur permettra de prendre les grandes décisions nécessaires à leur avenir.

Jeanne songe de plus en plus fréquemment et sérieusement à ce bébé, elle n'en parle pas encore trop, mais se dit que ce voyage en «amoureux» au plus près de la nature, de la montagne, des grands espaces et des gens, va leur laisser tout le temps d'en discuter et d'avancer ensemble vers ce beau projet.

Il est vrai que ces derniers temps ils ne discutent pas beaucoup, ou alors de banalités. Mais leurs diverses occupations et préoccupations ne favorisent pas les grandes discussions, et, si ce n'est pour préparer ce voyage, elle trouve Pierre moins enthousiaste que d'habitude, plus soucieux, quelquefois taciturne et elle remarque que de temps en temps, en rentrant le soir il a pris l'habitude de se servir un petit apéro, même sans amis, sans raison ...

S'ils n'avaient tout pour être heureux tous les deux, elle s'inquiéterait, l'imaginerait presque cachant un état dépressif !

Mais non, pas Pierre, ce n'est pas dans sa nature.

Ce n'est sans doute que de la fatigue accumulée, et ce voyage lui (leur) fera le plus grand bien !

Pierre, lui, est toujours aussi perdu, toujours persuadé d'aimer deux femmes en même temps : une qui partage son quotidien, ses bras, son lit.. et qui rêve de fonder une famille avec lui, et l'autre, à l'autre bout de la France, avec qui il partage tous ses rêves, ses phantasmes, sans même qu'elle le sache vraiment !

Quelques semaines avant le grand départ pour Katmandou est programmé le deuxième séminaire de posturologie, c'est encore au bord de la méditerranée, à la Grande Motte, près de Montpellier qu'il est organisé.

Encore une fois à l'autre bout de la France ! Il hésite à faire le déplacement.

Quand il questionne Ange sur sa présence, elle reste très vague, elle ne sait pas si elle pourra, ne sait pas si c'est une bonne idée, si c'est raisonnable de se revoir ...

Finalement, autant motivé par le contenu du séminaire que par la possibilité, l'espoir de la rencontrer à nouveau, il se retrouve encore une fois dans un train de nuit à rouler vers l'inconnu.

La Grande Motte avec ses bâtiments qui se voulaient avant-gardistes, le séminaire est organisé dans le plus grand (haut) Hôtel : le Mercure !

Quel symbole, Mercure : le messager des Dieux, accessoirement dieu de la médecine, affublé de son caducée et de ses sandales ailées, l'endroit ne pouvait pas être mieux choisi ! Finalement, et heureusement, Ange a décidé de venir au séminaire, mais cette fois elle est accompagnée de son amie lyonnaise qui lui avait fait faux bond la fois précédente.

Celle-ci s'appelle Marie-Lou, elle est un peu plus âgée qu'eux, et il craint qu'Ange n'ait insisté pour qu'elle vienne afin d'éviter qu'ils ne se retrouvent trop souvent, trop facilement, trop systématiquement seuls tous les deux !

Que craint-elle, ou plutôt qui craint elle, pour avoir besoin d'un chaperon ?

Peur pour eux deux de ne pas pouvoir, de ne pas vouloir garder leurs distances ?

Elle sait bien, à travers le contenu de ses longues et nombreuses lettres qu'il éprouve des sentiments forts pour elle, qu'il rêve d'elle, de ses yeux, de son corps !

Et elle, que ressent-elle exactement, pourquoi ne laisse-t-elle pas s'exprimer vraiment ses sentiments ?

Quand va -t -elle laisser se briser la carapace qu'elle s'est construite pour ne plus souffrir et ne plus faire souffrir autour d'elle ?

Leurs retrouvailles autour d'un café, avant le début des conférences, se passe comme il l'espérait, merveilleusement bien, ils sont heureux de se revoir, même s'ils ne se sont jamais vraiment quittés, ils n'ont pas tant de choses à se dire, ils se sont presque tout écrit ou raconté au téléphone !

Tout se passe bien, mais il voudrait tant être seul avec elle, Marie-Lou a l'air très gentille mais ce n'est pas elle qu'il est venu voir, ce n'est pas elle qu'il désire voir assise à côté de lui en ce moment, ce n'est pas son parfum qu'il est venu respirer, c'est Oscar qui doit l'enivrer !

Ce n'est pas elle qu'il désire comme un fou, car cette fois il en est sûr, il est complètement «en amour» pour elle !

Ange a bien sur remarqué ses regards, bien senti les yeux posés sur elle qui la caressaient, la déshabillaient déjà, mais elle s'est faite une promesse et veut s'y tenir : il ne peut rien se passer entre eux ce week end, Pierre a sa vie, sa compagne, loin d'ici, loin d'elle, elle ne veut rien risquer de détruire, et elle le sait, pour Pierre il ne peut pas s'agir «d'un coup d'un soir» d'un «plan cul», c'est autre chose !

Alors, tout est trop compliqué, elle n'est même pas très sûre de ses propres sentiments alors pour ne pas prendre le moindre risque de perdre pied, elle a effectivement demandé à Marie-Lou de l'accompagner.

Sans rentrer dans les détails elle lui a brièvement résumé «leur histoire» à la fois si simple et si compliquée.

Histoire dont Marie-Lou est un peu responsable, car si elle était venue à Marseille, comme initialement prévu, elle se serait assise entre eux en cours, dans la voiture, au restaurant, aurait sans doute partagé la chambre d'Ange, bref, le grain de sable ou le ptit caillou dans la chaussure dans une histoire qui par ailleurs n'en manquait vraiment pas !

Cette fois ci les travaux pratiques se passent à trois, les yeux ne sont pas mauves mais verts, mais les dessous toujours aussi jolis. Quand la journée de cours se termine, chacun regagne sa chambre, cette fois Ange est dans le même hôtel que Pierre, mais comme il le craignait, elle partage la chambre avec son amie.

Rendez-vous est pris pour se retrouver une heure plus tard pour aller dîner ensemble dans un des nombreux petits restaurants voisins en bord de mer.

Pierre sort à peine de sa douche quand le téléphone de sa chambre sonne, Marie-Lou lui annonce qu'Ange souffre d'une très forte migraine et que, comme elle même se sent un peu fatiguée, elles s'excusent de devoir annuler le dîner !

Elle est vraiment parfaite dans son rôle de chaperon, il ne croit pas un mot à cette histoire de migraine persuadé qu'il ne s'agit que d'une manœuvre qu'Ange lui a demandé de lui «servir» pour ne pas être confrontée à la réalité.

Car la réalité c'est bien sûr que Pierre est fou amoureux d'elle, et qu'elle, elle n'est plus certaine de la posture qu'elle a adoptée depuis le début face à lui !

Il est plus facile de refouler ses sentiments au téléphone ou devant une feuille de papier que devant quelqu'un qui n'hésitera pas à se mettre à nu devant elle pour dévoiler ses sentiments.

*« Ose me dire en face que je ne suis rien pour toi, que mes sentiments pour toi que tu connais, tu ne les partages pas même un tout petit peu ?»*

Voilà ce qu'il voudrait lui dire, là ce soir, mais malgré plusieurs appels, c'est à chaque fois Marie-Lou qui décroche pour lui dire qu'Ange a pris un cachet et qu'elle dort déjà profondément.

Quelle frustration, quel dépit, il s'était préparé à (presque) tout, mais pas à la porte close !

Pas eux, pas comme ça ... ...

Sortant prendre l'air, il se retrouve au milieu d'un groupe d'élèves et de conférenciers, les accompagne boire un verre, dîner, boire un verre, jouer (quelques pièces) au casino, boire un verre...
Soirée étrange, celle qui l'aime, qui partage sa vie est à des centaines de kilomètres de lui, dans leur maison, insouciante.
Celle qu'il aime comme un malade est à quelques centaines de mètres cloitrée dans sa chambre pour ne pas s'avouer peut être qu'il se pourrait que ...
Fin de soirée inattendue, discussions à n'en plus finir dans un bar, avec quelques «confrères» qui finissent comme d'habitude par parler, argent, impôts, grosses voitures, encore un peu et il feront un concours pour savoir qui a la «plus grosse» !
Donc, Pierre s'éclipse pour aller prendre l'air, marcher le long du port et rentrer à l'hôtel. Une jeune femme qui faisait partie du groupe lui demande si elle peut l'accompagner pour éviter de rentrer seule ?
Ils font connaissance tout en se rapprochant de l'hôtel Mercure, elle s'appelle Marie, elle est orthoptiste en région parisienne, mariée deux jeunes enfants mais triste et préoccupée par l'infidélité de son mari découverte incidemment quelques jours avant son départ pour la Grande Motte !
Elle est un peu (beaucoup ?) perdue, lui demande conseil, il lui explique que lui aussi est un peu (beaucoup) perdu et qu'il n'est peut être pas le meilleur conseiller qu'elle puisse trouver !
Mais elle a besoin de parler, ils n'ont ni l'un ni l'autre envie de se retrouver seuls dans leurs chambres respectives, ils se retrouvent donc bientôt, sans préméditation, sans idée derrière la tête, tous les deux dans sa chambre à parler, parler !
Comme toujours, il écoute plus qu'il ne parle, on ne se refait pas !

Rapidement les événements prennent une tournure totalement inattendue pour Pierre, Marie a besoin de se prouver qu'elle est encore séduisante, et elle essaye de se persuader que si ce soir elle trompe son mari, alors ils seront quittes, l'ardoise sera effacée, les compteurs remis à zéro !

Alors elle se met à jouer un rôle, celui de la jeune femme libérée qui n'a qu'une envie : faire l'amour, avoir et donner du plaisir !

Elle est vraiment très jolie et décidée à aller jusqu'au bout.

Pierre, lui, a totalement perdu pied depuis longtemps. Il est complètement dépassé par les événements, il est là, sans vraiment rien comprendre à cette journée dont il rêvait depuis si longtemps pourtant !

Non seulement il se retrouve éconduit par celle pour qui il vient de traverser la France, celle qu'il désire depuis si longtemps, mais, à peine quelques heures après, il se retrouve à faire l'amour avec une (très jolie) quasi inconnue pour des motifs qui lui sont totalement étrangers.

Peut être qu'inconsciemment c'est une forme de vengeance envers Ange et ce qu'elle lui fait subir ?

Cette situation devient carrément grotesque quand Marie, blottie dans ses bras mais déjà rongée par les remords, se rend compte que ce n'est pas d'avoir «rendu la monnaie de sa pièce» à son mari qui réglera leurs problèmes, bien au contraire !

Et de ce fait elle culpabilise, fond en larmes, parle de ses enfants, de la honte que lui inspire son comportement, qu'elle n'est pas comme cela d'habitude, que c'est la première fois qu'elle trompe son mari , qu'elle ne comprend pas ce qui lui arrive ...

Pierre, pas vraiment fier de lui, même s'il n'a pas l'impression d'avoir vraiment abusé de la situation, essaye de la consoler, de relativiser l'importance de ce qui vient de se passer:

*« Ce n'était qu'un besoin de chaleur humaine, d'amour, de contact entre deux adultes qui se sentaient malheureux et seuls et qui n'ont fait de mal à personne.»*

Ils décident que cet épisode restera leur petit secret, «une petite bulle de plaisir» qu'ils ont partagée à un moment où c'était nécessaire, même vital pour l'un comme pour l'autre Quand Pierre regagne sa chambre, au beau milieu de la nuit ils se disent au revoir, s'embrassent une dernière fois tendrement, ils savent qu'ils se souviendront toute leur vie de cette nuit singulière, et ils se souhaitent sincèrement le meilleur pour l'avenir. Si leurs chemins s'étaient croisés ailleurs, autrement, dans d'autres circonstances, peut-être que l'histoire aurait été belle ?

Fin de nuit difficile pour Pierre qui cauchemarde entre Ange, Jeanne et Marie qui tour à tour se relaient pour l'empêcher de fermer l'œil !

Autant dire qu'il n'est pas très frais quand il se présente pour le petit déjeuner !

Accueilli comme si de rien n'était par Ange et Marie-Lou qui l'invitent à leur table pour partager ce dernier petit déjeuner du week-end. Marie, seule à une table ne semble pas avoir beaucoup mieux dormi que lui, mais quand il passe à sa hauteur elle lui adresse un joli petit sourire complice. Au prétexte d'aller faire ses bagages, Marie-Lou les laisse bientôt en tête à tête, Ange s'excuse pour son attitude de la veille, lui expliquant qu'elle se sentait fautive vis à vis de Fabien, car il est gentil avec elle, qu'il faisait tout ce qu'il pouvait pour l'aider, la soutenir, et qu'elle ne voulait surtout pas le blesser.

Pierre est ravi d'entendre cela de sa bouche, car, comme il le pensait, comme il l'espérait, ce qu'il vient d'entendre ce n'est pas le discours d'une femme amoureuse.

C'est absolument certain, Ange n'est pas amoureuse de Fabien, reste à espérer qu'elle puisse être amoureuse de lui !

La matinée commence décidément bien pour lui, car ils apprennent que, comme ils ont bien travaillé et déjà vu presque tout ce qui était prévu dans le programme du week-end, il n'y aura pas cours l'après-midi, le séminaire prendra donc fin à midi.

Pierre «saute sur l'occasion» et propose à Ange de l'accompagner à Montpellier où ils pourront déjeuner ensemble avant qu'il n'aille prendre son train dont le départ n'est prévu que vers dix-sept heures

Elle même est disponible puisqu'IL (Fabien) est parti à la pêche pour la journée, et ne doit venir la récupérer à la Grande Motte qu'en soirée, ce qui lui laissera le temps de revenir de Montpellier sans avoir à lui donner d'explications sur cette escapade. Marie-Lou étant venue avec sa voiture se propose même de les déposer dans le centre de Montpellier en repartant vers Lyon !

Rarement, voir jamais matinée, de cours ne lui a semblé si longue, explications, palabres et discussions interminables ...

Tout à coup la posturologie ne présente plus aucun intérêt pour Pierre, seul lui importe le prochain déjeuner en tête à tête avec ELLE !

Il le sent, ce repas peut littéralement changer sa vie, fini de tergiverser, de finasser de faire l'autruche, cette fois il va AGIR, se lancer, OSER !

C'est sa vie, c'est leur vie qui est en jeu, il ne peut pas, encore une fois laisser «le destin» choisir à sa place .

Marie-Lou, qui a longuement parlé la veille avec Ange,

a compris ce qui était en «train» de se jouer, et comme elle souhaite le meilleur et le bonheur pour son amie, elle finit par jouer ce rôle de «complice» auquel Pierre ne s'attendait vraiment pas du tout.

Elle les dépose donc, place de la Comédie, la belle et grande place emblématique de la ville, non loin de la gare, et leur souhaite une très belle fin de journée, et tout le bonheur du monde, avec un magnifique sourire aux lèvres que Pierre ne lui avait jamais vu.

Il se rend même compte, pour la première fois qu'elle est jolie !

Le bonheur rend les gens et les choses belles, c'est indéniable !

Car cette fois il sent qu'il approche du bonheur tant rêvé, tant espéré, tant fantasmé, il n'a jamais été aussi près du bonheur avec ELLE, de leur bonheur à venir.

Une boisson en terrasse, puis une salade avalée sous le soleil, il la dévore des yeux, ELLE, pas la salade, puis se jette à l'eau, lui explique tout ce qu'il ressent depuis des semaines, des mois, depuis qu'elle a bien involontairement bousculé sa vie.

Il détaille tout ce que jusqu'à présent il lui avait distillé à doses homéopathiques dans ses lettres, dans ses messages et qu'elle ne peut avoir complètement occulté ?

Il lui dit les nuits sans sommeil, les interrogations, les pertes de repères, il lui dit que s'il n'est plus sûr d'aimer Jeanne par contre il est absolument sûr et certain de l'aimer ELLE. Elle est déstabilisée, car si elle pressentait tout cela, elle espérait secrètement qu'il ne se déclare pas, qu'il ne déclenche pas le séisme qui allait inévitablement suivre et dont personne ne connaissait encore les conséquences.

Elle est déstabilisée, mais au fond d'elle il y a un petit picotement, les fameux «petits papillons» dans le ventre, sensation qu'elle n'a pas ressentie depuis tellement longtemps et qu'elle pensait disparue à jamais !

Mais elle veut rester fidèle à la ligne de conduite qu'elle s'est fixée, elle ne doit pas être faible, et lui avouer ce qu'elle ressent, elle ne veut pas être responsable de nouveaux drames autour d'elle et surtout autour de lui.

Donc elle le tempère, lui dit que la raison doit l'emporter sur la soi disant passion, qu'il faut qu'il garde la tête froide et lui propose un «marché» :

> *« Comme tu me l'as expliqué, tu dois partir dans deux semaines pour un grand et long voyage à l'autre bout du monde, alors pars et oublie moi, oublie tout, fait le vide dans ta tête, essayez de vous retrouver avec Jeanne, et quand tu reviendras si tu n'as pas changé d'avis, nous nous reverrons, et nous verrons bien ce qui arrivera»*

Désarçonné, sonné par cette proposition inattendue, lui qui croyait qu'elle lui sauterait au cou, qu'il avait gagné la partie, qu'elle s'avouerait vaincue et conviendrait de ses propres sentiments pour lui, voyait s'envoler son beau rêve, c'en était fini de son grand amour, elle le rejetait une nouvelle fois, définitivement cette fois il en était convaincu.

C'est donc le cœur lourd, les larmes au bord des lèvres qu'ils se dirigent vers la gare.

C'est sur ce quai désert, sinistre, qu'il allait donc lui dire adieu, mettre un terme à un rêve éveillé qui avait duré des mois pour finir ici en cauchemar intégral.

Quel gâchis, quelle tristesse !

Comme il n'y a pas beaucoup de monde, elle l'accompagne jusqu'au wagon :

*«A l'attention des usagers, Voie 2, dans 10 minutes départ pour l'enfer»*

Il la serre fort, très fort, sans doute trop fort, il doit lui faire mal, mais il a tellement mal lui-même qu'il ne s'en rend même pas compte. Il veut lui «voler» un baiser, elle le lui donne comme une offrande consentie du bout des lèvres. Il voudrait que ce baiser ne s'arrête jamais. Ils sont tous les deux au bord des larmes, mais jamais baiser ne fut plus doux et ni plus sensuel.

Au moment où leurs corps se séparent, elle lui murmure à l'oreille qu'elle lui demande pardon, qu'elle croit elle aussi être «un peu» amoureuse, mais que c'est impossible, que leur histoire ne peut pas aboutir, qu'elle ne veut pas être celle qui déclenche le malheur, qu'il doit partir, essayer de l'oublier même s'il l'aime, même si elle l'aime, peut être ...
Grimpant dans le train qui démarre, il lui promet de revenir après le Népal, et d'essayer de lui écrire de là bas !Il ajoute qu'il bénit la pêche et les pêcheurs qui lui ont permis de passer ce merveilleux après-midi avec elle, il lui promet que quand ils vivront ensemble il ne partira jamais à la pêche en tous cas, jamais sans elle !

Voyage retour, Pierre est sur un petit nuage, même s'il n'est pas dupe, et qu'il voit bien tous les gros nuages noirs qui s'accumulent autour de lui !

Cette fois, pas de soirée pizza ni de séance de cinéma, c'est un repas à la maison avec Babette et Franck que Jeanne a organisé. Comme si son instinct lui avait dit qu'il ne valait mieux pas qu'ils passent cette soirée tous les deux seuls «en amoureux».

Seul en tête à tête avec Jeanne aurait-il pu faire taire tous ces sentiments qui le submergent ?

Au lieu de cela, la présence d'amis lui permettait d'être

un peu moins présent dans les discussions, à tel point que Franck, toujours terriblement perspicace lui lança à un moment :

« *Qu'est ce que tu as fait de ta nuit, tu as l'air crevé, c'est le contenu du séminaire ou ce sont les petites stagiaires qui t'ont mis dans cet état là ?* »

Heureusement personne n'attendait de réponse à cette boutade, il n'y en eu pas !

La soirée ne s'éternisa pas car il était effectivement bien fatigué, et Jeanne mis cela sur le compte du long voyage, et ne se formalisa pas quand il lui souhaita une bonne nuit sitôt couché, et lui tourna le dos pour lui laisser croire qu'il dormait déjà. Les deux semaines suivantes furent essentiellement consacrées, en plus de leur travail, aux derniers préparatifs avant le grand départ. Mais Pierre, de son côté, multipliait les appels téléphoniques et les lettres enflammées, il fit livrer un magnifique bouquet de fleurs au cabinet d'Ange qui lui laissa un message sur le répondeur pour le remercier et lui dire encore une fois qu'il était fou ! Évidemment, ce matin-là, ce fut Franck qui arriva le premier au cabinet et qui eut la primeur du message !

Quand Pierre arrive au cabinet, peu de temps après, un post-it sur le bureau l'informait que la St Valentin c'était en février et pas en septembre, et qu'il y avait un message énigmatique sur le répondeur ! ! !

Inutile de préciser que ce fut la journée des sous entendus et des sourires en coin, mais peu importe, elle avait reçu et aimé les fleurs c'était bien là le principal, et les sourires c'est mieux que les pleurs !

# Aéroport de Roissy Charles-de-Gaulle :

*« Les passagers à destination de Katmandou vol effectué par la compagnie Bengladesh Beaman avec une escale à Dhaka sont attendus porte sept «*

Bizarrement, malgré l'euphorie du départ, ce n'est pas comme d'habitude, il n'y a pas le même enthousiasme que les fois précédentes, pourtant il y a tellement longtemps qu'ils en parlent, tellement longtemps qu'ils préparent ce voyage sur «le toit du monde»...

Pierre se dit qu'en prenant de la hauteur comme ils s'apprêtent à le faire, en mettant toute cette distance entre Ange et lui, il réussira peut être à y voir plus clair dans sa vie, dans ses sentiments. Jeanne se dit que ce voyage est une aubaine pour leur couple, à un moment où elle sent un certain nombre de choses lui échapper !

La faute sans doute à des métiers trop chronophages, à la routine qu'ils sont en train de laisser s'installer dans leur relation, la faute en grande partie à Pierre qu'elle sent ces derniers temps un peu perdu, hésitant, déprimé peut être !

Mais Pierre ne parle pas, ce n'est pas une découverte pour elle, ça faisait même sans doute partie de son charme au début de leur histoire, ça faisait la balance avec elle qui parle tant !

Mais, actuellement ce silence devient assourdissant, cela atteint des limites qu'elle a de plus en plus de mal à supporter, alors elle espère vraiment que ce voyage leur permettra de nouer ou de renouer le dialogue, et de parler enfin sérieusement de ce futur bébé.

Arrivée à Katmandou après une escale au Bengladesh, l'aéroport international de Dhaka qui se veut la vitrine à l'international du pays, laisse imaginer son état de pauvreté ! Il n'y a rien ! Katmandou c'est le choc ! Première sensation d'oppression due à la chaleur et sans doute à l'altitude, car même si ils sont encore «en plaine», ils sont environ à mille cinq cent mètres d'altitude, et en sortant d'une quinzaine d'heures de voyage ça secoue un peu ! Tout d'abord, la fin du vol avec la descente au milieu des montagnes toutes plus belles les unes que les autres, l'atterrissage un peu mouvementé entre les turbulences, les rafales de vent et l'état de la piste, vous intégrez rapidement que vous venez d'arriver dans un autre monde, une autre dimension.

Deuxième choc, la communication qui s'annonce compliquée, tous les panneaux sont en écriture «dévanagari» et son alphabet totalement impénétrable pour un occidental, mais ce que Pierre et Jeanne avaient moins prévu, c'est l'accent des népalais parlant anglais !

C'est assez exotique, assez joli, assez inattendu mais surtout assez incompréhensible, et comme ils n'ont eu ni le temps ni l'envie d'apprendre ne serait ce que les rudiments de l'une des cent vingt-trois langues parlées dans le pays, pour environ vingt-sept millions d'habitants, il faut faire avec. Mais on s'habitue à tout, et au bout de quelques jours déjà, ils commencent à se faire comprendre et même à comprendre. Sauf bien sûr l'écriture, ce qui fait que bien que voyant les journaux locaux accrochés à l'extérieur des kiosques, ils n'apprennent pas que deux jours après leur arrivée, un avion de la Pakistan Airlines s'était crashé au moment de l'atterrissage à l'aéroport de Katmandou !

Par contre en France l'information fut bien reçue par leurs familles et leurs amis, d'autant que les médias annonçaient des victimes de nationalité française, sans citer de noms ni de région d'origine !

Totalement ignorants de l'inquiétude panique déclenchée parmi les leurs, ils quittèrent Katmandou après quelques jours de visite et de découverte de cette incroyable ville. Mélange de modernité par certains (rares) quartiers, et de Moyen Âge pour la plus grande part. Des temples, des stupas, des moulins à prière à tous les coins de rue, des petits drapeaux colorés accrochés partout, un imbroglio de fils électriques et de branchements en tous genres à faire défaillir un électricien même habitué au continent africain, des odeurs d'épices, de nourriture, d'encens ...

Et la fameuse place aux piments que Pierre était venu chercher telle la «madeleine de Proust» de ses lectures d'enfance, il n'eut pas besoin de beaucoup la chercher, elle était partout !

La première fois qu'il la vit au détour d'une ruelle, il sut qu'il était arrivé et il la prit en photo sous tous les angles possibles, mais après quelques jours de déambulation dans les vieux quartiers, il cessa de prendre en photo toutes les places aux piments, car il y en avait partout ! Par contre, contrairement à son projet initial, il ne fit pas comme le capitaine Haddock, les marchands dans leur ensemble lui déconseillèrent, voir lui interdirent de goûter, même un tout petit peu aux piments !

Déçu, mais raisonnable, il abandonna Haddock et se surprit à chercher Tintin, Milou ou leur ami Tchang au détour de ce labyrinthe qu'était le quartier animé du marché !

Après la ville, la campagne, direction le parc national de Chitwan où Pierre a réservé un bungalow pour deux nuits.

Le voyage en car est assez «sportif«, il faut compter entre

huit et dix heures pour parcourir les cent cinquante kilomètres qui séparent la capitale de la réserve, mais comme on reste en plaine, qu'on n'attaque pas la montagne, ce n'est pas pire que ce qu'ils ont connu en Afrique par exemple.

Pour pimenter la situation, bien que ce ne soit pas la saison des pluies, quand le chauffeur les laisse à quelques centaines de mètres de l'entrée du parc, ils sont accueillis par des trombes d'eau qui vont durer quelques minutes seulement, juste le temps de tremper intégralement le contenu de leurs deux sacs (du moins de ce qui n'était pas protégé par des plastiques) ! Installation dans leur logement qui est spartiate mais semble propre et ensuite réunion d'information pour organiser le séjour, les déplacements dans le parc, les consignes de sécurité etc ...

Un monsieur en uniforme de «Ranger», comme dans les réserves kenyanes, commence donc les explications, il y a une famille d'indiens (sans plumes) et eux, ce n'est pas du tourisme de masse !

Donc, ce monsieur leur explique que le lendemain matin ils partiront tous ensemble pour randonner dans la réserve, car ici tout se fait à pied, les «safaris» ne sont pas motorisés ! Autre différence importante, les «guides rangers» accompagnateurs ne sont pas armés de fusils mais seulement d'un bâton (Par manque de budget ou par conviction philosophique, Pierre n'osa pas poser la question !).

Cette absence d'arme n'est pas faite pour les rassurer car il continue sa présentation en détaillant les animaux dangereux qu'ils sont susceptibles de rencontrer pendant leur promenade, et l'attitude à adopter au cas où l'animal se montrerait agressif : Les trois principaux dangers sont représentés par : Le tigre, le rhinocéros unicorne et l'ours !

Excusez du peu !

Alors, sans rigoler du tout, il explique les différentes stratégies qui selon lui ont déjà fait leurs preuves en cas d'attaque :

Pour (ou plutôt contre) le rhinocéros, il faut, dit il le plus sérieusement du monde, semblant convaincu de la pertinence de son propos, il faut donc tenir compte qu'il a une grosse corne entre les deux yeux ce qui réduit considérablement son champ de vision !

Il suffit donc de partir très vite en courant en zig zags, et statistiquement il y aura un moment où vous serez dans le «zig», quand le regard de ce monstre de près de deux tonnes sera dans le «zag», et cela suffirait à le faire renoncer ! ! ! !

Pour ce qui concerne le tigre, en cas de rencontre inopinée , le conseil de «Maitre Zen» était de vite, très vite, mais alors très très vite grimper dans un arbre !

Pierre, qui même enfant n'avait jamais réussi à grimper dans les arbres comme ses copains et qui en plus avait facilement le vertige, était de plus en plus inquiet, d'autant plus qu'en préparant le séjour dans cette réserve il avait lu qu'en une année pas moins de douze personnes (connues !) y avaient été tuées par des tigres !

Concernant les ours, celui que l'on appelle l'ours noir de l'himalaya ne mesure en fait qu'environ un mètre cin-quante, et peut peser jusqu'à cent quatre-vingt kgs, donc pas de quoi «fouetter un népalais» !

La solution préconisée par «Jackie Chan» c'est tout simplement de se mettre devant l'ours (pas trop près tout de même) de crier, de gesticuler, de se frapper la poitrine en grognant ...

Et dire qu'on n'y avait pas pensé avant, on est vraiment cons pensaient Jeanne et Pierre qui se demandaient comment la journée du lendemain allait bien pouvoir se passer.

Leur ultime espoir, en cas de rencontre cauchemardesque, résidait dans la famille de riches indiens, bien nourris, à la limite de l'obésité qui devraient davantage attirer les fauves ou les bêtes sauvages. d'autant que s'ils venaient le lendemain habillés en sari traditionnels (comme ce soir), ils auront du mal à battre des records de vitesse au sprint.

Donc, après un dîner léger, Dhal Bhat, riz et lentilles plus ou moins épicé, plus ou moins parfumé, le plat national népalais quelquefois accompagné de viande, mais pas cette fois (ils n'avaient pas d'arme pour abattre le gibier!)

Il ne reste plus qu'à espérer dormir malgré les risques de cauchemars étroitement liés aux révélations du «Dalaï Lama» local.

Et comme cette nuit sera peut être la dernière qu'ils partageront, malgrè les bruits inquiétants de la nature autour d'eux, malgré l'inconfort de leur couche, ils font l'amour tendrement mais avec une intensité qui surprend agréablement Jeanne, est ce une sorte d'instinct de survie qui s'éveille, ou son espoir de voir Pierre redevenir celui qui l'a séduite qui prend forme ?

Le lendemain matin, à l'heure prévue pour le départ, mauvaise nouvelle pour eux, les «indiens» ont déclaré forfait, sans que Pierre ou Jeanne ne puisse en connaître la raison !

Mais ils pensent que, pendant la nuit, toute la famille a pris conscience qu'ils risquaient de servir de repas et qu'il fallait mieux s'abstenir !

C'est donc un groupe de trois personnes (le guide et eux deux) qui part ce matin là, bâton à la main, les yeux aux aguets pour essayer d'apercevoir les fameuses bestioles avant qu'elles ne les voient pour pouvoir anticiper et maîtriser la situation.

En un mot : Prudence pour ne pas risquer de mourir là, aujourd'hui, au milieu de cette réserve avec ce ranger boudhiste qui ne voudrait surtout pas faire de mal à un animal de peur de plomber son karma et celui de ses descendants pour cinq générations !

L'atmosphère est lourde, pesante, humide, collante, une belle atmosphère de merde qui ne les rassure pas du tout, mais advienne que pourra !

Et la première «chose» qui advint, après environ quarante cinq minutes de marche dans une épaisse végétation, ce fut ... Le rhinocéros qui ne les calcula même pas, pourtant ils étaient seulement à quelques mètres de lui !

Sans doute avait-il perdu l'odorat, ou alors c'est qu'eux sentaient le rhinocéros, ce qui n'était pas impensable vu la pression d'eau ce matin dans le bungalow qui les avait contraints à une toilette qui expliquait peut-être leur odeur de ... «rhino» !

Cette première (forte) émotion passée, ils continuèrent leur chemin, après que le rhino ait continué le sien dans une autre direction, en espérant très fort que les prochaines rencontres, si elles devaient avoir lieu, se passent aussi bien.

Ils croisèrent des tas de bestioles plus ou moins identifiées, des oiseaux chanteurs, hurleurs même, des insectes de toutes sortes, plus inquiétants les uns que les autres, et même quelques reptiles, mais «Mister Zen» leur signifiait à chaque fois qu'il n'y avait pas de danger *« Hakuna matata »,* (Réminiscence des voyages africains) répétait inlassablement Pierre à Jeanne qui n'appréciait que moyennement toutes ces bestioles ! Continuant leur périple au milieu d'une végétation de plus en plus dense et même étouffante, ils se figèrent sur un signe du guide qui, visiblement avait entendu quelque chose Transformés en véritables statues de sel, regrettant plus que jamais l'absence inopinée des «indiens», et essayant de se remémorer la stratégie à adopter selon l'identité de leur prochain visiteur, ils n'en crurent pas leurs yeux quand ils virent passer à quelques mètres ... un GROS tigre qui visiblement lui non plus ne les avait pas sentis ! A peine remis de leurs émotions, Pierre et Jeanne décidèrent que même si, comme la veille il n'y avait pas d'eau chaude au bungalow, ils prendraient une longue douche et se savonneraient mutuellement, ne laissant aucune parcelle de peau échapper à un bon récurage qui s'avérait plus que nécessaire.

De plus ils n'avaient pas encore testé les câlins sous les douches népalaises, alors pourquoi s'en priver ? (en espérant quand même qu'il y ait de l'eau chaude !)

Ils n'eurent pas le loisir de croiser un ou des ours, mais comme Pierre ne se sentait pas de jouer «Tarzan face Baloo», ils se contentèrent largement de ces rencontres inoubliables et très chargées en adrénaline.

Le lendemain, ils doivent reprendre la route (le bus) pour rejoindre la deuxième grande ville du pays : Pokhara.

Pokhara qui est le point de départ de toutes les randonnées, treks et ascensions vers les Annapurnas et les plus hauts sommets du monde.

Là encore la distance entre la réserve de Chitwan et Pokhara est d'environ deux cent kilomètres, mais, selon le chauffeur, il va falloir compter entre huit et douze heures de route, selon le chargement du bus, selon la météo, l'état de la route et certainement plein d'autres paramètres qui de toutes façons évolueront en cours de route !

Question chargement, on peut difficilement imaginer un bus plus chargé, il ne s'agit même plus de surcharge, on est dans une autre dimension !

A l'intérieur, pour une quarantaine de places disponibles «sur le papier» il doit y avoir, entassés un peu partout une bonne cinquantaine d'adultes et de vieillards et quelques dizaines d'enfants de tous âges, sans compter quelques chèvres et volailles diverses !

A l'extérieur, sur le toit, c'est encore pire (si si c'est possible !).

Au milieu des sacs, des cartons, d'autres chèvres et de cages contenant coqs et poules, il y a tous ceux qui n'ont pas réussi à rentrer à l'intérieur du bus, c'est à dire presque autant de personnes !

Donc quand le bus les prend à la sortie de la réserve, après une bonne heure d'attente, car on ne sait jamais vraiment à quelle heure il va passer leur a dit le garde, les seules «places disponibles» sont évidemment sur le toit !

L'aventure continue, à eux Pokhara, les Annapurnas, le toit du monde, ils faut les mériter c'est un voyage initiatique qui débute !

Alors, bien évidemment étant donné l'âge canonique du bus et le chargement, il ne faut pas craindre les excès de vitesse, mais plutôt les descentes dans lesquelles il pourrait devenir difficile à maîtriser.

Mais, pour rejoindre Pokhara au départ de Chitwan il y a essentiellement voire même exclusivement des montées, qui se révèlent souvent beaucoup trop raides, contraignant une partie des passagers du «balcon» à descendre pour essayer d'alléger le bus, les obligeant même parfois à le pousser pour éviter qu'il ne reparte en arrière !

Et dire qu'ils n'ont pas encore attaqué la vraie haute montagne !

Perchés sur leur modeste, actuel toit du monde, au milieu des cris, des cocoricos, des bêlements, ils se laissent bercer, allant même jusqu'à somnoler, voire s'endormir !

Il faut préciser qu'ils sont les seuls «blancs» et que donc tout le monde les surveille du coin de l'œil, scrute leur comportement, et après quelques heures passées là haut, à l'occasion d'une halte (carburant, boissons, repas vendus au bord de route) il y a des transferts de voyageurs. Certains sont arrivés à bon port, quelques places se libèrent, et donc, on leur propose gentiment de s'installer à l'intérieur du bus.

Jeanne trouve une place, juste derrière le conducteur, Pierre presque au fond du bus, au milieu d'une joyeuse troupe de femmes, de jeunes enfants et de bébés colorés et bruyants. Mais la fatigue, la chaleur et le ronron du moteur ne tardent pas à l'endormir malgré tout ce bruit.

A l'avant, Jeanne essaye d'engager la conversation avec les mamies (qui ne sont peut être pas beaucoup plus âgées qu'elle !), mais malheureusement elles ne parlent pas l'anglais et bien sûr encore moins le français (il y a de fortes chances qu'elles n'aient jamais entendu parler de la France et qu'elles ignorent totalement où ça se trouve).

Observant un petit peu ce qui se passe autour d'elle, elle s'aperçoit que toutes les femmes mâchent des feuilles (elle apprendra bientôt que ce sont des feuilles de bétel) et que régulièrement et sans se soucier des autres elles crachent à qui mieux mieux d'énormes crachats rouge sang qui viennent maculer aussi bien le plancher du bus que les chaussures des voisin(e)s ou les sacs posés au sol !

Pendant ce temps, toujours en plein sommeil, Pierre rêve, il rêve qu'il prend enfin une douche bien chaude, sans doute parce que la veille en rentrant de leurs aventures dans la jungle, l'eau était froide !

Mais là, maintenant dans ce rêve, il lui semble que cette douche chaude n'en finit pas, jusqu'à ce qu'il se réveille et constate que sur le siège situé devant lui, une maman tient son bébé en l'air, à bout de bras, pour jouer avec lui, et que le bébé qui est tout nu est tout simplement en train de lui faire pipi dessus !

Autant prendre les choses avec philosophie, il ne reste plus que cinq ou six heures de voyage, et avec la chaleur régnant dans le bus, tout devrait être sec bien avant l'arrivée (à moins qu'il n'y ait une deuxième couche de prévue). Évidemment il y aura l'odeur, mais il faudra bien que les chèvres s'y fassent !

Plus le bus se rapproche de sa destination finale, plus le relief devient escarpé, les côtes se font plus raides, même si nous sommes encore en moyenne montagne, donc les arrêts plus fréquents et les «poussettes» également.

Sur cette partie du voyage ils y échappent, coincés qu'ils sont à l'intérieur de l'habitacle, où l'air commence à devenir irrespirable, et ce n'est pas la raréfaction de l'oxygène due à l'altitude, mais les fluides corporels, animaliers et les odeurs d'huile de moteur et de carburant, qui se mélangent pour former une atmosphère aussi improbable que terriblement soporifique !

# Pokhara gare routière :

La sensation d'être arrivés au bout du monde, peut-être au paradis ? Au milieu de magnifiques montagnes aux sommets enneigés. L'air est délicieusement débarrassé de toute odeur. De nombreuses personnes sont là pour accueillir le bus, des familles, des taxis, mais surtout des dizaines d'enfants de tous âges arborant tous des sourires incroyables, essayant dans un anglais assez approximatif d'attirer l'attention de Jeanne et de Pierre (puisqu'ils sont les seuls blancs, donc à priori les seuls touristes), pour les diriger vers un hôtel (very good hôtel Sir !) qui leur versera une maigre commission s'ils réussissent à ramener des clients. Cette fois Pierre ne se lance pas dans un marchandage comme il les adore, sa seule exigence c'est : une douche chaude, du savon, du shampoing !

« *Hot shower, soap and shampoo please !* »

Un jeune garçon a déjà jeté son dévolu sur Jeanne, l'a saisie par la main et Pierre n'a pas le choix et doit se résoudre à les suivre jusqu'à un petit hôtel qui ne paye pas de mine, mais ils sont au fond du Népal et ne cherchent pas un palace ...

« *Yes Sir, hot shower, soap and shampoo here !* »

Effectivement, même si la chambre et la salle de bain sont spartiates, elles semblent propres et surtout il y a effectivement une douche chaude, du savon et du shampooing. Cette fois c'est sûr, ils ont atteint le Nirvana, alors ils en profitent plus que de raison, faisant fi de leur consommation d'eau chaude, tant pis s'il n'y en a pas plus pour les clients qui arriveront après ! Une première douche, lavage gommage, récurage réciproque pour essayer de se débarrasser de la saleté et des odeurs accumulées pendant le voyage.

Puis une douche confort avec plein de savon, de shampoing, de bulles qui sentent si bon le propre ! Enfin une longue douche «câlin» pour fêter leur arrivée au pied du toit du monde. Et une petite dernière :

> «*Juste pour le plaisir ...*
> *Pour le plaisir ...*
> *... s'offrir ce qui n'a pas de prix*
> *... un peu de rêve à notre vie ...*
> *... et faire plaisir, pour le plaisir ...*»
>
> ( Herbert LEONARD)

Ils passent la journée du lendemain à préparer leur départ pour la grande marche qu'ils ont programmée, sur la route des Annapurnas, et qui devrait durer les trois prochaines se-maines. Le plus important est de se trouver un «Sherpa» sans qui il est impossible de voyager dans de bonnes condi-tions.

Les propositions ne manquent pas, de nombreux jeunes se proposent dès qu'ils sortent de l'hôtel, mais difficile d'ar-rêter un choix, sur quels critères ?

Le critère qui leur semble primordial c'est la bonne com-préhension entre eux, donc la maîtrise de l'anglais (qu'ils ont presque tous), mais surtout l'accent qui est parfois to-talement rédhibitoire.

Un jeune garçon (difficile de lui donner un âge), semble bien convenir, il parle un bon anglais, comprend le leur, et après explication semble avoir compris qu'il n'a pas affaire à des professionnels de la montagne, mais à des «petits» marcheurs du dimanche» un peu perdus dans cet endroit mythique.

Ils se mettent d'accord sur son tarif, sur les achats de dernière minute, et de première nécessité, à faire avant le départ et rendez vous est pris pour le lendemain matin de bonne heure pour prendre (encore) un bus qui les déposera au pied de la montagne, véritable point de départ de tous les «trekkeurs».

Le lendemain, Tchang (puisque c'est son nom, comme dans Tintin !) les attend dans le hall de l'hôtel, la première chose qu'il fait c'est de vider une partie de leurs sacs à dos pour tout transférer dans son sac personnel qui devient volumineux et très lourd par rapport aux leurs ! Cela les gène un peu, mais il leur explique que lui a l'habitude de porter, qu'il a l'habitude de marcher chargé, et surtout qu'ils ne sont pas habitués au faible taux d'oxygène dans l'air et que tout cela fait que s'ils veulent avancer et faire le parcours prévu, dans le temps prévu, il faut impérativement que ce soit lui qui porte le maximum de choses !

Et puis, c'est son travail, ils le payent pour cela !

Donc, nouveau voyage en bus, cette fois il s'agit d'un bus de montagne, ce qui signifie qu'il est légèrement plus petit, presque aussi chargé, mais surtout très nettement plus cabossé, ce qui laisse penser que le parcours risque d'être un peu «sportif» !

Effectivement, la suite des évènements va dans ce sens : La largeur de la route, les virages très serrés au bord du précipice avec parfois un bus ou un camion en face qui le plus souvent est incapable de s'arrêter car ses freins ne sont plus que de lointains souvenirs ...

Fort heureusement, les chauffeurs font preuve d'une grande dextérité et compensent largement les failles mécaniques, et quand ça devient vraiment trop chaud l'ultime solution reste de fermer les yeux très fort, de retenir son souffle et éventuellement de prier pour ceux à qui ça fait du bien !

A ce propos, Jeanne et Pierre ont remarqué une sorte de petit autel à l'avant du bus, à côté du chauffeur sur lequel il a déposé quelques offrandes (nourriture, fleurs, encens..), c'est leur explique Tchang, pour «se mettre les dieux dans la poche» et ainsi éviter tous risques d'accident.

Malgré tout, n'ayant qu'une confiance relative dans le «Saint Christophe» local, ils décident d'un commun accord d'éviter les places juste à l'avant, bien qu'en cas de chute dans le vide il ne soient pas certains que la place occupée jouerai un grand rôle dans leurs chances de survie !

La route est escarpée, dangereuse sans doute, mais surtout d'une beauté spectaculaire.

Ils commencent vraiment à ressentir qu'ils s'attaquent à «du très lourd !». Ce ne sont plus les Alpes ni le Kilimandjaro (vu de loin au Kenya) qui se dressent devant eux, ce sont les plus hautes montagnes du monde: Himalaya, Annapurnas, Everest que des noms qui font rêver aux quatres coins du monde, et eux, privilégiés, ils sont là !

Bien sûr, pour l'altitude tout est relatif, il n'y a pas moyen de quantifier ces sommets, mais il y a un ressenti unique, quelque chose d'impalpable, de l'ordre du mystique ...

De Pokhara à Besisahar, véritable départ de la marche il y a une centaine de kilomètres, mais il faut compter au minimum six ou sept heures de voyage, si tout se passe bien !

Ici, si l'on veut être à l'heure à ses rendez vous, pour ses déplacements il faut s'habituer à compter en temps de trajet, pas en distance !

Même s'ils sont partis très tôt le matin, leur première

étape en sera qu'une mise en jambes, une dizaine de kilomètres «seulement», leur explique Tchang, mais

« *Chi va piano va sano !* «

Les étapes suivantes feront entre quinze et vingt kilomètres, selon le dénivelé, l'état du chemin et l'éventuel enneigement, mais à cette saison et à l'altitude où ils sont il n'y a plus guère de neige.
  La météo est clémente, il fait grand soleil, même si les températures sont un peu fraîches, surtout la nuit !
  Les nuits, ils les passent dans des sortes de cases, souvent situées à l'entrée de villages, qu'on leur «prête» (après négociation des tarifs par Tchang), le repas est préparé soit par une villageoise soit par Tchang lui même, mais au bout de quelques jours Jeanne ou Pierre seraient tout à fait capables de préparer le «Dhal Bhat» national riz / lentilles !
  Un soir la «cuisinière» y avait ajouté une noix de beurre de yack, résultat qui ne sembla pas étonner ou déplaire à Tchang, mais n'était vraiment pas approprié à leur fragile système digestif européen !
  Quant au goût, indéfinissable, inimaginable même !
  Les étapes se suivent (et se ressemblent), bien sûr les paysages changent, ils atteignent progressivement des altitudes plus importantes, et remercient secrètement chaque jour Tchang d'avoir allégé leurs sacs !
  Sur le chemin, ils rencontrent des «vrais» sherpas, chargés comme des mules, et même plus, qui arpentent ces chemins pour livrer toutes les denrées nécessaires à la vie de villages isolés qui se situent parfois à plus de trois semaines de marche de la route !
  Là encore, le temps ne semble pas avoir fait son travail, les sherpas sont exactement les mêmes que dans Tintin,

portant, une lanière de cuir sur le front, un immense filet plein de choses hétéroclites, aussi bien des bouteilles de gaz, des caisses de bière, des bidons de pétrole ... et malgré l'état peu «carrossable» des chemins, ils sont chaussés de savates ou de sandalettes en plastique blanc, quand les randonneurs, les trekkeurs exhibent des chaussures de montagne hors de prix !

Comme dans certains quartiers de Katmandou, ils ont vraiment la sensation d'être plongés quelques siècles en arrière, mais quel bonheur de pouvoir connaître ça au moins une fois dans sa vie !

Evidemment les personnes qui vivent ici, dans ces conditions tellement difficiles, doivent se demander ce que des personnes comme eux viennent chercher ici ?

S'ils connaissaient les conditions de vie de ces «marcheurs» en Europe, leur espérance de vie de près de quatre-vingts ans quand la leur peine à atteindre quarante, ils seraient confortés dans l'idée qu'ils sont un peu fous !

*« Ils sont fous ces romains !» (Obélix)*

Trois semaines de marche, et trois semaines de «Dhal Baht», rien de tel pour retrouver la ligne, il faut bientôt rajouter des trous à la ceinture pour éviter un strip-tease inopiné.

Fini le cholestérol, terminés les triglycérides, ce voyage devrait être pris en charge par la Sécurité Sociale dans le cadre de la lutte contre l'obésité, le surpoids et toutes les pathologies liées à la malbouffe et à la sédentarité !

Pierre se promet d'en faire la proposition lors d'une prochaine réunion à leur retour ! Tous les matins ils se lèvent tôt, un thé pour se réchauffer (sans lait de yack !), du pain quelquefois quand le village où ils sont en a fait cuire la veille, toujours en évitant le beurre de yack par respect pour leur organisme, et en rêvant de bon beurre salé breton, sinon quelques biscuits secs, et les voilà prêts pour une bonne et belle journée de marche dans des paysages plus incroyables les uns que les autres. Ils croisent assez souvent du «monde», quelques groupes de randonneurs avec les sherpas, quelques sherpas «livreurs» et beaucoup d'enfants de tous âges, souriants et jouant avec des bouts de bois ou des boîtes de conserves vides. Leur point commun c'est qu'ils sont beaux, magnifiques, souriants, ils semblent tout simplement heureux.

Les premiers jours, Pierre aurait voulu tous les prendre en photo, ils adoraient prendre la pose, faire des grimaces, éclater de rire, mais à un moment il dut se résoudre à prendre aussi les paysages en photo, car ils étaient presque aussi magnifiques qu'eux !

Un jour ils ont la surprise de croiser un «convoi exceptionnel», à savoir une (grosse) femme, allemande(?) qui s'étant blessé à la jambe (entorse, fracture ?) et qui ne pouvant plus marcher, était descendue dans une «chaise à porteur» bricolée avec des gros morceaux de bambou (suffisamment gros pour supporter son auguste poids) laquelle chaise surmontée de sa «reine teutonne» était portée par deux sherpas qui à eux deux devaient faire à peu près la moitié de son poids à elle !

Le convoi était complété par deux porteurs «remplaçants» qui se coltinaient les sacs en attendant d'hériter de »la grosse Bertha».

Pierre ne se vanta pas d'avoir appris et donc parlé correctement l'allemand dans une vie précédente, pas plus qu'il ne proposa d'examiner voire même d'essayer de réparer la jambe défaillante !

Plus les jours passaient, plus ils se félicitaient d'avoir choisi Tchang qui se révélait très précieux et adorable, toujours aux petits soins et à l'écoute de leur moindre désir.

Il faut reconnaître que là où ils étaient, si on voulait avoir une petite chance que ses désirs se réalisent il fallait qu'ils restent très modestes, mais Tchang était parfait.

Chaque jour, Pierre se félicite intérieurement de ne plus fumer et d'avoir repris le sport, car lui qui n'avait jamais aimé marcher, randonner, crapahuter… ne se sortait pas trop mal de ces journées passées sur ces chemins du bout du monde, et même s'il n'en laissait rien paraître (enfin, il l'espérait) il était très fier de ses performances !

Jeanne était sportive, ancienne habituée des chemins de randonnée, et n'avait jamais fumé de sa vie, donc en quelque sorte elle avait moins de mérite que lui !

C'est ce qu'il pensait, mais jamais il ne lui dirait !

Donc, les jours, les semaines les rapprochaient déjà de la fin de l'aventure et du retour à Pokhara dans un premier temps, puis Katmandou pour quelques jours et enfin un retour en France qui allait forcément être compliqué.

Il y aurait bien sûr le choc culturel et climatique, le retour à la «civilisation», mais pas que !

Depuis tout ce temps, malgré l'altitude, malgré le manque d'oxygène, malgré tous les moments extraordinaires partagés avec Jeanne, Pierre n'était pas serein comme il aurait dû l'être.

Son cerveau fonctionnait souvent en surrégime, il était là, mais il n'était pas là !

Jeanne s'en rendait-elle compte ?

Pas sûr, elle était tellement «à fond» dans cette aventure, et comme leur relation s'était tout de même améliorée, resserrée depuis le début du voyage, elle semblait sereine.

Ce n'était pas vraiment le cas pour lui, à peine arrivé à Katmandou il s'était débrouillé pour se retrouver seul un moment «en ville» et il en avait bien sur profité pour LUI écrire, une petite carte postale, certes, pas une grande lettre enflammée, mais une petite carte pleine de tendresse et d'amour.

À Pokhara, le jour des préparatifs avant le grand départ, il avait récidivé, toujours en cachette bien sûr, et s'il en avait eu la possibilité, il l'aurait certainement appelée plusieurs fois. Donc Pierre profitait de ces moments magiques, mais il savait qu'il lui faudrait bientôt faire des choix, et que ces choix seraient douloureux car ils feraient forcément souffrir des gens qu'il aimait, et le faire souffrir lui également, mais lui il le méritait sans doute, les autres n'avaient rien demandé.

De retour à leur point de départ à Pokhara, ils retrouvent leur petit hôtel, mais surtout

« *Hot shower, soap and shampoo* ! »

Et ils en profitent sans modération.

Pour le voyage retour vers Katmandou, comme ils n'ont pas fait trop de folies, ils décident de s'offrir le voyage en avion plutôt qu'en bus !

Survoler les sommets les plus hauts du monde, ils n'auront sans doute pas souvent la chance de pouvoir le faire, alors il faut profiter de l'instant présent : « Carpe diem »

Grand moment d'émotion au moment de quitter Tchang, sans qui ils n'auraient jamais pu vivre cette aventure !

Évidemment ils ne peuvent pas se promettre de se revoir ou de s'écrire, juste de le garder dans leurs cœurs à une place privilégiée.

En souvenir, Pierre lui offre ses belles chaussures de randonnée rouges qui faisaient tant rêver Tchang, et Jeanne fait de même, ils les offrira à qui il veut, ou les vendra !

Le vol de retour est totalement magique, en plus ils ont la chance avec eux puisqu'il fait un temps splendide et qu'ils peuvent admirer tous les sommets enneigés : Annapurna, Everest, K2, K3 ... des souvenirs plein les yeux et plein la tête !

Retour à Katmandou, derniers jours passés à faire quelques achats pour ramener des petits cadeaux aux proches et pour liquider les dernières roupies !

Une dernière carte postale pour ELLE, une dernière nuit avant le grand retour et la quantité de problèmes que Pierre sait qu'il va devoir gérer !

Envie passagère, fugace de ne pas rentrer, mais bien sûr impossible !

Vol retour, toujours un peu bizarre, mélange de nostalgie pour ce que l'on quitte, ceux que l'on quitte, et de joie de retrouver ceux qu'on avait quitté, ce que l'on avait quitté quelques semaines plus tôt !

Retour à la «civilisation» retour à tout ce que l'on avait volontiers laissé sur le tarmac, les soucis, le stress, la vie quotidienne, avec en plus pour Pierre une échéance qui approche, il doit prendre une décision, rapidement il se l'est promis, ce n'est plus possible de «naviguer» comme il le fait depuis quelques mois !

Au fond de lui il sait déjà ce qu'il va décider, mais il sait bien sûr le cataclysme qu'il va déclencher, et comme ce n'est pas vraiment sa spécialité de prendre des décisions, et en particulier des décisions qui vont impacter tellement de personnes de son entourage, il a peur.

Vraiment peur, peur de certaines réactions, peur de détruire les rêves de Jeanne qui ne le mérite pas, peur de son avenir car s'il y a Ange qui est à peu près la seule certitude qu'il a en ce moment, il y a aussi le «petit» Pierre, et il ne sait pas comment il pourrait réagir, l'accepter ou pas ?

Ils ne se sont pas encore rencontrés, il est bien sur encore traumatisé par la séparation, le divorce de ses parents, puis par la décision de justice qui l'a arraché à sa maman, alors il faudra être très prudent, ne pas le brusquer, surtout ne pas lui donner l'impression que le «grand» Pierre veut lui prendre sa maman, encore une fois.

Retour donc dans la Sarthe, retour à la maison, retour au travail, retour au «train train» quotidien !

Au cabinet, Franck lui a gentiment séparé le courrier en deux paquets: l'administratif (le plus épais), et dit il le plus urgent le courrier «Ange» ...

Une semaine à peine après sa reprise de travail, Pierre décide que le grand week end suivant (il y a le onze novembre qui rallonge le weekend), il ira dans la Drôme, à Valence, il est invité en tant que stagiaire du Dr Ricot, par une société qui vient de mettre au point une toute nouvelle machine très sophistiquée qu'ils ont appelée Huber et qui permet de travailler globalement la posture !

Et le samedi soir il prendra un train pour Nantes, où Franck et Patrick l'attendront pour finir d'animer le séminaire d'ostéopathie prévu de longue date, et pour lequel ils ont accepté (avec un petit sourire de la part de Franck) de lui donner « un bon de sortie !»

Ca, c'est la version officielle, pour Jeanne, pour Franck (pas dupe?), pour tout le monde sauf pour lui et également pour Ange qui en fait l'attendra à Montélimar, elle lui a réservé une chambre d'hôtel, ne pouvant le recevoir chez elle puisque Fabien y vit toujours !

Officiellement, pour elle il s'agira d'un week-end de yoga et de relaxation, ce qui lui fera le plus grand bien, étant donné l'état de tension et de stress dans lequel elle se trouve de l'avis de tout son entourage !

Elle sera disponible vendredi et samedi toute la journée, rien que pour lui, mais ne pourra pas rester la nuit car Fabien qui devait partir tout le week end pour une partie de

pêche avec son père, a finalement décidé qu'il rentrerait dormir à Montélimar pour repartir le lendemain !!
Soupçonnerait il quelque chose ?

Elle ne le pense pas, mais veut rester prudente
Pierre se dit qu'il faut qu'il pense à l'occasion à faire brûler un cierge au saint-patron des pêcheurs qui n'est autre que Pierre !

Nouveau périple en train, Le Mans / Montélimar ce n'est pas vraiment direct ni très rapide, le voilà qui débarque le jeudi soir, fort tard, heureusement Ange lui a indiqué le chemin pour trouver l'hôtel, et il n'est pas très éloigné de la gare.

Il s'agit d'un petit château situé dans un parc, en plein centre ville, c'est très vieillot, mais aussi extrêmement romantique ce choix

C'eût été dommage que leur premier vrai rendez-vous, en amoureux (?) ait lieu dans un de ces hôtels certe bon marché, mais formatés, que l'on retrouve à l'identique dans toute les villes.

Au moins, l'hôtel Adhémar ils s'en souviendront jusqu'à leur dernier jour c'est en tout cas ce que pense Pierre en entrant dans le salon douillet qui sert de réception.

*« Bonsoir, une chambre a dû être réservée à mon nom ...»*

Premier étage, il n'y en a que deux, sa chambre est la numéro cinq :

*« Un je l'aime deux un peu trois beaucoup quatre passionnément cinq à la folie ...»*

Elle a vraiment bien fait les choses, tout est organisé !

Il a beau être tard, il fait nuit, il fait assez froid, Pierre découvre le mistral lui qui pensait que c'était un vent chaud (!!!!), il a tout de même besoin de marcher un peu en ville pour évacuer une partie du stress, de la nervosité, de l'inquiétude du lendemain, et également de la culpabilité qui est en lui malgré tout.

Le hasard de sa promenade l'amène bientôt une rue qu'il a l'impression de connaître depuis toujours !

Combien de fois a-t-il écrit ce nom sur des enveloppes, des cartes postales ?

Il cherche, et trouve rapidement le numéro sept, découvre la belle plaque professionnelle toute neuve et, soudainement apaisé, certain cette fois de ne pas rêver et qu'il est bien arrivé là où il voulait être depuis si longtemps, il peut rentrer à l'hôtel s'endormir dans son vieux lit d'époque chambre « *à la folie* ...»

Bonne nuit, sommeil réparateur, pas vraiment de souvenirs de ses rêves, mais son rêve il va le vivre éveillé aujourd'hui et demain avec Ange, alors ses prochaines nuits il peut les consacrer pleinement à Morphée.

# Hôtel Adhémar Montelimar Vendredi 11 novembre 8h30 :

La sonnerie du téléphone retentit dans la chambre cinq, Pierre décroche fébrile :

*« Bonjour Monsieur, il y a une dame à la réception qui vous demande.»*

Sans vraiment réfléchir, Pierre répond qu'elle est attendue et qu'elle peut monter !

Toc, toc, toc ...

Comme au théâtre avant l'ouverture du rideau, avant que n'entrent en scène les artistes. Ce n'est pas le rideau, mais la porte qui s'ouvre, la porte sur l'inconnu !

Elle est là, souriante mais timide, emmitouflée dans un gros pull, une chaude veste et une grosse écharpe. Il la regarde, il l'admire

*«Elle est tellement si belle, je l'aime tellement si fort»*
*(Marc LAVOINE)*

Très rapidement ils se tombent dans les bras, il lui vole délicatement un baiser sur ses lèvres glacées, elle lui offre sa bouche, le timide baiser adolescent devient l'expression torride de tant de désirs retenus depuis si longtemps. Ils s'embrassent tellement longtemps, tellement fort qu'elle craint d'étouffer, elle n'a plus du tout froid maintenant, il fait très chaud, la température monte vite dans cette chambre.

Belle opportunité pour Pierre qui ne rêve que de lui retirer doucement, tendrement, les différentes couches de vêtements qui masquent sa jolie silhouette.

Tout d'abord la grosse veste et l'écharpe qui est bien sûr imprégnée d'Oscar de la Renta, d'ailleurs il faut qu'il pense à lui donner l'écharpe qu'elle lui a offerte pour qu'elle y remette son parfum, car à force de la respirer à pleines narines, elle ne sent plus beaucoup, et quand il est loin d'elle il a besoin de ses doses pluriquotidiennes !

En dessous, elle arbore comme toujours une tenue originale, déconcertante, que l'on aurait du mal à imaginer portée par une autre personne, mais elle est bien sûr comme toujours, magnifique, en noir et blanc, et toujours le soucis du détail : une paire de mitaines en laine terriblement sexys et une coiffure rigolote avec une énorme pince !

Un joli pull noir, un grand pantalon blanc dans lequel ils pourraient rentrer tous les deux sans se géner, avec de grandes poches partout, des petites bottines en cuir noir à franges et à clous ... en dessous du pull un joli body noir qu'il ne découvrira qu'un peu plus tard !

Ils ont tellement de choses à se dire, la dernière fois qu'ils se sont parlé face à face c'était sur le quai de la gare de Montpellier, ce qu'elle lui avait soufflé à l'oreille il s'en souvient comme si c'était aujourd'hui, et il est venu pour l'entendre lui redire, mais de façon encore plus explicite, qu'elle aussi, elle éprouve autre chose que des sentiments d'amitié pour lui. Alors, dans l'intimité de cette petite chambre un peu désuète, un peu hors du temps, quand il lui dit qu'il l'aime comme un fou, elle lui répond qu'elle l'aime un peu, mais que ce n'est pas bien, qu'il ne faut pas !

Pierre, lui se fiche de ce qui est bien ou mal, il veut que

leur amour éclate à la face du monde, alors il lui dit que c'est décidé, il va prévenir Jeanne très rapidement, il va tout lui expliquer, tout lui raconter, qu'il n'y ait plus de mensonges entre eux.

L'argument de la distance qui les séparent Ange et lui, n'a pas plus de prise sur Pierre, c'est déjà décidé dans sa tête il vendra son cabinet et viendra vivre et travailler près d'elle. C'est une évidence !

*« Ma préférence à moi c'est toi ... »*
*(Julien CLERC)*

La chambre est assez petite, il n'y a guère que sur le lit qu'il est possible de s'asseoir à deux ou de s'allonger, car il n'y a qu'un seul petit fauteuil crapaud, ce qui est loin d'être un problème pour eux !

Ils commencent par s'asseoir, elle lui parle de ses voyages : le Népal, celui, certes moins exotique d'hier en train, de son arrivée nocturne chez elle.

Il lui raconte combien elle lui a manqué, là bas au sommet du monde, comment son voyage d'hier lui paraît encore plus incroyable car celui là, il en est sûr, il va changer sa (leurs) vie(s). Il lui raconte sa découverte d'hier soir: sa rue, son cabinet, sa plaque, il lui dit que çe n'est pas suffisant, qu'il veut tout connaître d'elle, de sa nouvelle vie ici ...

Et puis, bien sûr il a très envie d'elle, envie de la déshabiller, de la caresser longuement tendrement, envie de lui donner du plaisir, d'en recevoir aussi, de la regarder à s'en « fracasser » les rétines, ne pas cesser d'admirer ce corps qui le fait fantasmer depuis ...

Alors, doucement les vêtements vont tomber, le body va s'envoler comme par magie, ils vont se blottir tendrement, nus, l'un contre l'autre, commencer à découvrir leurs corps

respectifs du bout des doigts comme de grands adolescents paniqués qu'ils sont redevenus !
Il a tellement peur de la brusquer, de faire quelque chose ... ou de ne pas le faire !
Il a vraiment dix-sept ans, et c'est grisant, il a dix-sept ans, il est avec la femme de sa vie et ils vont vraiment faire l'amour ensemble pour la première fois !
Il aurait presque envie de pleurer tellement c'est beau, tellement c'est fort !
Petit à petit les mains s'enhardissent, les caresses se précisent, les baisers se font de plus en plus passionnés, Pierre est tétanisé, il a tellement peur de ne pas être « à la hauteur », d'aller trop vite, pas assez vite, mais ils sont bientôt emportés tous les deux dans la spirale du plaisir, plus de questions à se poser, simplement profiter de l'instant présent, profiter du plaisir qu'ils partagent, et recommencer tout à l'heure, plus tard, reprendre les caresses là où on les a laissées, les améliorer, décupler le plaisir essayer d'être heureux, vraiment heureux ! Enlacés, essoufflés, les yeux brillants de plaisir, ils se réfugient sous la couette pour se parler, commencer à refaire le monde, leur monde. Ange se montre gourmande, une amante passionnée qui prend son plaisir joyeusement comme elle le donne !
Pierre est sous le charme, il ne peut détacher les yeux de ce corps qui lui a offert tant de sensations merveilleuses. Il la regarde, elle est nue, impudique, il adore. Elle est belle, il le lui dit et se promet de lui dire et de lui redire tout au long de leur vie, elle est belle, elle est très belle et il l'aime beaucoup très fort !
Ils vont passer toute la journée enfermés dans cette chambre, merveilleuse prison , ils n'ont pas soif, ils n'ont pas faim, ils sont pourtant affamés d'amour de caresses de douceur, de plaisir et rien ne pourra les rassasier !

En fin d'après-midi, elle veut tout de même lui faire visiter sa ville, son cabinet, à défaut de se risquer jusque chez elle !

Ils prennent leur première douche commune, l'occasion encore de caresses, de baisers et surtout d'admirer son corps, le caresser, le palper de manière à imprimer dans ses mains la mémoire de sa peau de ses formes...

Ils vont donc faire un petit tour, se promènent main dans la main sur les allées bordées de grands platanes et dans le parc que Pierre avait remarqué la veille au soir, face à la gare. Malgré le froid qui pique un peu les joues, ils prennent un café en terrasse avant d'aller visiter le cabinet.

Il veut savoir où elle passe ses journées, il veut pouvoir se remémorer, quand il lui téléphonera, l'endroit exact où elle se trouve, et non plus l'imaginer.

Elle lui montre la salle de soins, la salle d'attente, son atelier, où il découvre véritablement son métier, la fabrication complète des semelles, l'atelier sent bon mélange de cuir, de colle et d'Oscar de la Renta...

Parfum envoûtant, irrésistible ?

Sorcellerie, philtre d'amour ?

C'est comme une évidence, une envie soudaine, ils font l'amour là dans l'atelier malgré le total manque de confort, sans réfléchir, sans doute pour se créer des souvenirs.

Quand elle lui parlera au téléphone depuis son atelier, il la reverra nue, offerte, pour lui, rien que pour lui, il revivra ces instants partagés, merveilleux !

Retour à l'hôtel, ils se quittent sur un dernier baiser sur le parking, il remonte dans «leur» chambre, respire son odeur, son parfum, ferme les yeux et revit leur journée, leur première journée !

Malheureusement, il a fallu qu'elle rentre chez elle, il ne

veut pas, même un seul instant l'imaginer ce soir en compagnie de Fabien !

C'est insupportable de penser qu'il va l'accueillir, l'embrasser sans doute, la toucher, lui parler, respirer le même air qu'elle, dormir dans son lit ...

C'est insupportable de rester seul dans cette chambre à ne pas vouloir imaginer, mais à imaginer quand même !

Ce n'est pas un manque de confiance envers Ange, mais plutôt de l'imaginer dans cette situation face à Fabien, être forcément distante, plaider la fatigue pour écourter la soirée, essayer de répondre le plus vaguement possible aux questions qu'il va forcément poser sur sa journée de stage, sur le programme du lendemain, si elle veut qu'il la dépose le lendemain matin, qu'il vienne la rechercher le soir, et à quelle heure ?

« *Il a lieu où, au fait, ce stage de yoga* ?

Alors, avant de devenir fou, comme un lion dans sa cage ou un poisson rouge dans son bocal, il décide de sortir marcher en ville. Il en profitera pour manger un morceau, car même si on peut vivre d'amour et d'eau fraîche, quelques glucides et protéines lui feront du bien, et ça lui occupera l'esprit un moment.

Retour sur ces allées et ce parc qui, il y a deux jours, lui étaient totalement inconnus et qui aujourd'hui lui évoquent déjà tellement de souvenirs.

La fraîcheur de cette soirée de novembre a fait se vider les terrasses, alors c'est à l'intérieur d'une brasserie qu'il dinera seul !

Son premier dîner d'amoureux comblé, mais seul !

Il lui tarde bien sûr déjà d'être au lendemain, alors il va sagement rentrer au moins se reposer, car il n'est pas certain de trouver le sommeil avec tout ce qu'il y a dans sa tête ! Quand il va dans la salle de bain pour se préparer, il remarque qu'elle a oublié sa pince à cheveux, mais il remarque surtout que la boîte de préservatifs consciencieusement achetée avant son départ est toujours intacte !

Ils n'y ont pensé ni l'un ni l'autre ce qui n'est pas très glorieux de la part de personnels médicaux bien au fait des ravages liés au SIDA (surtout de la part de Pierre qui a perdu un copain, qui était vétérinaire, à cause de cette cochonnerie), et il s'en veut de ne pas y avoir pensé, même s'il n'est pas très habitué à leur utilisation, et qu'il n'apprécie pas trop, mais ce peut être une question de vie ou de mort, et quand on ne connaît pas bien ses partenaires, et surtout les partenaires de ses partenaires, il est certain qu'il faut mieux «sortir couverts».

# Samedi matin 12 novembre hôtel Adhémar 8 h 30 :

Encore une merveilleuse journée en vue, mais malheureusement plus qu'une journée, Pierre doit reprendre le train ce soir.

Toc toc toc ... plus besoin de passer par le standard pour prévenir de son arrivée, elle connaît le chemin !

Elle est toujours aussi belle, aussi belle que dans son souvenir, aussi belle que dans les rêves plus ou moins érotiques qui ont peuplé son sommeil !

Toujours en noir et blanc, seuls ses yeux sont colorés, hier ils étaient verts aujourd'hui ils sont mauves.

Cette fois en dessous de la grosse veste et de l'écharpe elle porte une petite jupe noire courte des collants rigolos (sexys) un pull noir et blanc qui associe tricot et cuir noir ... et en dessous, quelle surprise lui a t elle reservée?

Retrouvailles passionnées, ils se retrouvent bien vite sur le lit à s'embrasser, il ne résiste pas longtemps à l'envie de la déshabiller, de la dévorer !

Elle porte un string en cuir noir qui met en valeur ses jolies fesses, elle explique à Pierre que c'est un ami à elle qui travaille le cuir qui lui a réalisé cette commande spéciale sur mesures !

Il préfère ne pas imaginer la prise de mesures, la réalisation et les essayages !

Il ne connait pas cet ami, mais se prend à l'espérer homosexuel !

Ils font l'amour, c'est toujours aussi bon, mais hier ne lui a t elle pas dit que c'était bon, très bon même, mais ils pourront faire mieux encore, toujours faire mieux !

C'est ce à quoi ils «s'attèlent» sans attendre, assoiffés de plaisir, d'autant qu'ils savent que pour ce week-end le temps leur est compté, et qu'ils ne savent pas encore quand ils se reverront ensuite !

Pierre essaye d'apprendre son corps par coeur, il s'invente un nouveau «Braille», veut connaître chaque parcelle de sa peau, ses grains de beauté, les pointes si sensibles de ses petits seins, son nombril qu'il aime embrasser, la jolie cicatrice de sa césarienne, quand c'est pour donner la vie, c'est joli une cicatrice !

Et, plus bas cachés sous un tout petit buisson, les trésors de sa féminité, la source de son plaisir, de leur plaisir à tous les deux.

Jamais il ne se lassera d'admirer «son origine du monde» ...

*« Tout est bon chez elle y' a rien à jeter ...»*
*(Georges BRASSENS)*

Elle ne lui parle pas de la soirée d'hier, de ses retrouvailles avec Fabien, lui ne pose pas de question, ils veulent profiter au maximum l'un de l'autre sans s'occuper de personne d'autre. Ils profitent de la chambre jusqu'au bout, le «check out» est à midi, alors ils sortent de la douche juste avant l'heure fatidique, et quittent ce qui restera à tout jamais «leur» chambre cinq «à la folie» de l'hôtel Adhémar vers midi et quart.

Le train de Pierre quitte Montélimar seulement à dix-sept heures, Ange décide donc qu'ils vont aller faire une promenade sur les bords du Rhône.

Ils prennent donc sa voiture, mais avant de rejoindre les bords du fleuve, elle veut lui faire une surprise, elle l'emmène dans un joli petit village provençal tout proche de la ville pour lui montrer le terrain qu'elle a trouvé et qu'elle envisage très sérieusement d'acheter pour y construire sa maison, et qui sait peut être leur future maison.

C'est la campagne aux portes de la ville, cela semble calme, paisible, ils s'imaginent déjà très bien au soleil dans le jardin, pourquoi pas dans la piscine puisqu'il fait soleil dans la région ! Petite promenade en amoureux dans le village, ici personne ne la connaît encore, donc pas trop de risques de se faire remarquer, puis ils rejoignent les bords du Rhône, elle lui explique que là où ils sont c'est la Drôme et de l'autre côté-là c'est l'Ardèche .Promenade bucolique, ils ne peuvent résister à l'envie de se coucher et de se rouler dans l'herbe en espérant qu'ils ne sont pas dans une zone où les riverains viennent promener leurs chiens !

Pierre est allongé dans l'herbe, la tête de sa chérie reposant sur son ventre, il lui caresse les cheveux, les joues, les cils ! S'il ne faisait pas si frais il ne se retiendrait pas de la déshabiller, mais il ne faut pas qu'elle tombe malade, d'autant qu'elle doit le week end prochain (comme tous les quinze jours) remonter dans le Jura pour passer son week end avec le petit Pierre.

Il ne la déshabille donc que du regard, et, tout en la caressant lui redit que tout est clair dans sa tête, que les deux jours qu'ils viennent de passer n'ont fait que le conforter dans ses choix et ses décisions à venir. Qu'il faut juste qu'elle lui fasse confiance, qu'elle lui laisse le temps de prévenir Jeanne, mais que ce ne sera pas long et qu'il languit déjà de revenir à ses côtés. Seize heure quarante-cinq, derniers baisers sur le quai de la gare, et tant pis si quelqu'un la reconnaît, au diable la prudence, quand on est amoureux on n'est pas prudent ! Au moment où il monte dans le train, après s'être respirés une dernière fois, lui avoir caressé les cheveux, le visage et tout ce qui dépasse de la grosse veste et de l'écharpe, essuyé délicatement «l'humidité» qui coule de se yeux, certainement dûe au froid, Ange pense, heureusement, à lui redonner son écharpe copieusement arrosée d'Oscar de la Renta.

*« J'ai pensé qu'il valait mieux nous quitter sans un adieu ...*
*Que c'est triste un train qui siffle dans le soir ...»*
*(Richard ANTHONY)*

En règle générale, les longs voyages en train sont assez pénibles, surtout quand on voyage seul. Bizarrement, pour Pierre ce n'est pas le cas cette fois ci, il arbore en permanence une espèce de sourire niais, même quand le contrôleur lui demande son billet !

Il est sur un petit nuage qui flotte au-dessus du TGV, et rien ne le fera redescendre sur terre, au moins jusqu'à l'arrivée à la gare Nantes, mais il a intérêt à changer de visage sinon Franck, Patrick et les stagiaires ne vont pas laisser passer une telle occasion de le chambrer ! Nouvelle ville, nouvel hôtel, moins pittoresque, totalement impersonnel, qui pourrait se trouver à l'entrée de n'importe quelle ville, mais qui convient parfaitement pour l'organisation de ces séminaires et pour y dormir, simplement et pas pour y faire des déclarations d'amour enfiévrées !

Quand il arrive à l'hôtel il est déjà très tard, personne ne l'attend ce qui lui convient parfaitement, pas vraiment d'humeur à discuter de ces deux jours à «Valence» !

# Dimanche 13 novembre hôtel Ibis Nantes 8 h 00 :

Petit déjeuner, quand Pierre arrive ses collègues sont déjà attablés et en grande discussion avec quelques élèves. Tout le monde lui souhaite la bienvenue, Franck et Patrick lui débrieffent rapidement les deux premiers jours du stage, et à eux trois ils se répartissent le travail pour la journée à venir. Tout reste très professionnel, mis à part Franck qui ne peut s'empêcher de faire remarquer que l'air de la Drôme n'a pas l'air de lui réussir car il semble fatigué de ce voyage ! ! !

Pierre s'investit comme rarement dans cette journée d'enseignement, pour ne pas trop penser à Ange, à son corps son odeur ... mais également pour éviter de penser à son retour à la maison aux côtés de Jeanne en fin de journée !

La journée se passe sans soucis particulier, les élèves travaillent bien, les professeurs essayent de bien professer..... et les cerveaux bouillonnent, pas tous pour la même raison, mais celui de Pierre deux fois plus que les autres.

Fin de journée, fin de séminaire, on remballe tout. Patrick rentre chez lui, Franck est venu avec sa voiture, donc il raccompagnera Pierre jusque chez lui puisqu'ils n'habitent pas très loin l'un de l'autre.

Étonnamment, leur discussion pendant le trajet reste très professionnelle, ils parlent du séminaire qui vient de s'achever, du prochain dans deux semaines à Angers cette fois, puis, Franck l'interroge sur l'intérêt de cette fameuse machine qu'il est allé testé à Valence. Pierre reste assez vague, ce qui est facile car Franck ne connait pas grand chose en posturologie (seulement ce que Pierre lui a expliqué à son retour de Marseille, puis de la Grande Motte), et l'argument du prix exorbitant de cette machine clôt assez rapidement la discussion.

Ensuite ils parlent de la pluie et du beau temps, des enfants de Franck, de leurs femmes respectives, mais bizarrement à aucun moment il n'y a de sous entendus ou de commentaires au sujet d'Ange !

Peut être que Franck a senti que ce n'est pas le moment d'aborder le sujet, sans doute a t-il remarqué l'état d'extrême tension dans lequel est son ami, et il ne veut surtout pas en rajouter. D'ailleurs il se contente de déposer Pierre, juste un petit bisou à Jeanne et il repart car il est fatigué et pressé de rentrer auprès des siens !

Pierre aussi est fatigué, mais il ne peut pas s'éclipser aussi facilement. Cela fait trois jours qu'il est parti, alors ils ont forcément plein de choses à se dire, c'est en tous cas ce que pense Jeanne qui lui raconte tout ce qu'elle a fait, tout ce qu'il s'est passé aussi bien à son travail qu'en dehors. Elle voudrait également tout connaître de son long week-end à lui, mais il est moins expansif qu'elle. Elle en a l'habitude bien sûr, mais cette fois elle le trouve vraiment très peu causant !

Elle met cela sur le compte de la fatigue, tous ces déplacements et les cours à suivre ou à assurer en plus de la semaine de travail, il y a bien de quoi être un peu KO !

Comme elle commence son travail très tôt le lendemain, c'est une bonne excuse que Pierre saisit pour qu'ils aillent vite se coucher et dormir.

Juste avant de s'endormir, elle lui rappelle qu'il doit l'accompagner le mardi après-midi chez le gynécologue, qu'elle espère qu'il n'a pas oublié, parce que c'était prévu de longue date ! Cette information lui était complètement

sortie de la tête, mais là, maintenant, quand elle le lui rappelle, c'est comme un électrochoc !
Plus question de trouver le sommeil, il se tourne et se retourne dans le lit, et il tourne et retourne dans sa tête tous les informations liées à ces derniers jours, et cette histoire de gynécologue qui vient de ressurgir lui rappelle douloureusement le désir d'enfant exprimé par Jeanne depuis quelques mois.
Comment a-t-il pu se retrouver dans cette situation, lui qui voulait avant tout protéger ceux et celles qu'il aime ?
Quel gâchis, il est vraiment un handicapé de la communication et de la gestion des rapports humains !
Lui qui a un besoin exclusif d'être aimé ne réussit qu'à détruire le bonheur des autres autour de lui !
Lui qui ne prend jamais de décision, qui s'en remet toujours aux choix et décisions des autres, pour une fois dans sa vie qu'il a décidé quelque chose, il sait qu'il va déclencher une vraie catastrophe, mais que s'il ne le fait pas il sera malheureux et le regrettera toute sa vie ! Lui qui a besoin d'un amour exclusif ne sait pas aimer celles qu'il aime, et il se déteste pour cela.
Mais il sait qu'il doit faire un choix, il sait qu'il l'a déjà fait, il sait que c'est le bon, le seul qui lui permettra peut être d'être enfin pleinement heureux !
Mais, au fond de lui il doute d'être capable d'être pleinement heureux, il sent déjà que le manque d'empathie et d'amour qu'il a ressenti durant sa petite enfance, est en train de faire son travail de destruction, intérieurement, sournoisement.
Il sent au fond de lui que chaque fois qu'il s'approchera suffisamment près pour toucher du doigt le bonheur, il risquera, par sa propre faute, inexplicablement, de le détruire, et ça lui fait très peur !

La journée du lundi, synonyme de la reprise de la routine «boulot, auto, dodo !» se passe calmement, il passe un moment au téléphone avec Ange qui, lui dit elle a plein de choses à lui raconter depuis son retour chez elle le samedi soir !
Ils se disent qu'ils se manquent, ils n'ont plus peur de se dire qu'ils s'aiment, même s' ils savent que les jours à venir risquent d'être particulièrement compliqués.
Il risque malheureusement d'y avoir des grincements de dents et des pleurs, mais comment faire pour éviter cela?
Ange fait promettre à Pierre d'être le moins brutal possible quand il annoncera à Jeanne la situation dans laquelle ils se trouvent, elle ne la connaît pas, mais compatit même si elle est (en partie et involontairement)la cause de ses malheurs à venir.
Elle vient de vivre un divorce, très difficile et ne souhaite cela à personne et elle s'en veut d'être «la voleuse de mari».

# Mardi 15/11 Cabinet de gynécologie:

A lors voilà, je voulais vous revoir parce que les résultats de votre dernier frottis ne sont pas très bons. Rien d'alarmant rassurez vous, mais il va falloir envisager un petit traitement, rien de bien méchant, il va s'agir de ce que l'on appelle dans notre jargon une conisation. C'est à dire, utiliser un laser pour brûler, en quelque sorte, les cellules qui posent problème et qui pourraient évoluer défavorablement «

Coup de massue, surprise, incrédulité ……

«C'est grave Docteur ? C'est un cancer ?
Je suis infirmière et je veux savoir exactement ce que j'ai, ce que l'on va me faire et les éventuelles conséquences sur d'éventuelles futures grossesses !»
« Non Madame ne vous inquiétez pas grâce aux frottis que vous faites régulièrement nous avons pu dépister ces quelques cellules qui posent problème, et qui si elles ne sont pas éliminées rapidement pourraient dégénérer en cancer du col de l'utérus, mais après la petite intervention que l'on fera en ambulatoire (sans hospitalisation), tout rentrera dans l'ordre.
Simplement prévoir une abstinence de rapports sexuels pendant une ou deux semaines environ, et pour ce qui est d'une future grossesse, un frottis de contrôle dans trois mois et si tout est OK vous aurez le feu vert ! Surtout ne vous inquiétez pas tout va bien se passer, prenez un RV

*avec ma secrétaire dès que vous êtes disponible, le plus tôt sera le mieux !* »

Curieusement, une fois dans la rue, le plus secoué des deux n'était pas Jeanne qui relativisait cet « incident de parcours » et le résumait déjà à un retard dans le calendrier qu'elle s'était déjà construit pour sa future grossesse, simplement une sorte de faux départ dans sa « course à la conception ! »
Pour Pierre c'était véritablement un coup de massue.

Lui qui redoutait cette visite car il serait bien évidemment question de l'arrêt de la contraception, de désir de grossesse, de calendrier ...

Il savait qu'après la consultation, à peine franchi la porte du cabinet, ils iraient boire un café et il lui dirait (avouerait ?) tout :

Marseille, La Grande Motte, Dole, Valence, les voyages, les courriers, les nombreux appels téléphoniques, bref tout ce qui rythme sa vie à lui depuis des mois !

Il avouera sa lâcheté de n'avoir rien dit, de lui avoir laissé croire à un futur enfant, de la trahir ainsi. Qu'il n'est vraiment pas fier de lui, mais qu'on ne choisit pas de tomber amoureux !

Il lui dira aussi, mais sera t elle prête à l'entendre, qu'il l'aime toujours elle, mais qu'il est follement amoureux d'Ange et qu'il a fait son choix bien conscient de la souffrance qu'il allait lui faire vivre.

Mais là, après ce que le médecin vient de leur annoncer, il ne se voit pas vraiment suivre son plan, et lui « vider son sac », ce n'est vraiment pas le bon moment, mais y aura t il un bon moment ?

Décidément il n'est pas fait pour prendre des décisions !
Finalement, c'est presque elle qui le console, le rassure, lui dit que tout va bien se passer et que ce n'est qu'une question

de quelques semaines ou de quelques mois au plus, et qu'ils ont toute la vie devant eux !

Chaque mot prononcé par Jeanne est une torture à entendre pour Pierre, chaque phrase le mortifie, il se sent vraiment plus bas que terre, il n'était déjà pas très fier de lui depuis quelques mois, mais alors là il va revêtir le costume du salaud intégral, celui qui «largue» sa femme quand on lui découvre une maladie (grave ?) !

Pour peu que Jeanne ait déjà parlé dans son entourage de cette grossesse espérée (et il la connaît, elle est bavarde !), il va vraiment passer pour «une grosse merde» auprès de leurs proches !

Donc, tout est reporté, les aveux, la grossesse ...

Comment va t il pouvoir se sortir de cette situation, comment vont ils s'en sortir ? Le soir même, bien qu'ils se soient interdit de se téléphoner «à la maison», pour éviter les situations vaudevillesques, Pierre prétexte devoir repasser au cabinet pour pouvoir appeler Ange à la maison. Il a absolument besoin de lui expliquer ce qui se passe.

Il est complètement désemparé, éclate en sanglots en lui expliquant qu'il est «obligé» de remettre de quelques jours (ou plus ?) les aveux qu'il s'était promis de faire, mais surtout qu'elle ne croit pas qu'il puisse s'agir d'une manœuvre pour gagner du temps, que rien n'est changé, qu'il l'aime beaucoup très fort et que bientôt tout le monde le saura.

Ange est également bouleversée par cette annonce, elle qui se sentait déjà coupable avant, serait capable à l'instant même de dire à Pierre de renoncer, de ne rien révéler à personne, d'attendre.

Mais elle a bien compris que ce n'est même pas la peine de lui demander, que pour lui la décision est prise, et secrètement elle s'en réjouit.

Les jours qui suivent sont assez pénibles, Pierre qui

devrait être «aux petits soins» pour Jeanne est nerveux, tendu, renfermé, il ne parle pas, il ne lui parle pas !
Jeanne pense que le discours du gynécologue est une des principales raisons de ce comportement, mais déjà avant cette visite, elle le trouvait bizarre, pas comme d'habitude, et elle commence à se poser des questions ! Est que lui même va bien ?
N'a-t-il pas également de son côté un problème de santé dont il ne lui aurait pas parlé ? Donc le moins que l'on puisse dire c'est que l'ambiance n'est pas vraiment détendue ni très souriante à la maison, et ce n'est pas la météo sarthoise avec son ciel gris uniforme et ses averses incessantes qui améliore le tableau !
Après quatre jours de sinistrose, Jeanne ne tient plus en place, elle a beau essayer de penser à autre chose en faisant un grand ménage, assez inhabituel pour elle, et des séances de sport plus intensives qu'habituellement, rien n'y fait, elle est comme une cocotte minute sur le point d'exploser !
Pierre n'est pas beaucoup mieux en point, mais il le cache, il se cache ...
Alors, le samedi soir, alors qu'ils prennent un verre devant la cheminée dans laquelle brûle une belle flambée qui tente de réchauffer l'atmosphère glaciale, Pierre se décide à parler.
Comme il l'a répété cent fois dans sa tête tout au long de la semaine qui vient de s'écouler, il raconte, il raconte tout, sans ne plus rien cacher, heureusement Jeanne est forte, elle écoute, elle ne pleure pas, enfin pas tout de suite, elle semble sonnée, abasourdie, elle vient de se prendre des séries d'uppercuts qu'elle n'a pas vu venir !
Pierre ne veut pas s'arrêter, ne pas reprendre son souffle pour ne pas caler. Il craint s'il s'arrête, d'être incapable de reprendre et de dire tout ce qu'il veut lui dire.

Il bafouille, il pleure car il sait qu'il lui fait du mal et il se déteste pour cela.

Il n'a rien voulu de tout ce qui arrive, mais il est responsable de tout !

Jeanne est forte, beaucoup plus forte que lui (c'est une femme !), elle encaisse les révélations une par une, comme les vagues successives annonciatrices du tsunami géant qui va détruire la vie qu'elle pensait s'être construite avec Pierre. Elle pose des questions :

> « Qui est cette femme, comment s'appelle t elle ? «
> « Est ce que c'est elle dont Franck avait parlé un soir au dîner ? «
> « Est ce qu'elle est jolie ?
> Très jolie ?
> Plus jolie que moi ? «
> « Qu'est ce qu'elle a de plus que moi ? «
> « Est ce qu'elle a un mari, des enfants ? «

Pierre répond à toutes ses questions, depuis le début de cette discussion Jeanne ne lui a pas fait le moindre reproche, pas encore !

Quand Pierre répond à cette dernière question : qu'elle est divorcée et qu'elle a un fils de six ans et demi, le coup part, brutalement, sans prévenir, elle lui décoche une flèche en plein coeur :

> «Même pour avoir un enfant tu n'es pas capable de prendre toi même une décision, c'est sans doute plus facile de le prendre «tout fait» avec sa mère, encore une façon de ne pas t'engager vraiment»

C'est violent, très violent, mais mérité sans doute.

Ce sera la seule phrase violente qu'elle prononcera de la soirée, pas de reproche, une colère froide, les pires sans doute ! Pierre, quant à lui, est groggy, sonné, KO debout.

Il n'a reçu qu'un seul coup et c'est lui qui est KO, il faut dire que Jeanne a tapé dans le mille, l'égo de Pierre risque d'avoir du mal à s'en relever, et l'estime qu'il a de lui est sans doute en grande partie détruite, et pour longtemps ou même plus !

Jeanne monte dans «leur» chambre s'isoler pendant que lui reste seul devant la cheminée avec la bouteille qu'ils avaient entamée et que sans vraiment s'en apercevoir, insidieusement, il va finir de la boire, ajoutant un début d'ivresse à sa tristesse, à son chagrin, au dégoût qu'il s'inspire, là ce soir. Mais que pouvait-il faire d'autre ?

Quand il monte rejoindre Jeanne, elle est déjà couchée, il ne dit rien, elle se tait.

Quand il se couche à ses côtés, la seule chose qu'ils trouvent à faire c'est de se serrer fort l'un contre l'autre à s'en faire mal, sans prononcer une parole, et de pleurer doucement, tout doucement, tous les deux ensemble.

«*Tout doucement, fermé pour cause de sentiments différents ...*»

(Bibi)

Combien de temps sont-ils restés là, tous les deux enlacés, mais chacun seul avec son chagrin, la culpabilité de n'avoir rien vu, rien compris pour elle, d'être responsable de tout pour lui ? Combien de temps pour détruire tous ces rêves, ceux partagés, réalisés, ceux à venir, ceux avortés avant même d'avoir été conçus ?

*« Combien de temps combien de temps,*
*Si on restait face à face sans un mot sans une gomme qui efface ?*
*Combien de temps combien de temps et je bois je bois*
*Et je suis saoul de toi saoul de toi «*
                              (Stéphane EICHER)

Plus tard dans la nuit, plus tard dans leur chagrin, quand les larmes ont fini par se tarir, Pierre qui bien sûr ne peut pas trouver le sommeil, se demande s'il rêve quand il sent les mains de Jeanne qui le cherchent, qui le trouvent et qui commencent à le caresser.

Il est tétanisé, ne sachant que faire, comment réagir ou ne pas réagir.

Mais elle ne lui laisse pas le choix, les caresses sont précises, efficaces, sa bouche rejoint bientôt ses mains, et puis, quand elle le décide elle le chevauche et lui fait l'amour brutalement sauvagement, ne lui laissant aucune initiative, aucun repos.

Elle est déchaînée, insatiable, à la limite de la violence, provocante comme jamais ! Il faut que cette dernière fois LUI soit inoubliable, il faut que toute sa vie IL s'en souvienne comme la plus incroyable nuit qu'il ait jamais passé, et il faut surtout qu'il se souvienne que c'est avec ELLE qu'il l'a passée, et que si c'était leur dernière nuit, c'était entièrement sa faute à LUI !

Elle veut qu'il s'en souvienne chaque fois qu'il fera l'amour avec une autre femme, que ce soit avec cette Ange ou une autre, peu importe, elle veut rester indélébile.

Au petit jour, ils finissent par s'endormir toujours enlacés, épuisés, malheureux, perdus !

Certains réveils sont difficiles, que dire de celui-là ?
Gueules de bois ? Cœurs de pierre ? Corps meurtris ?
Ils ont tous les deux l'étrange impression d'être passés

aussi bien physiquement, moralement, mentalement dans une essoreuse, ressortant totalement désorientés et incapables de réagir, ne sachant quoi faire de leur dimanche.

Pierre prétexte un besoin de bouger, de courir pour quitter momentanément la maison, mais bien sûr incapable de courir, il se réfugie dans son cabinet pour essayer de réfléchir, de faire le point.

Évidemment il ne résiste pas longtemps à l'envie de téléphoner à Ange qui décroche dès la deuxième sonnerie car elle était auprès du téléphone prête à l'appeler lui dit-elle !

Dès qu'il entend sa voix, il sait que quelque chose ne va pas, elle n'est pas enjouée, joyeuse comme d'habitude. Alors, lui qui voulait lui raconter tout ce qu'il s'était passé avec Jeanne, ne dit rien, demande seulement ce qui ne va pas, quel est le problème ?

Ange craque au bout du fil, elle fond en larmes, lui expliquant que c'est devenu un enfer pour elle de vivre aux côtés de quelqu'un qu'elle n'aime pas, mais qui lui lui assure qu'il l'aime et que tout va s'arranger, que ce n'est rien, qu'elle est seulement fatiguée, déprimée ... Quelqu'un qui fait tout ce qu'il peut pour la garder sous son emprise, pour être indispensable dans son quotidien, et qui est là, à la harceler pour obtenir «ses faveurs», et qu'hier soir elle a fini par «faire son devoir conjugal» et que depuis elle pleure, elle regrette d'avoir cédé, elle se sent sale et honteuse !

Depuis, Fabien qui ne comprend rien à rien se demande ce qu'il a fait de mal, pourquoi elle pleure, et ce qu'il peut faire ?

Le plus calmement possible, Pierre essaye de la consoler, de la rassurer, il lui explique que cette situation ne durera plus longtemps, puisqu'il a parlé hier soir à Jeanne, que dès demain il va chercher un logement à louer pour ne pas rester dans leur maison et que bientôt il sera près d'elle, qu'ils pourront s'aimer au grand jour.

Il ne revient pas sur l'épisode du «devoir conjugal» qui la culpabilise, d'autant que sur le sujet il ne sent pas prêt à lui donner des leçons !

Pierre lui dit que maintenant, ca va être à son tour de parler, il va falloir prévenir Fabien de la situation exacte, lui révéler les faits, lui dire le plus simplement possible la vérité pour qu'il se rende compte que la seule solution c'est qu'il quitte la maison le plus rapidement possible, qu'il accepte de tourner la page.

Qu'elle ne veut pas lui faire de mal mais qu'elle en aime un autre tout simplement !

Il sait pour l'avoir vécu, il y a quelques heures, que c'est un moment très difficile, mais il lui fait confiance, ils s'aiment, ils y arriveront, bientôt ils seront réunis.

Fin de journée morose, Pierre est de retour à la maison, Jeanne s'active, range, s'occupe l'esprit comme elle peut. Il lui propose de boire un thé devant le feu de cheminée rallumé, un moyen pour essayer de se parler, si possible calmement.

Pierre lui redit combien il est désolé, que jamais il n'aurait voulu la faire souffrir ainsi, qu'elle fait partie des personnes qu'il aime le plus, qu'elle est une « belle personne » mais qu'il a croisé la route d'Ange et que depuis c'est le chaos dans sa vie, dans son cœur, et que la décision qu'il a prise est la seule qu'il pouvait prendre.

Afin que les choses se passent le «moins mal» possible, Pierre lui assure que dès le lendemain il se mettra à la recherche d'une location et qu'il déménagera au plus vite.

Mais qu'il espère que malgré tout ils réussiront, avec le temps, à panser leurs plaies, et peut-être à rester amis ? Aucun des deux n'a ni l'envie ni le courage de préparer un

repas, alors ils restent là à regarder le bois se consumer, à caresser le chien qui semble ne rien comprendre à ce qui se passe dans cette maison d'habitude si joyeuse, à se regarder en essayant de comprendre ce qui leur arrive.
Faute de le nourrir, le feu s'éteint. La température baisse dans la pièce, ils vont essayer de dormir, blottis sous la couette, l'un contre l'autre par habitude, mais cette fois sans aucun geste de tendresse ou d'intimité.
Ils commencent à devenir deux étrangers, c'est bizarre et douloureux.
Dès que son travail lui en laisse le temps, Pierre contacte une agence immobilière (un de ses patients) qui lui propose un petit appartement dans le vieux quartier historique de la ville. C'est mignon, pas très grand, mais il n'a pas besoin de beaucoup d'espace, il y sera seul la grande majorité du temps, et ce n'est que très provisoire. C'est bien situé, c'est propre, ce n'est pas trop cher, et surtout il est libre de suite, il peut s'il le désire emménager en fin de semaine !
Affaire conclue, il va s'occuper des divers abonnements dans la semaine et pouvoir «déménager» en fin de semaine. Pour que ce soit moins pénible pour elle (pour eux deux) il profitera de l'absence de Jeanne à la maison puisqu'elle travaillera tout le week-end ! S'il avait le coeur à rire, nul doute que sa nouvelle adresse le ferait au moins sourire :
7 Rue de la Truie qui File !!!
Semaine un peu compliquée, Jeanne ayant deux jours de repos, avant son week-end de travail, elle décide de partir les passer chez ses parents qui habitent à une cinquantaine de kilomètres. Elle sera bien entourée, et Pierre qui a toujours eu des rapports excellents, privilégiés, avec ses «beaux parents» s'inquiète de leur réaction à l'annonce de la nouvelle situation, à laquelle ils ne s'attendent certainement pas !

Pierre espère que Jeanne n'a pas parlé de futur «bébé» à sa maman, car comme elle n'a pas l'habitude d'aller les voir seule, en semaine, il ne faudrait pas qu'elle se fasse «un film» qui lui attribuerait une nouvelle fois un rôle de grand-mère !

La seule chose dont Pierre est certain, c'est qu'ils vont tomber de haut car ils l'ont toujours considéré comme leur fils ! Étonnamment s'inquiète plus de la réaction de ses «beaux parents» que de celle de ses propres parents.

Donc, Pierre profite d'être seul à la maison pour préparer ses affaires, faire des cartons, commander un canapé «clic clac», réserver une camionnette pour le samedi, jour fixé pour le déménagement, et enfin demander à deux copains de bien vouloir venir l'aider. Ce seront François, son ami photographe et Franck, celui qui avait tout «deviné» depuis le début !

Tout est allé si vite, une semaine à peine après avoir tout avoué à Jeanne, tout juste deux semaines après son voyage à Montélimar et son séjour à l'hôtel Adhémar, le voici qui se retrouve seul pour sa première nuit dans sa nouvelle garçonnière !

De son côté Ange tente, tant bien que mal, de se «débarrasser» de Fabien qui lui ne l'entend pas de cette oreille et freine de quatre fers pour rester à ses côtés !

Le week-end suivant, Ange doit aller dans le Jura pour voir son fils, car c'est «son» week-end de garde, donc ce sera le week-end d'après (dans deux semaines) que Pierre reviendra dans la Drôme, et il lui promet de s'organiser pour pouvoir rester quelques jours, voir toute la semaine dans le meilleur des cas. Mais pour cela, bien évidemment il faudra que Fabien ait quitté la maison définitivement.

Le week-end pendant lequel Ange est partie dans le Jura, Pierre décide d'aller voir ses parents pour leur annoncer la nouvelle avant qu'ils ne l'apprennent, par les parents de Jeanne par exemple !

Imaginant à l'avance leur réaction, en fait celle de sa mère, il les appelle le dimanche matin pour leur dire qu'il passe pas très loin de chez eux, et qu'il en profitera pour leur faire un petit coucou, mais qu'il ne restera pas car il a des rendez vous à Nantes pour son travail, donc

*« Juste un petit café en fin de matinée, non il ne restera pas déjeuner »* !

Comme il s'y était préparé, l'annonce fait l'effet d'une bombe !

Son père semble sonné, surpris sans doute que son fils soit capable de prendre une telle décision à laquelle il ne s'attendait pas du tout.

D'autant qu'il y a à peine quelques mois ils ont fait ensemble, tous les deux, les travaux d'aménagement du local professionnel qu'il venait d'acheter, et là maintenant, son fils, le même qu'il pensait «casé» et surtout équilibré, lui parle de séparation, de revendre son cabinet, de déménager dans le sud de la France !

Sa mère, comme à son habitude, ne laisse rien transparaître de ses sentiments, toujours dans la maîtrise, ne jamais se laisser dépasser par l'affect.

*« Tu es complètement tombé sur la tête mon garçon, ressaisis toi enfin ! Tu n'es plus un adolescent, tu ne peux pas gâcher ta vie sur un coup de tête, pour une fille que tu connais à peine, qui en plus est divorcée et qui n'a même pas eu la garde de son fils, on imagine facilement le genre de fille ...»*

Pierre se lève, embrasse son père, dit «au revoir», à sa mère, lui dit qu' elle connait son numéro de téléphone et que quand elle sera dans de meilleures dispositions, si elle le désire, elle pourra le rappeler.

Comme elle le dit si bien, il n'est plus un adolescent et qu'il n'a donc pas besoin de ses «conseils» pour décider de sa vie !

Il serre fort son père dans ses bras, lui dit qu'elle ne lui laisse pas le choix qu'il est désolé mais que c'est de son bonheur qu'il s'agit.

Son père, qui n'a encore rien dit, lui souffle à l'oreille :

*«J'espère que tu ne fais pas une bêtise et que tu seras heureux de ta décision mais tu sais c'est déjà difficile d'élever ses propres enfants, alors ceux des autres !*

En quittant la maison, Pierre a l'étrange sensation, pour la première fois de sa vie, d'avoir enfin coupé le cordon ombilical, et ça lui fait un bien fou ! ! !

Un coup de téléphone à sa sœur pour la prévenir de la situation et de l'inévitable appel qu'elle ne va pas manquer de recevoir de leur mère dans les minutes qui suivent. Car même si elles ont souvent des relations assez conflictuelles, cette nouvelle va certainement les rapprocher au moins un temps. En effet elles sont toutes les deux très proches de Jeanne et ne seront certainement pas prêtes à accepter cette nouvelle situation !

La nouvelle vie de Pierre s'organise avec une semaine de travail très chargée du lundi au samedi inclus, et la semaine suivante qui s'arrête le mercredi soir ou le jeudi soir, selon les possibilités, pour lui permettre de rejoindre la Drôme pour un grand week-end.

Évidemment il faut calculer en fonction des week-ends «petit Pierre» pendant lesquels Ange remonte dans le Jura pour profiter de son fils. Ils passent décidément beaucoup de temps dans les transports en commun, essentiellement le train, mais rarement ensemble.

Les fêtes de Noël et de fin d'année approchent, le «petit Pierre» devant passer Noël avec son papa, c'est Ange qui cette fois viendra au Mans pour une semaine, et pour ne pas rester tout le temps dans le petit studio, Pierre demande à sa sœur si elle peut leur prêter, pour Noël, l'appartement qu'elle possède en bord de mer ? Agréablement surpris par sa réponse positive, ils passent donc chercher les clés chez elle, ce qui lui permet de faire la connaissance « de la nouvelle »!

La rencontre se passe bien, pas d'effusions bien sûr, mais pas non plus l'accueil glacial qu'il craignait. Bien qu'il sache pertinemment que sa sœur passera Noël avec ses enfants chez leurs parents, Pierre n'en parle pas, ne demande pas de leurs nouvelles, bien décidé à ne pas faire le premier pas vers sa mère.

Ces trois jours sur la côte bretonne sont merveilleux, il n'y a presque personne, ils peuvent se promener main dans la main sur la plage, dans le vent, le bruit des vagues, bercés par les cris des goélands !

L'appartement est agréable et leur sert de petit nid d'amour !

Pierre qui a amené son appareil photo commence à «mitrailler» Ange sous «toutes les coutures», habillée, déshabillée, enfantine, provocante, sexy, elle est tellement belle qu'il ne s'arrête que pour la prendre tendrement dans ses bras, l'embrasser, la caresser, l'amener au plaisir, à la jouissance pour pouvoir à nouveau la photographier juste après.

Cette parenthèse «bretonne« leur fait un bien fou, cela leur permet de se retrouver dans une bulle, loin des soucis quotidiens qu'ils ont géré ces dernières semaines: annonces, séparations, déménagements (Fabien a enfin quitté la maison), et démarches administratives pour Ange qui s'est décidée pour acheter le terrain qu'ils avaient visité ensemble !

Elle est vraiment bien pendant ces trois jours, elle semble heureuse. Pierre se souvient de la première fois où il a vu sa frimousse à Marseille, et il est content de la métamorphose. Elle semble tellement plus épanouie, plus heureuse, ne manque à son bonheur que la présence de son fils. Alors elle lui téléphone, lui dit combien il lui manque combien elle l'aime même si elle est loin de lui. Elle le rassure compte les jours qui les sépare et lui annonce tout ce qu'ils vont faire pendant la semaine de vacances qui les attends

Ils sont tellement bien ensemble, tellement heureux qu'ils ne s'inquiètent même pas de la réaction du «petit Pierre» quand ils vont se rencontrer, car pour le moment ils ne se connaissent pas encore.

Ange lui a bien sûr parlé de lui, elle lui a déjà expliqué où et comment ils s'étaient rencontrés, elle lui a dit qu'elle se sentait mieux depuis, et elle lui a promis qu'ils se rencontreraient bientôt . ....

Ils passent donc leur premier Noël ensemble, repassent rendre les clés à sa sœur sans qu'il soit question de leurs parents. Pierre rentre au Mans, Ange repart dans le Jura récupérer son fils. Ils seront séparés pour cette fin d'année, mais ce n'est pas grave il y en aura tellement d'autres à venir.

La fin de l'année elle la passe chez ses parents, pour que «le petit Pierre» puisse voir ses grands parents, mais elle, elle ne semble pas vraiment enchantée. Apparemment elle entretient depuis très longtemps des relations très très compliquées voir conflictuelles avec eux, surtout avec son père !

Quand Pierre lui téléphone, chez eux, elle semble obligée de se cacher, comme une gamine, pour éviter des explications et des reproches qu'il ne manquerait pas de lui adresser. En fait elle a été plus élevée par sa grand mère maternelle et par son oncle et sa tante que par ses parents (contrairement à ses deux sœurs), elle ne les considère donc pas vraiment comme ses parents !

Les semaines passent, les voyages se multiplient, l'achat du terrain a été réalisé et la construction de la maison va commencer.

De son côté, Pierre a prévenu ses collègues, associé et assistant (Franck) de sa décision de quitter la région, donc de vendre ses cabinets. Pour le cabinet de ville, le problème est vite réglé, car, comme Pierre l'espérait, c'est Franck qui veut le reprendre. Reste le cabinet secondaire, celui dont il vient d'acheter les murs il y a moins d'un an, pour lequel ça risque d'être un peu plus compliqué. Il passe des annonces dans plusieurs revues professionnelles, revues qu'il consulte par ailleurs pour essayer de trouver un travail ou un cabinet à reprendre dans la Drôme ou l'Ardèche voisine.

Il a plusieurs contacts, en Ardèche mais en allant sur place il se rend compte que même si sur le papier ça ne semble pas très éloigné, l'état du réseau routier et les conditions météorologiques hivernales risquent vite de transformer ces déplacements en galère !

Donc il faut se recentrer sur la Drôme et pas trop éloigné de Montélimar.

Il apprend, grâce à Ange, prévenue par une de ses patientes qu'un confrère installé en centre ville cherche un assistant avec possibilité d'association si «affinités»...

Rendez-vous est pris, et il en revient très enthousiaste car c'est exactement ce qu'il cherche, le cabinet est en plein centre ville, à trois cent mètres de celui d'Ange.

Le confrère, qui s'appelle Claude, est un peu plus jeune

que lui, il a créé ce cabinet dans un local qui appartient à sa maman, il travaille cool, et ne désire pas travailler davantage. En plus des soins, il donne des cours de gymnastique à des groupes de mamies dans une grande salle attenante au cabinet, et la jeune femme qui travaille comme assistante avec lui depuis quelques années veut arrêter pour s'occuper de ses jeunes enfants. Donc il cherche quelqu'un pour prendre sa place à partir du début du mois de septembre !

Sur le papier c'est parfait même le timing lui laisse, à priori, le temps de trouver un acquéreur pour le cabinet secondaire.

Quand il retrouve Ange après ce rendez-vous, c'est l'euphorie, elle connaît le cabinet de réputation et n'en a entendu que du positif, tout semble se mettre en place, les planètes sont en train de s'aligner !

Il ne reste plus qu'à organiser la rencontre entre les «deux Pierre» !

Ce sera à l'occasion des vacances de Pâques, pendant lesquelles ils partent faire une semaine de ski dans le Jura, aux Rousses, où ils ont loué un petit appartement au pied des pistes.

Pierre vient du Mans avec sa voiture, récupère Ange à la gare de Dijon, puis ils prennent la direction de Dole, pour récupérer le petit à la sortie de l'école.

Le grand Pierre est certainement le plus stressé des trois, il a un peu l'impression qu'il va passer une semaine d'examens, et que son avenir dépendra grandement des résultats !

Et à cet instant résonne dans sa tête la phrase prononcée par son père la dernière fois qu'ils se sont vus.

Le gamin est bien sûr heureux de retrouver sa maman, qui est allée seule le chercher à la sortie de l'école, et quand ils arrivent à la voiture tout semble se faire naturellement: bonjour, bisous, présentation, plaisanterie sur le prénom commun ...

Un détour chez son père pour prendre la valise, et les voilà partis direction la neige ! La première soirée et nuit ils doivent la passer dans un petit hôtel situé au pied de la montagne car le studio n'est libre que le lendemain matin, Ils reviendront d'ailleurs y dormir à la fin de la semaine avant de le déposer chez son père le dimanche soir.

Comme la date du retour correspondra à deux jours près à ses sept ans, Pierre demande discrètement à la propriétaire s'il elle pourra prévoir un gâteau surprise pour le samedi soir ? Semaine de découverte, de la vie de famille, du petit Pierre, d'Ange dans un rôle, qu'il ne lui connaissait pas encore, celui de maman ...

Découverte du Jura, de ses pistes de ski moins spectaculaires que celles des Alpes, mais l'environnement y est plus joli, de ses délicieuses spécialités fromagères et ... de son épouvantable accent !

Tout se passe bien, après un petit «round d'observation» entre eux, les deux Pierre s'entendent bien. Les journées sont bien remplies, ski, repas sur les pistes, retour à l'appartement en fin de journée autour d'un chocolat chaud (chocolat rhum pour les grands) et de petits gâteaux, jeux de société en soirée. Mais comme Ange l'a jusqu'à présent toujours laissé gagner, le petit Pierre a bien du mal à accepter de temps en temps la défaite, alors il faut vite passer à autre chose.

Pierre (le grand) a acheté dans une boutique de la station des sortes de maquettes de dinosaures en bois à reconstituer, et ça les occupe bien !

Pendant ce temps-là, Ange observe «ses» deux Pierre s'apprivoiser, elle est heureuse, elle a l'impression de pouvoir commencer à rebâtir quelque chose qui pourra ressembler à une famille. Le grand Pierre, lui se découvre dans un nouveau rôle de «beau papa» qui le ravit

> « Y'a pas que les gènes qui font les familles
> Des humains qui s'aiment suffisent
> Même sans l'même sang on s'aimera ...»
>
> *(Vianney)*

Seul moment d'inquiétude pour Pierre, il se demande quelle sera la réaction du petit, qui a pris l'habitude pendant les week-ends avec sa maman de dormir avec elle, quelle sera donc sa réaction quand il constatera qu'à partir de maintenant, quand il sera avec eux, c'est le grand Pierre qui occupera cette place ?

Même inquiétude, (pour lui) quand, une fois le petit endormi, ils commencent à faire l'amour et qu'il ose à peine bouger de crainte de le réveiller !

Heureusement Ange le rassure, même si cela arrive, mais c'est improbable car les journées de ski sont épuisantes, alors, à moins d'être vraiment extrêmement bruyants l'un ou l'autre ! Et s'il se réveille ce n'est pas grave, elle lui expliquera que quand les grandes personnes s'aiment, elles jouent, rigolent, se font plaisir, se font du bien et que c'est donc tout à fait normal qu'il n'y a rien à cacher du moment que ce sont deux adultes !

Pierre peut donc se détendre et profiter de leurs «jeux entre adultes» en évitant quand même d'être trop bruyants, car il y a aussi des voisins et les cloisons sont minces.

La semaine passe évidemment trop vite, d'autant qu'ensuite ce sera la séparation pour deux longues semaines. Mais maintenant qu'ils se connaissent, ils peuvent faire des projets communs, donc ils détaillent tout ce qu'ils feront aux prochaines vacances, puis aux grandes vacances, mais avant cela le grand Pierre promet de venir accompagner sa maman, un prochain week end à Dole.

Le petit Pierre semble ravi, heureux de cette pause au soleil jurassien, il dépense tout son argent de poche dans la boutique voisine, pour leur acheter des souvenirs, autant à sa maman qu'au grand Pierre !

Mais il faut refaire la valise, une dernière journée à glisser sur les pentes en essayant d'éviter la blessure de dernière minute, et les voilà repartis pour le petit hôtel dans la vallée qui les attend avec ... un gros gâteau d'anniversaire.

Pierre n'avait sans doute pas précisé à la patronne qu'ils ne seraient, comme la semaine précédente, que trois, ou alors elle était très gourmande, car c'est un gâteau pour au moins 8 personnes qu'elle apportera décoré de sept bougies et d'un :

«Bon Anniversaire petit Pierre»

Super surprise, car Ange elle-même n'était pas prévenue !
Peut-être aurait-il mieux valu la prévenir, car le gâteau est à l'ananas (du Jura !), et, le petit Pierre n'aime pas l'ananas !!!
Ce n'est pas grave, d'autant qu'il y a quelques cadeaux à déballer (encore des dinosaures à fabriquer) et c'est l'intention qui compte, et là, l'intention était louable !
Dernière nuit ensemble, car après avoir déposé le petit chez son papa, Pierre dépose Ange à la gare de Dijon avant de prendre seul la longue route vers Le Mans.
Comme à chaque fois pour elle, les adieux sont un moment déchirant , et cette fois ils se répètent deux fois en peu de temps, Ange se sent orpheline de «ses deux Pierre» simultanément est c'est insupportable !

Pierre lui promet de tout faire pour être avec elle dans la Drôme à la fin de semaine, cela ne suffit pas à faire renaître un vrai sourire sur son joli visage bronzé, mais une lueur d'espoir dans son beau regard coloré ! Retour sur terre, plus précisément dans son petit studio de la «truie qui file».

Ca fait un choc de se retrouver là du jour au lendemain tout seul, alors il imagine ce que peut ressentir Ange qui vit la même chose à chaque fois qu'elle est obligée de laisser le petit Pierre à son papa, ou à chaque fois que Pierre quitte la Drôme pour rentrer au Mans. Le travail reprend, la routine avec, les stages également, il faut jongler avec tout ça pour organiser le calendrier, mais il y arrive et ce n'est que provisoire.

Pour la vente du cabinet il a quelques touches, plusieurs appels, deux visites, dont un monsieur qui semble très intéressé, il réfléchit, affaire à suivre !

Dans la Drôme, la construction de la maison a débuté, à chaque fois que Pierre va voir Ange, ils vont visiter le chantier pour commencer à imaginer ce que pourra être leur petit nid !

Les vacances scolaires suivantes, Ange et le petit Pierre viennent au Mans, c'est la première fois pour le petit, ils découvrent la région, la campagne, un grand parc zoologique, ils rencontrent Franck et Babette les meilleurs amis de Pierre.

Ca se passe assez bien, même si tout le monde est un peu «crispé» car ce sont également de très bons amis de Jeanne. Mais ils sont intelligents, ils savent faire la part des choses et ne pas juger ni prendre partie pour l'un ou pour l'autre.

Au cours de cette semaine, Pierre est contraint de travailler certains jours, et quand il rentre du cabinet il a l'impression de retrouver sa «petite famille» qui l'attend, ils semblent heureux de se retrouver, même si le logement est un peu exigu pour trois !

Le temps passe, l'année scolaire touche bientôt à sa fin, Pierre qui s'est engagé pour commencer à travailler à Montélimar début septembre commence à s'inquiéter pour la vente de son cabinet. Le confrère qui était très intéressé par le rachat a disparu de la circulation, il ne répond plus au numéro de téléphone qu'il a laissé, et Pierre comprend qu'il va falloir trouver un autre acheteur !

Nouvelles annonces, nouveaux appels téléphoniques plus ou moins intéressés, plus ou moins intéressants. Un jeune confrère semble intéressé, il voudrait acheter à la fois la patientèle et les murs, ce qui arrangerait Pierre, mais cela implique d'assez longs délais pour les demandes et l'obtention des prêts bancaires.

Pierre lui remet tous les documents comptables et fiscaux ainsi que les actes notariés et la machine administrative se met en route.

Malheureusement, il faut se rendre à l'évidence, tout ne pourra pas être réglé avant le mois de septembre, et qu'il faudrait plus raisonnablement tabler sur la fin de l'année !

Le problème semble insoluble, puisque l'assistante de Montélimar quitte son poste fin juillet, Claude peut assurer le mois d'août tout seul, mais qu'il faut absolument que Pierre débute son nouveau job en septembre !

La seule façon de contourner le problème c'est que David, le garçon qui rachète son cabinet, soit déclaré en tant que remplaçant / assistant pour les quatre derniers mois de l'année, en espérant que les caisses de sécurité sociale ne fasse pas de rapprochements entre un praticien de la Sarthe et un praticien de la Drôme qui bizarrement ont la même spé-cialité et portent exactement le même nom ! Mais ce que craint le plus Pierre, c'est qu'il arrive quelque chose de grave : un accident, une maladie, à David pendant ces quatre mois. Du moins jusqu'à la signature des actes de vente et jusqu'à ce que la totalité de l'argent de la vente soit effectivement créditée sur son compte bancaire

S'il était croyant, il ferait volontiers une prière pour la bonne santé de ce jeune homme, et il irait même faire brûler des cierges (incognito) dans la cathédrale de la ville !

Les semaines passent, rythmées par le travail, les stages, les week-ends «petit Pierre», les allers retours en train. Pendant ce temps la maison se termine, il reste bien sur les aménagements extérieurs, la piscine ... mais en juin Ange décide d'y emménager. Pierre, de son côté, a téléphoné à son père pour le prévenir qu'il allait déménager et lui demander s'il voulait venir récupérer un certain nombre de choses et divers meubles (de famille) qu'il ne désire pas emmener dans la Drôme.

Le jour prévu, ils se retrouvent tout d'abord pour charger la voiture et la remorque de son père, puis la camionnette que Pierre a loué pour rejoindre Montélimar. La voiture, comme la camionnette sont extrêmement chargées, plus la moindre petite place libre.

Pour vider l'appartement, son copain photographe qui devait venir l'aider, lui fait faux bond, victime d'une sciatique qui le cloue au lit !

Ils ne seront donc que deux mais ils parviennent tout de même à descendre tous les meubles sans faire de dégâts et sans se blesser.

Dernière nuit au Mans, Pierre doit «camper» dans son appartement, il dîne en ville avec des amis, puis ils vont prendre un dernier verre avant de se faire leurs «adieux» !

Bizarrement, quand il quitte ses amis pour rentrer à son appartement, il marche dans les petites rues désertes de la vieille ville, et il tombe «nez à nez» avec Jeanne !

Coïncidence ? Hasard ? Préméditation ?
Toujours est-il qu'il ne peut pas faire semblant de ne pas la voir puisqu'ils se croisent et qu'il n'y a absolument personne alentour !

Embrassade timide, banalités échangées, chacun demande à l'autre ce qu'il (elle) devient, si tout va bien ? Quels sont les projets ?

Pierre lui explique qu'il doit quitter la région le lendemain, que son déménagement attend dans une camionnette garée non loin, et qu'il partait dormir dans son appartement à deux rues de là !

D'un seul coup, Jeanne, qui jusque là faisait bonne figure craque complètement, se met à pleurer, bafouille des excuses, dit que ce n'est rien, ça va lui passer, ça lui arrive de temps en temps, et que là ce soir elle était chez une copine et qu'elle a bu un peu, qu'elle n'a pas l'habitude ...

Pierre, décontenancé, désemparé, ne peut pas la laisser là, seule au milieu de la rue déserte, en pleine nuit, dans cet état !

Quand il lui demande si elle doit prendre sa voiture pour rentrer dans sa campagne et qu'elle le lui confirme, il n'a d'autre choix que de lui proposer de venir chez lui se reposer un peu et reprendre ses esprits, il ne voudrait pas avoir un accident sur la conscience, il se sent déjà suffisamment responsable de l'état dans lequel il vient de la retrouver.

Les voilà donc tous les deux dans l'appartement totalement vide à part un matelas posé au sol que François doit venir récupérer après le départ de Pierre.

Il n'a même plus de quoi lui faire un café qui serait pourtant nécessaire pour essayer de lui faire recouvrer ses esprits. Ils s'assoient côte à côte sur le lit, parlent de tout et de rien en essayant d'éviter les sujets sensibles. Jeanne est fatiguée, elle s'allonge, Pierre la recouvre de la seule couverture dont il dispose, puis quand elle dort, à son tour il s'allonge et ne tarde pas à s'endormir à ses côtés.

Dans la nuit, il se réveille, il ne sait plus où il est avec qui il est, il ne comprend pas pourquoi Jeanne est là dans son lit en train de le caresser, de l'embrasser de lui demander de lui faire tout ce dont lui a envie, de ne pas se retenir, que cette véritable dernière fois entre eux soit une sorte d'apothéose, qu'ils se comportent comme deux personnes qui font l'amour une dernière fois avant de mourir !

«*Faisons l'amour avant de nous dire adieu*
*Faisons l'amour comme si c'était fini nous deux*»
*(Jane MANSON)*

Après, elle lui avouera que leur rencontre cette nuit, n'avait rien de fortuite, qu'elle savait où il habitait, qu'elle savait également qu'il partait le lendemain (merci les copains) et qu'elle l'avait attendu non loin du restaurant où il dînait (encore merci les copains) et donc qu'elle n'avait eu qu'à prendre quelques longueurs d'avance pour l'attendre dans la rue !

Alors, elle fit comme elle l'avait dit, ce fut fort, violent même, parfois sans doute douloureux, il n'y avait pas ou peu de tendresse dans ces actes, comme s'ils devaient en passer par là pour se détacher totalement et définitivement l'un de l'autre.

Mais, finalement ce fut assez beau, et une fois les corps et les esprits apaisés, ils s'endormirent à nouveau quelques heures avant de pouvoir enfin se dire sereinement adieu en se souhaitant mutuellement le meilleur pour l'avenir.

Ils savaient qu'ils s'aimaient toujours et qu'ils s'aimeraient sans doute toujours, mais d'une toute autre façon, et que si l'avenir ne faisait pas se recroiser leurs chemins ce ne serait pas grave, ils savaient !

« *Quand j'aime une fois j'aime pour toujours ...*
*Quand j'aime une fois j'aime pour toujours !*»
(Richard DESJARDIN)

Rude journée en perspective, plus de sept cent kilomètres en camionnette après une telle nuit, et tout seul dans le véhicule, qui de toute façon est tellement chargé qu'il ne pourrait même pas accueillir un autostoppeur !

Donc Pierre conduit prudemment, autoradio suffisamment fort pour bien le maintenir éveillé, et pauses obligatoires toutes les deux heures.

Il n'a pas donné d'heure d'arrivée à Ange car il ne sait vraiment pas combien de temps peut durer son périple à travers la France, et il ne veut surtout pas qu'elle s'inquiète.

Après une journée complète sur la route, il est vraiment content et soulagé d'arriver enfin «chez eux» !

Pas question de vider la camionnette, ça attendra le lendemain, ce soir on se détend, soirée cool après un bon bain relaxant et avant le premier dîner en amoureux dans sa nouvelle maison. Ange a préparé un bon petit repas qu'ils prennent sur la terrasse face à un grand champ de lavande encore ensoleillé, voilà sa nouvelle vie qui commence, ça doit être la ..., il a renoncé à les compter, il veut juste savourer !

# Espeluche (Drôme)
# Premier jour du reste de sa vie :

Ce premier matin, pas de sonnerie de réveil, ils farnientent au lit, et pour la première fois ils font l'amour dans leur nouveau nid, puis Pierre prépare un petit déjeuner somptueux au soleil, sur la terrasse devant la lavande et dans le champ d'à coté des tournesols qu'il n'avait pas remarqués la veille au soir !

Le mélange des couleurs du ciel bleu, de la lavande et des tournesols, il a l'impression d'être dans un tableau de Van Gogh !

Évidemment le reste de la journée est moins glamour, il faut décharger la camionnette pour pouvoir aller la rendre avant le soir, donc déménagement «à l'envers» on décharge le camion et on remplit copieusement le garage qui ne servira plus de garage avant un bon moment, le temps de s'organiser pour savoir comment intégrer tout ça dans la maison.

Dès le lendemain la maison est en fête, car le petit Pierre arrive pour un mois de vacances avec eux !

Première chose à faire: découvrir sa nouvelle chambre dans sa nouvelle maison, vider les cartons de jeux et de jouets et prendre ses repères dans cet environnement qu'il découvre. Ensuite organiser deux semaines de camping au bord de la mer du côté d'Agde, un grand camping avec piscine et pleins d'activités possibles pour les enfants.

De vraies vacances familiales, différentes pour Pierre qui

est habitué aux voyages lointains, mais il savoure ce moment privilégié avec la femme qu'il aime et son fils à elle qui devient un tout petit peu le sien !

*«Même sans même sang ... on s'aimera» (Vianney)*

Tout se passe bien, ils sont tous les trois ravis, souriants, beaux et bronzés, profitent de chaque instant, et même si la petite tente manque parfois d'un peu d'intimité au goût de Pierre, tout va pour le mieux dans les meilleures vacances possibles ...

A la fin de la première semaine, Pierre, dont les parents sont en cure thermale non loin de là, propose à Ange de passer les voir dans le camping où ils ont élu domicile avec leur caravane ! Ils arrivent donc par surprise, un midi peu avant l'heure du déjeuner du dimanche, mais ils les préviennent qu'ils restent juste pour boire un verre pas pour manger car ils ont autre chose de prévu, et comme ils ne les avaient pas prévenus avant...

Les présentations «officielles» sont faites : Ange et le petit Pierre sont parfaitement décontractés, le «grand» Pierre un peu plus tendu !

Quant aux parents, le papa de Pierre semble tellement heureux de les voir là !

Il sympathise tout de suite avec le gamin qui veut visiter la caravane, il l'emmène de suite et le gamin en ressort avec la salade de tomates qui etait prête pour leur repas. Salade qu'il mange de bon appétit en remerciant chaleureusement la cuisinière !

Sans grande surprise, l'accueil de la maman de Pierre est poli, mais beaucoup moins enthousiaste que celui de son mari.

Elle ne fait rien ou ne dit rien qui pourrait lui être reproché ultérieurement par son fils, mais on sent que c'est «le minimum syndical» !

Elle n'a pas encore totalement digéré «l'affront» infligé par son fils, et considère encore cette jolie jeune femme habillée un peu trop sexy à son goût encore comme une étrangère, une «briseuse de ménage» celui de son fils et de sa «belle fille» adorée en l'occurrence !

Il y a encore du chemin à faire pour se sauter dans les bras et que ça devienne vraiment chaleureux et spontané, mais le mouvement est amorcé, et comme le petit Pierre voudrait revenir vite manger et dormir dans la caravane, il sera certainement d'une aide précieuse pour le retour à la paix et à l'harmonie familiale !

L'heure du rendez vous des parents pour les soins aux thermes approchant, c'est une bonne raison pour écourter cette première entrevue, mais promesse est faite qu'ils reviendront avant la fin des vacances pour partager un repas, pour le plus grand plaisir du petit Pierre qui commande déjà une salade de tomates en entrée ...

Pour leur part, ils vont «fêter» ce baptême du feu dans un petit restaurant en bord de mer, ou le petit Pierre commande autre chose qu'une salade de tomates !

Même si elle semblait décontractée, Ange se sent soulagée que cette entrevue se soit bien passée, elle aurait été très peinée, surtout pour Pierre, si sa mère avait eu une attitude désagréable et intransigeante dont, selon lui, elle était tout à fait capable !

Donc les vacances passent, trop vite comme toutes les vacances, le dernier jour c'est le fameux repas chez les parents, le climat est déjà plus détendu, le papy fait tout ce qu'il peut pour arrondir les angles, et globalement tout se passe bien.

On se quitte, on se dit à la prochaine fois, quand ?, où ?, on ne sait pas mais à bientôt et de toute façon on se téléphone bientôt c'est promis !

Pierre qui doit aller à Nantes dans deux mois environ pour animer un séminaire promet de passer les voir à cette occasion.

Retour à la maison, le petit Pierre a encore une semaine de vacances avec eux, mais «le grand» doit commencer son nouveau travail.

Il lui faudra évidemment un temps d'adaptation, apprendre à connaître son confrère, et ses autres confrères de la ville, s'habituer aux rues et quartiers pour les soins à domicile, rencontrer tous les médecins, possibles prescripteurs etc ...

Donc cette semaine Ange et le petit Pierre profitent l'un de l'autre, piscine, balade en Ardèche, journée chez sa tante avec ses cousines ...

Pierre les rejoint le soir et fait ainsi connaissance avec «la famille», y compris du frère de Fabien qui ne montre aucune animosité à son égard, au contraire même !

Ils passent une très bonne soirée barbecue autour de leur piscine, ce qui leur donne un aperçu de leur futur prochain quand leur piscine sera installée, ce qui ne devrait pas tarder selon l'entrepreneur.

C'est bien sûr le petit Pierre qui est le plus impatient, d'autant qu'il fait partie d'un club de natation et que ses résultats sont plutôt brillants. Mais, toutes les bonnes choses ayant une fin, il faut en fin de semaine penser à «remonter» dans le Jura, ils partent donc le samedi après-midi et vont passer la soirée et le dimanche chez Hélène la meilleure amie d'Ange.

Ange préfère profiter de son fils chez Hélène et Philippe son mari plutôt que chez ses parents qui ne connaissent pas encore Pierre et c'est mieux comme cela, le moment de la rencontre viendra bien assez vite pense t elle !

L'accueil est chaleureux, Hélène est souriante, accueillante, et surtout contente de voir que son amie semble heureuse, plus heureuse qu'elle ne l'a vue depuis longtemps. Elle qui a toujours été là, aux côtés d'Ange quand le monde s'écroulait autour d'elle, la retrouve comme aux meilleurs moments, et surtout Hélène se réjouit de la relation qui semble s'être instaurée entre les deux Pierre.

La fin du week-end est bien sûr douloureuse, quand il faut se séparer du gamin et le laisser en bas de l'immeuble où il habite avec son père, mais il n'y a pas d'autre choix !

Il faut reprendre la route direction la Drôme, c'est ce qui les attend tous les quinze jours pour les mois et même les années à venir si le tribunal ne revient pas sur sa décision, et plus le temps passe moins Ange a d'espoir que ça puisse arriver.

Dole, Dijon, Lyon, Valence, Montélimar, plus de trois cents cinquante kilomètres, plus de quatre heures de route avec souvent des intempéries, toujours des tas de très gros camions qui, la nuit, monopolisent les voies de l'autoroute.

C'est toujours tardivement qu'ils arrivent à la maison, fatigués, même s'ils se relaient pour conduire. Et le lundi matin il faut être en forme pour débuter une semaine qui sera comme d'habitude très chargée aussi bien pour l'un que pour l'autre.

Les derniers aménagements intérieurs de la maison avancent, le dernier gros chantier va commencer, il s'agit de creuser un très grand trou dans le jardin puis de construire la piscine, tant attendue par le petit Pierre.

Plusieurs fois, l'entrepreneur qui doit venir avec son énorme «case» pour creuser, leur fait faux bond.

Comme il a tout le temps eu à faire avec Ange avant que Pierre ne vienne habiter la maison, Pierre imagine qu'il profite que ce soit une femme pour faire traîner les choses.

Il le prévient donc que la rigolade est terminée et qu'il faut qu'il vienne au plus vite ! Rendez-vous est donc pris pour le mardi matin, il sera là à huit heures, mais n'a pas besoin de leur présence. Ce que Pierre avait oublié, c'est qu'Ange ne devait pas travailler ce mardi pour pouvoir dormir un peu plus tard et se reposer des fatigues du week-end jurassien ! Quand il quitte la maison le mardi matin vers 7 heures, il lui dit de vite se rendormir car malheureusement les travaux devraient la réveiller vers 8 heures !

Quand il a terminé sa matinée de travail, comme Ange est à la maison, il rentre pour déjeuner avec elle. La maison est calme et silencieuse, il la retrouve endormie comme il l'avait laissée six heures plus tôt !

Pierre est déjà prêt à téléphoner pour sermoner l'entrepreneur qui visiblement n'est pas venu puisque sa chérie dort toujours, mais en ouvrant les volets électriques il s'aperçoit que la pelleteuse est garée là juste devant la fenêtre de la chambre et que le terrain n'est plus qu'un grand trou !!!
Elle n'a rien entendu !!!
Elle a vraiment besoin de repos !!!

*« Reste couchée ma chérie je vais préparer une salade pour ce midi et je t'appelle quand ça sera prêt !»*

Les semaines et les mois se succèdent, ils n'ont pas vraiment le temps de s'ennuyer, entre le travail, les week-ends dans l'est avec le petit Pierre, et les séminaires du «grand» Pierre dans différentes villes, ils courent tout le temps !

Heureusement, de temps en temps Ange décide d'accompagner Pierre lors de ses déplacements, ce qui lui permet de mieux faire la connaissance de Franck, de découvrir Patrick et de se mélanger aux élèves pour profiter de l'enseignement.

Une semaine, ils partent tous les deux en séminaire sur l'île de Djerba en Tunisie. Seul Pierre est inscrit, Ange l'accompagne mais n'est pas censée assister aux cours et aux conférences, mais quand le sujet l'intéresse, elle se met au fond de la salle, se fait toute petite et écoute attentivement.

Le plus drôle, c'est au moment des repas que ça se passe !

Le plus souvent, lors de ces réunions de professionnels de santé libéraux, à un moment du repas, la discussion qui jusque-là était anodine, voire agréable, la discussion dévie donc vers l'argent, les grosses berlines, les grandes maisons qu'ils viennent de faire construire et bien sur les impôts !

Cette fois, comme les autres, à un moment du repas, l'argent «arrive sur la table». C'est à celui qui annoncera le plus gros chiffre d'affaires de son cabinet, la plus grosse berline allemande toutes options (évidemment), la villa somptueuse ...

Et qui subitement va se mettre à se plaindre des impôts qu'il paye, que c'est un scandale de se faire racketter comme cela par l'état etc, etc ...

Comme à chaque fois, la surenchère est de mise, on croirait des gamins qui se vantent d'avoir le plus beau jouet !

A un moment, un des confrères s'aperçoit que depuis un moment, ni Pierre ni Ange ne participent à cette discussion ce qui l'étonne, l'intrigue même !

Déjà que cette fille vient aux cours, apparemment quand ça lui chante, qu'il semblerait qu'elle ne soit ni kiné, ni médecin, alors qui est elle et que fait elle là ?

Ni une ni deux, il s'arrange pour faire dévier la discussion sur Ange et Pierre, pour savoir qui ils sont ?

D'où viennent-ils ? Que font ils ? ...

Interrogatoire en bonne et due forme, qu'Ange esquive avec une certaine jubilation pour attiser encore un peu plus leur curiosité

Pierre, lui, explique qu'il fait partie «de la maison kiné», qu'il vient de s'installer dans la Drôme pour rejoindre sa chérie, après avoir exercé quinze ans dans la Sarthe, et pour bien enfoncer le clou il leur propose de participer aux prochaines formations d'ostéopathie qu'il dispense avec deux confrères dans différentes villes de France. La meute est partiellement calmée par ces paroles rassurantes, puisqu'il est des leurs, il ne peut donc qu'être en accord avec tout ce qui a été dit sur l'argent, les voitures et les impôts.

Par contre, ils sont frustrés de ne pas en savoir davantage sur elle, que peut elle bien faire si elle n'est pas kiné ni médecin Alors l'interrogatoire reprend, Ange continue à jouer avec leurs nerfs, laissant filtrer quelques informations :

*« Non, elle elle ne pouvait pas changer de région plutôt que lui, car elle est fonctionnaire d'état, nommée à son poste, elle ne choisit pas sa destination c'est l'administration !»*

Il y a des mots qui font «Tilt», des alertes qui s'allument chez certains: «fonctionnaire» «administration»... Quelle administration ?

Tout doucement, incidemment, par petites touches, tel un peintre impressionniste, elle les amène bien évidemment à craindre le pire : fonctionnaire des impôts, ils en sont sûrs maintenant, elle travaille aux impôts !

Attention à ce que l'on va dire à partir de maintenant, et qu'est ce qu'on a bien pu dire de compromettant avant cette découverte ?

Qu'elle n'aille pas les dénoncer à ses collègues !

Ange jubile, Pierre observe avec bonheur cette situation, le reste de la tablée se partage entre paranos inquiets et confrères dubitatifs voire philosophes !

Mais, suite à cette discussion, certains choisirent aux repas suivants de «discrètement» changer de table, et pour ceux qui ne quittèrent pas le navire, les discussions furent différentes, mais le plus souvent beaucoup plus intéressantes !

Parmi tous les protagonistes présents autour de la table «de l'inspectrice des impôts», il y avait un de leurs confrères de Nancy, qui bien que personnellement très concerné par les «embarras fiscaux», ne leur tint pas rigueur de cet épisode puisqu'il demanda ensuite à Pierre de l'inscrire à la prochaine formation d'ostéopathie qui aurait lieu à Valence. Il s'appelait Christian, et rapidement surnommé «CriCri d'amour» par Ange !

Après cette petite escapade tunisienne, la vie reprend son cours, travail, vacances, voyages au soleil l'hiver pour échapper momentanément au froid, ils découvrent ensemble les Antilles (elle y était déjà allée avec son fils), retournent en Tunisie plusieurs fois car des amis d'Ange s'y sont installés, lui dirige une usine de confection sur place ...

Sur le plan familial, tout se normalise lentement, les parents de Pierre sont venus dans la Drôme passer quelques jours. Ange et Pierre ont profité d'un séminaire à Nantes pour aller chez eux ...

Le mois de juillet suivant, ils vont même emmener une semaine en vacances, sur la côte méditerranéenne, les neveux de Pierre et la nièce d'Ange pour que le petit Pierre ne soit pas seul. Semaine de plage, de soleil, de camping, et fête foraine le soir après dîner dans des petits restaurants de plage ! Des vacances rêvées pour les gamins qui se retrouvent à 4 pour chahuter et dormir dans leur tente, quand les grands peuvent profiter de plus d'intimité dans l'autre tente.

C'est d'ailleurs sans doute pendant cette semaine que leur vie va basculer, mais ils ne savent pas encore !

Quelques semaines après ces trop petites vacances, et une

reprise du travail «sur les chapeaux de roue» comme d'habitude, ils s'octroient un grand week-end en amoureux du côté de Cassis pour profiter des dernières belles journées ensoleillées.

Ce week-end, dans la mémoire de Pierre est à ranger avec celui de Marseille, celui de l'hôtel Adhémar, mais en toute première place !

En effet, après avoir passé un mystérieux coup de téléphone, (à un laboratoire d'analyses médicales de Montélimar), Ange lui annonce qu'il va être PAPA !

Quel choc, quel bonheur, quelle joie, ils se serrent fort, ils pleurent même sans doute. Quelle peur également, pour Pierre, peur que la grossesse ne se passe pas bien, peur de perdre son amoureuse, peur que le bébé ait un problème, peur panique du handicap, lui qui le côtoie quotidiennement de par son métier, peur de ne pas savoir faire, peur de ne pas être fait pour être un bon papa, peur de l'éventuelle jalousie du petit Pierre ...

Peur de passer du statut de «fils» à celui de «père», lui qui dans sa vie personnelle n'a que rarement su s'engager vraiment, et pour qui l'actuel statut de «beau-père» était sans doute tellement plus confortable, puisqu'il ne l'obligeait pas à décider pour autrui.

A partir de cet instant il va admirer, encore plus qu'avant, le corps de sa chérie, il le voit se modifier de jours en jours de façon merveilleuse, magique.

C'est tellement beau une femme enceinte car, même si Ange ne prend pas beaucoup de poids, son corps change, elle qui était déjà si belle devient magnifique, splendide, enfin épanouie.

Ange, à l'inverse de la majorité des autres femmes, n'a pas été malade pendant les premiers mois de sa grossesse, mais depuis les fêtes de Noël elle vomit presque à chaque repas, elle n'a donc, dit-elle, aucun mérite à garder une ligne à rendre jalouses ses amies.

L'appareil photo toujours à portée de main Pierre mitraille, pacifiquement, ce corps qui le fait toujours autant rêver, qu'il couvre de caresses et de baisers dès qu'il le peut, il est tellement heureux.

Mais ce serait mal connaître Pierre que de penser que son bonheur est complet, même s'il affiche sa joie et son bonheur, il est intérieurement tellement angoissé par tous les risques de complications médicales de la grossesse et de l'accouchement, par le traumatisme qu'engendre chez certains couples l'arrivée d'un bébé, ou simplement le fait d'assister à l'accouchement, qu'il s'empêche, inconsciemment, de profiter pleinement de l'un des plus beaux moments de sa vie.

Comme s'il était incapable d'être tout simplement heureux, totalement heureux !

Comme s'il n'était pas fait pour vivre le bonheur sans le ternir d'une manière ou d'une autre. Cette période fut néanmoins le début de sa plus belle vie, et pourtant il pensait avoir déjà atteint le Nirvana avec la précédente !

Neuf mois de bonheur, plus les mois passent, plus son ventre s'arrondit, plus elle est belle et désirable. Même s'il est toujours inquiet, s'il a peur d'être «trop amoureux» quand ils font l'amour, jamais il ne l'a tant désirée, et, contrairement à ce qu'il avait pu lire et qu'il craignait, la grossesse n'entame en rien la libido d'Ange bien au contraire !

La grossesse lui va si bien, elle prend peu de kilos, donc son corps ne se déforme pas, il s'embellit. Il prend des courbes, des formes, ses petits seins grossissent, sa cambrure lombaire se creuse, son ventre se bombe, elle est plus belle et plus désirable que jamais.

Ils profitent de cette période pour visiter des appartements en bord de mer, du côté de la Grande Motte et du Grau du roi, c'est un coin agréable, et parmi les moins éloignés de la Drôme.

Après avoir visité des tas de mochetés, avec un jeune agent immobilier totalement perché, il les emmènent voir un appartement magnifique dans une belle résidence avec une belle piscine et surtout une immense terrasse tournée vers la Camargue.

C'est le coup de foudre, mais «l'agent immobilier 007» les avait prévenus, c'est un peu au-dessus du budget qu'ils s'étaient fixé !

Qu'importe, ils trouveront une solution, c'est celui-là qu'il leur faut, ils ne peuvent pas passer à côté !

Affaire conclue donc, ils auront tout juste le temps de mettre un coup de peinture et de le meubler avant l'arrivée du bébé.

Pour se rassurer, ils ont demandé à faire une amniocentèse, et quand les résultats tombent, ils apprennent soulagés qu'il n'y a pas de risque de trisomie, que tout va bien et comme ils ont voulu savoir, on leur annonce que ce sera une petite fille !

Ange est ravie, puisqu'elle a déjà. un fils, quant à Pierre il est surtout ravi que tout aille bien, car pour le sexe du bébé il n'avait aucune préférence, mais bien sûr comme «ils» ont déjà un garçon, c'est bien d'accueillir une petite fille, et ils ne s'arrêteront peur être pas en si bon chemin, qui sait ?

L'étape suivante, la plus importante, c'est le choix du prénom ...

Pierre étant très brun de peau et de cheveux, comme presque toute sa famille, tout le monde imagine que cette petite princesse lui ressemblera donc le choix se porte sur un prénom sinon oriental, du moins «ensoleillé» : le futur papa réussit à convaincre et la maman, et plus difficilement le grand frère: elle s'appelera Lola !

Les semaines, les mois passent, malgré la grossesse ils continuent à faire le voyage vers le Jura toutes les deux semaines.

Le plus souvent ils logent chez Hélène et Philippe, mais quelques fois ils vont chez les parents d'Ange, surtout pour que le petit Pierre voit ses grands-parents, car l'ambiance est vraiment pesante dans cette maison !

Le petit Pierre est ravi d'avoir bientôt une petite sœur, même s'il aurait évidemment préféré un petit frère pour pouvoir jouer et faire la bagarre, mais il semble content et pressé de voir «la tête qu'elle va avoir» !

Dernière ligne droite avant la naissance, tout le monde s'étonne qu'Ange n'ai pas grossi davantage et tout le monde prédit qu'elle va faire «une petite crevette» sauf le gynéco qui assure le contraire.

Plus l'échéance approche, plus le stress monte tant pour elle que pour lui, surtout pour lui ! Ange craint de devoir subir une nouvelle césarienne même si les médecins lui affirment qu'il n'y a pas de raison que ça arrive une nouvelle fois !

Pierre qui ne peut s'empêcher de penser au pire, et si... et si...

Deux jours avant la date estimée de l'accouchement, Ange demande à Pierre de bien vouloir lui rendre un service, comme elle craint la césarienne elle voudrait se raser le pubis, mais son «gros» ventre ne lui permet pas de le faire elle-même !

Troublé, craignant de la blesser, de la mutiler même, il va vivre une des expériences les plus troublantes de son existence.

En plus du coté extrêmement érotique de la situation, le

fait de prendre soin du ventre et du sexe de sa chérie et indirectement de préparer au mieux le «berceau» d'arrivée de leur fille le bouleverse profondément.

La séance dure sans doute plus longtemps que nécessaire tellement il veut bien faire, mais le travail est soigné et le résultat magnifique.

De ce jour, Pierre gardera une attirance pour l'épilation intégrale, qu'adoptera ensuite définitivement Ange (pour lui faire plaisir ?).

# Mercredi 3 avril 1996 :

Après plusieurs allers et retours entre la maison et la maternité, ils finissent par les prendre au sérieux malgré le «petit» ventre d'Ange, et cette fois ils leurs attribuent une chambre !

Les épisodes de vomissements qui accompagnaient jusqu'à présent chacun des repas d'Ange s'intensifient au fur et à mesure qu'elle commence à ressentir des contractions. Pierre passe son temps à faire la navette entre la chambre et la salle de bains pour vider et rincer la petite bassine qu'Ange se charge de remplir à chacun de ses retours dans la chambre. La sage femme passe régulièrement la voir, mais c'est encore trop tôt pour passer en salle de travail ! Ange s'épuise, réclame, non «exige» un coca parce qu'elle meure de soif, Pierre ne sait pas trop s'il a le droit de lui en donner, si jamais il y avait besoin d'une anesthésie ?

Après plus de trois heures, elle en a marre et veut rentrer «à la maison» !

Il parvient à la raisonner, et les allers retours à la salle de bain, rythmés pas les contractions de plus en plus rapprochées peuvent reprendre !

Salle d'accouchement, Ange est épuisée, Pierre est effrayé, la péridurale est posée, la sage femme se veut rassurante, Pierre est toujours aussi effrayé, inquiet, il se sent tellement impuissant quoiqu'il puisse se passer, il n'est que spectateur et il a peur !

« *C'est le plus beau jour de votre vie, profitez-en pleinement !*»

18 h 40, 48 cms et 4,290 kgs - Bonjour la crevette !!!
Papa, il est papa !

Assister à la naissance, couper le cordon, prendre son bébé pour la première fois dans ses bras, ne pas oser l'embrasser tellement elle semble fragile, vouloir à la fois la garder dans ses bras et y serrer en même temps sa maman qui est épuisée bien sûr mais éclatante de bonheur et toujours plus belle.

En plus, miracle de la naissance, elle ne vomit plus !

Bien sûr, lui qui a toujours trouvé laids les nouveaux nés devant la beauté desquels tout le monde s'extasie, aujourd'hui il constate que sa fille est magnifiquement belle !

C'est certainement la plus jolie de toutes les Lolas du monde, et c'est normal puisque c'est leur fille !

Malheureusement il n'est pas autorisé à rester très longtemps à la maternité, il est tard, Lola est endormie et Ange, épuisée ne va pas tarder à l'imiter !

Pierre rentre à la maison qui lui semble étrangement vide et silencieuse, il prévient bien sûr le petit Pierre, les nouveaux grands parents et quelques amis de l'arrivée de Lola et du bon déroulement de l'accouchement, et les charge de transmettre l'information autour d'eux. Là, seul dans le salon, c'est la descente d'adrénaline, le relâchement post stress, tout doucement il commence à vraiment réaliser ce qu'il vient de se passer.

Il est papa, à partir de cet instant il est investi d'une mission: tout faire pour rendre heureuse cette petite merveille, faire que sa vie soit la meilleure possible et essayer de faire en sorte qu'un jour elle puisse lui dire qu'elle l'aime et qu'elle est fière d'avoir eu un papa comme lui. Depuis le temps qu'il se posait la question de savoir si l'on pouvait aimer deux femmes en même temps, maintenant ce n'est plus une question, c'est une évidence, il partagera son amour également entre Ange et Lola sans que rien ni personne n'y trouve rien à y redire. Seul tout petit bémol dans ce moment de pur bonheur, il ne sait décidément pas être tout bonnement intégralement heureux, il se retrouve seul chez lui pour fêter et arroser la naissance de sa fille, il aurait aimé pouvoir partager cet instant avec des gens qu'il aime !

Deux jours plus tard c'est le retour à la maison de «ses femmes», il a essayé de tout bien préparer, de tout bien ranger, un gros bouquet de fleurs dans le salon et l'appareil photo prêt à mitrailler non plus sa, mais ses chéries !

Bien sûr, quelques jours après la naissance de leur pre-mière petite fille, ils n'ont que deux petits fils, les parents de Pierre arrivent chez eux dans la Drôme.

Les parents d'Ange viennent également, mais eux iront loger chez leur autre fille.

Néanmoins, ils se retrouvent tous autour du berceau, déjà totalement gagas de princesse Lola Les deux mamies pou-ponnent pendant que les deux papys font connaissance, mais Pierre se rend compte, sans surprise, que son père ne passera certainement pas ses prochaines vacances avec son beau-père !

Cela ne l'attriste pas vraiment, car lui-même n'appré-cie pas beaucoup ce personnage qui se prend pourtant pour quelqu'un de très important voire indispensable aux autres.

Au bout de quelques jours, la maison retrouve son calme, simplement rythmée par les biberons, les couches et les bains. Lola est un bébé très sage qui ne pleure que pour réclamer à manger ou quand il faut la changer, mais qui le reste du temps dort paisiblement et sourit déjà beaucoup.

Ange peut ainsi se reposer, et comme le soleil printanier est déjà présent, elle peut bronzer autour de la piscine pen-dant que Lola dort dans sa chambre.

Il suffit d'un «babyphone» pour l'entendre lorsqu'elle se réveille, et venir la chercher.

Bizarrement, à plusieurs reprises après avoir entendu des pleurs et des cris, Ange se rend dans la chambre de Lola qu'elle trouve profondément endormie !

La première fois elle pense qu'elle a dû rêver, mais au troisième ou quatrième voyage le doute n'est plus permis, il y a une énigme à résoudre !

De fait, leurs plus proches voisins qui venaient également d'accueillir presque le même jour, leur premier enfant (un garçon), avaient acheté le même «babyphone» qu'eux et l'avaient réglé sur le même canal que le leur ( il y avait le choix entre 2).

Ce sont donc les pleurs du bébé des voisins qui arrivaient sur leur récepteur, il n'y avait pas de fantôme ! ! !

Comme il y a des vacances scolaires, le petit Pierre vient passer une semaine chez eux et découvrir la fameuse petite sœur.

Lui qui a tendance à beaucoup bouger, semble pétrifié quand sa maman lui met dans les bras, il a tellement peur de la faire tomber ou de lui faire du mal, ou pire encore qu'elle ne se mette à faire pipi (ou pire) sur lui !

Au premier jugement, ça va il la trouve plutôt jolie, il ne demande pas à en changer !

*« On la trouvait plutôt jolie Lola ...»*
*(Pierre PERRET)*

Il constate, avec plaisir, que contrairement à ce qu'avaient prédit les parents, les cheveux de Lola ne sont pas noirs comme ceux de Pierre, mais blonds comme les siens !

Finalement il doit reconnaître que c'est bien d'avoir une petite sœur, d'autant que pour éviter qu'il ne soit jaloux, les gens qui achètent un cadeau pour Lola, lui en achètent un pour lui également, et ça c'est plutôt cool !

En fait, comme tout le monde, il tombe très vite amoureux d'elle !

Quelques semaines plus tard, Hélène qui a pris des vacances descend de sa Haute-Saône natale pour accompagner Ange et Lola au Grau du roi.

Pierre a réservé une semaine de thalasso «spécial remise en forme post partum» à la Grande Motte. Elles logeront dans l'appartement du Grau du roi, Hélène fera la nounou quand Ange sera en soins, et elles profiteront de la piscine ou de la plage s'il fait beau !

Bien sûr, Pierre est content qu'Ange puisse profiter de cette semaine et partager ses moments privilégiés avec sa meilleure amie (sa soeur de coeur comme elle l'appelle), mais au moment du départ, il a un petit pincement au coeur, c'est la première fois qu'il laisse ainsi partir ses princesses !

*« Lola, j'suis qu'un fantôme quand tu vas où j'suis pas*
*Tu sais ma môme que j'suis morgane de toi ...*
*Tu sais ma môme que j'suis morgane de toi ...»*
*(Renaud SECHAN)*

Évidemment ce n'est que pour quelques jours, puisqu'il ira les rejoindre dès le vendredi soir après son travail, pour y passer le week-end.

Pour pouvoir bien se remettre de l'accouchement et profiter de son bébé d'amour, Ange a décidé de prendre un assez long congé, d'autant qu'elle a trouvé une jeune remplaçante pour le cabinet.

C'est donc une période inhabituellement calme qui se présente à eux, ils doivent moins courir pour le travail, les séminaires sont suspendus pendant l'été, les voyages dans le Jura également puisque le petit Pierre passe un mois avec son papa puis un mois avec eux, donc deux mois sans aller retour !

Les seuls aller retour se font entre la maison et l'appartement. Certaines semaines Ange y reste avec les enfants pendant que Pierre remonte dans la Drôme pour faire une semaine concentrée sur trois ou quatre jours.

C'est un été de rêve, la famille est réunie, Ange est radieuse entourée de ses enfants, tous les amis qui viennent les voir, et il y a beaucoup de volontaires pour quelques jours en bord de mer, se réjouissent de leur bonheur et s'extasient devant l'appartement.

Le petit Pierre passe plus de temps à la piscine qu'avec eux, mais il est heureux, il s'est fait des copains et des copines qui viennent régulièrement grossir la tablée, heureusement la terrasse est immense !

Malheureusement, la fin du mois sonne le retour pour lui dans le Jura, et pour eux la reprise des voyages bi-mensuels, mais maintenant avec le bébé qui heureusement est toujours aussi sage !

L'arrière saison est agréable, le soleil continue de briller, la piscine est encore suffisamment chaude pour qu'ils puissent en profiter, même le soir après le retour du travail, ce ne sont plus les vacances, mais il en reste tout de même comme un parfum !

Tant qu'Ange n'a pas repris son travail, le rythme de vie est moins stressant, mais il va falloir bientôt s'organiser pour tout concilier. Ils ont décidé d'embaucher une nounou à domicile qui fera également le ménage, quelques petites courses dans le village si besoin, et qui leur préparera le dîner.

Malheureusement la première personne, qui, si elle s'occupe bien de Lola, passe plus de temps assise dans un fauteuil à lire ou à regarder la télévision qu'à s'occuper de tâches ménagères qui lui ont été confiées !

Fort heureusement, contraints de se séparer de cette dame, ils trouvent peu après la perle rare ! Elle s'appelle Maryvonne, elle arrive de sa Bretagne natale dans la région avec son mari qui a été muté pour son travail.

Le travail proposé lui convient parfaitement, même si elle a, dit elle, une petite crainte concernant ses talents de cuisinière, mais Ange la rassure, car il ne s'agira pas de grands repas ni de grande cuisine, juste de quoi les nourrir au retour du travail !

La maison est parfaitement entretenue, elle s'occupe à merveille de Lola qui commence à grandir et demande de plus en plus d'attention, elle la promène, joue avec elle, et en plus sa cuisine est tout à fait acceptable, sauf les très rares fois où Ange lui a demandé de faire un gâteau, alors on oublie la pâtisserie !

Tout s'organise donc au mieux, le travail, les enfants, les voyages, les vacances !

Le petit Pierre grandit, il performe de mieux en mieux en natation, multiplie les compétitions, les victoires, les médailles, il se rêve déjà en champion olympique ou champion du monde, et envisage d'intégrer bientôt une section sport étude dans un lycée de Besançon.

Bien sûr, cela complique encore un peu plus leurs plannings car maintenant il faut en plus jongler avec les compétitions, les stages pendant les semaines de vacances scolaires, mais c'est son plaisir, il s'éclate donc c'est parfait.

Lola grandit aussi, c'est maintenant, comme l'avait prédit son frère, une jolie petite fille espiègle, blonde comme les blés et toujours aussi facile à vivre !

Quand ils partent en vacances, c'est toujours vers le soleil, les Antilles, la Tunisie, le Sénégal, la Mauritanie ...

Quelquefois, petit Pierre est du voyage, mais ses obligations de nageur l'empêchent parfois de partir avec eux. Lola, elle, traîne son «doudou lapin» dans toutes ces aventures et toujours avec le sourire, même par exemple quand au fin fond du Sénégal dans une cour d'école, où ses parents venaient donner des cahiers et des fournitures scolaires, lorsqu'une «horde» d'enfants se mirent tous à vouloir toucher ses cheveux si blonds qu'ils n'en avaient sans doute jamais vus ! Nullement effrayée par tous ces petits africains excités, elle restait stoïquement assise sous le baobab à boire son biberon !

Les années passent au rythme de ces voyages, au rythme des années scolaires, petit Pierre est maintenant dans sa section sport étude de natation, il consacre de plus en plus de temps et d'énergie à son sport, il va même intégrer le pôle espoir de l'équipe de France, mais c'est vraiment très difficile de mener de front le sport et les études, il faut être sur motivé !

Lola est elle aussi scolarisée, dans leur petit village, comme pour le reste, elle s'est intégrée au système scolaire sans soucis, et est heureuse de partir à l'école tous les matins le plus souvent avec le petit voisin, son meilleur copain : Charly !

# 11 Septembre 2001 :

En revenant à la maison après avoir déposé Lola à l'école, Pierre qui ne travaille pas cet après midi là découvre avec stupeur, comme le monde entier, les attentats aux Etats Unis, et reste scotché, incrédule devant sa télévision !

Il voit et revoit en boucle ces deux avions qui traversent volontairement ces gigantesques gratte-ciel qui finissent par s'effondrer en tuant des milliers de personnes.

Il reste sans voix, devant ce qu'est capable de faire l'être humain à ses congénères, et en plus de le faire au nom d'un dieu !

Il imagine qu'ils auraient pu être, toute sa petite famille et lui, dans l'un de ces avions, eux qui voyagent assez souvent, et qui justement doivent partir dans deux mois pour la Polynésie Française via les USA !

La Polynésie Française, Tahiti ... des noms qui font rêver, mais comment en sont-ils arrivés à ce projet de voyage ?

A la fin de l'été, après des vacances pas très reposantes, car ponctuées par les trop fréquents et souvent trop longs séjours de copains qui, étant en vacances ne font rien pour aider, ni même pour participer financièrement à l'approvisionnement, Ange ne peut plus se retenir, et craque complètement !

*« Ce n'est pas normal d'être aussi fatigués en rentrant de vacances, ces gens nous ont bouffé toute notre énergie, il faut faire quelque chose sinon nous allons droit dans le mur avec Au final, dépression ou divorce ou les deux !*

*Il faut que l'on fasse un break, que l'on parte loin et longtemps ! On prend une année sabbatique !»*

Pierre chez qui les voyages sont un peu une seconde nature est évidemment tout à fait d'accord, mais le «ministre des finances» qu'il est, après avoir passé quelques heures sur l'ordinateur à faire et refaire tout un tas de calculs, décrète :

« *Une année, financièrement c'est impossible, il faut être moins gourmands ou alors il faudrait vendre quelque chose, un des cabinets, la maison, l'appartement ?* «

Les calculs recommencent, les «calculettes» chauffent, et au final ils conviennent tous les deux que partir trois mois ce serait déjà bien.

Reste à décider de la destination du voyage , et à trouver un remplaçant longue durée pour chaque cabinet !

Pourquoi la Polynésie Française, autrement dit Tahiti ? ... Le paradis sur terre ou plutôt sur mer !

Une de leurs amies qui travaille dans l'éducation nationale, leur annonce qu'elle vient d'obtenir la mutation qu'elle n'espérait plus, depuis le temps qu'elle postulait ! Elle part à Tahiti, donc pour eux, c'est un signe du destin c'est là bas, au bout du monde, perdus au milieu de l'océan Pacifique, qu'ils vont partir se refaire «une santé» et fuir leur vie métropolitaine pour un petit trimestre ou trois longs mois ?

Pierre surfe sur internet pour organiser leur périple, il faut savoir qu'il s'agit de centaines de petites îles et qu'il ne faut pas se tromper dans l'organisation du voyage.

Ils partiront donc trois mois et prendront le temps, se contentant de visiter une petite dizaine d'îles plutôt que de vouloir «tout» voir, courir comme en métropole, et passer son temps dans les transports au lieu de profiter de la beauté des lieux et des personnes dont la réputation n'est plus à faire. Quand on parle de Tahiti, on parle de douceur de vivre, d'accueil exceptionnel, de jolies vahinés, de sable blanc et d'eaux turquoises !

Quand ils annoncent à leurs amis et à leurs proches la destination de leur long break, ils voient systématiquement des étoiles briller dans leurs yeux envieux.

Seule ombre au tableau, le petit Pierre ne pourra pas les accompagner à cause du lycée et des compétitions de natation, mais il viendra les rejoindre à Rangiroa pour passer les vacances de Noël et du nouvel an.

C'est donc au début d'un mois de Novembre froid et pluvieux, qu'ils s'envolent pour le soleil, le paradis promis, mais après tout de même vingt-trois heures d'avion !

Évidemment comme il y a tout juste deux mois que les attentats de New York ont eu lieu, les douaniers américains, dont la réputation n'est plus à faire, sont «sur les dents». Heureusement à l'aéroport de Tahiti l'accueil se fait au son des ukulélés et avec une distribution par de jolies vahinés, de fleurs à mettre sur l'oreille !

Il y a tout de même des douaniers mais plutôt souriants et bons enfants !

Leur amie les attend avec, comme la tradition l'impose, des magnifiques colliers de fleurs dont les parfums sont les bienvenus, car après vingt-trois heures dans un avion, ils ne sentent pas vraiment la rose !

Là, dans ce hall d'aéroport, bercés par la musique et les chants tahitiens, enivrés par les parfums mélangés de fleurs, et écrasés par cette chaleur humide, ils savent qu'ils sont arrivés au bon endroit, et Pierre, qui comme d'habitude ne peut pas savourer à cent pour cent son bonheur, pense déjà que ça va être très compliqué dans trois mois quand il faudra faire le chemin inverse. Ils restent quelques jours chez leur amie, visitent rapidement Papeete, son marché coloré, joyeux et odorant.

Mais Papeete c'est aussi « la grande ville» avec la circulation, les bouchons, la pollution, même si tout semble beaucoup plus à taille humaine, et surtout, apparemment tout se fait ici avec le sourire. Les gens les apostrophent dans la rue, demandent d'où ils viennent, ce qu'ils vont faire en Polynésie et toujours avec bienveillance et sourire.

La petite tête blonde de Lola attire toujours beaucoup les nombreux enfants qu'ils croisent. Les enfants, ici, ils sont magnifiques, bronzés, souriant à pleine dents, parlant en français avec un accent rigolo : ils roulent incroyablement les «r» !

Ils ne restent pas plus longtemps, ils reviendront à Tahiti pour visiter, faire le tour de l'île, mais maintenant il est temps de découvrir l'île située en face de Tahiti, l'île de Moorea. ils sont impatients de découvrir ce joyau que tout le monde semble décrire comme une des plus belles îles du monde. Ils sont d'autant plus impatients que Pierre a réservé une cabane dans un arbre, au bord de la plage, face au lagon aux couleurs incroyables (c'était en tous cas ce qui était promis !).

Dès la traversée avec le ferry qui relie les deux îles voisines, ils en prennent plein les yeux, d'une part parce qu'il fait un soleil éclatant, et d'autre part par les couleurs de l'eau ! C'est encore plus beau que dans les magazines, les photos n'étaient pas truquées, pas (trop) photoshopées !

C'est complètement incroyable ces différentes nuances de bleu, de mauve, d'émeraude, il doit même y avoir des couleurs qui n'existent pas !

Arrivés à Moorea, les personnes de la pension qui devaient les attendre ont «oublié» de venir les chercher, et comme ils n'ont pas pris le bus qui part à chaque arrivée de

ferry, ils doivent attendre le suivant dans quelques heures, à moins de réussir à joindre et surtout à convaincre leurs hôtes de venir les récupérer !
A force de persuasion, ils parviennent à décider Manuia à venir, et une bonne demie heure plus tard ils voient débouler une élégante Tahitienne souriante au volant d'un gros Range Rover.
Après trente minutes de route les voila enfin arrivés «au paradis» Steeve le mari de Manuia, fort comme un turc (ou comme un tahitien en fait !) leur monte tous les bagages dans leur nouveau domaine, la cabane en haut de l'arbre, qui domine le lagon multicolore et la grande plage de sable blanc !
C'est encore mieux que sur les photos glanées sur internet ! Ce logement si particulier et incroyable va être leur domaine pour les trois prochaines semaines, ils ont vraiment l'impression d'être en plein rêve et craignent de se réveiller d'un moment à l'autre !

# Djerba novembre 2022 :

*« Passer notre amour à la machine ...*
*Faites boullir ...*
*Pour voir si les couleurs d'origine peuvent revenir ? »*
(Alain SOUCHON)

Pierre vient d'arriver à Djerba pour six semaines, six semaines pour essayer de faire le point sur sa vie, sa vie passée, sa vie actuelle et celle à venir s'il y en a une ...

Grand hôtel déserté par les touristes en cette période hivernale, seuls quelques retraités, comme lui, mais qui lui semblent tellement plus vieux, tellement plus retraités, tellement inintéressants, occupent les lieux. Il s'agit pour la plupart d'habitués qui viennent tous les ans, qui se connaissent et qui passent une bonne partie de la journée au bar à siroter de la bière (il y a de nombreux belges, flamands en majorité) ou autres cocktails plus ou moins alcoolisés. Le seul qui trouvera grâce à ses yeux, c'est un «petit breton» prénommé Yvon qui comme lui est venu passer six semaines seul !

Ils se découvriront par la suite de nombreux points communs. Faire le point sur les vingt années qui viennent de passer :

Comment vingt ans plus tard, le rêve, le paradis a-t-il pu se transformer en enfer ?

Comment vingt ans plus tard leur si belle histoire d'amour et tout ce qu'elle a engendré de magnifique, s'est elle décomposée ?

Comment en est-il arrivé là ?

Il y a d'abord eu ces trois mois de vacances, de lâcher prise dans les îles, de bonheur intégral, dans les différents archipels, avec la découverte sans cesse renouvelée du lagon, des poissons, des Tahitiens et de leur culture, trois mois sur un petit nuage à se demander comment après cela il leur serait possible de reprendre leur vie «d'avant»?

Trois mois à profiter de la diversité des paysages, trois mois à aller d'îles en îles, des îles aux noms qui font rêver : Bora Bora, Huahine, Rangiroa, Maupiti, Tikehau ...
Avec à chaque fois du bleu, du bleu encore du bleu !

Du soleil, des sourires, de l'eau translucide et chaude, peuplée de poissons multicolores, de raies, de tortues, de gentils et inoffensifs (le plus souvent !) requins, de dauphins ... C'est continuellement le rêve éveillé, ils vivent certainement les meilleurs moments de leurs vies, ensemble vingt-quatre heures sur vingt-quatre, partageant tout.

Lola malgré son jeune âge partage tous ces moments avec émerveillement et bonne humeur, elle est vraiment de bonne composition, et s'épanouit à grande vitesse dans cet environnement.

Ange et Pierre se prennent à rêver de rester vivre dans une de ces îles, et commencent à se demander quelle île serait idéale pour leur petite famille ...

Évidemment, il faudrait une île suffisamment grande pour pouvoir travailler, Tahiti ce n'est même pas envisageable, trop de monde, trop de voitures, trop de pollution, pas assez de «paradis» !

La seule qui trouve grâce à leurs yeux, c'est Moorea, à la fois proche de «la ville» et de ses services (lycées, université, hôpitaux ...), mais loin de l'agitation de la ville et de ses nombreux inconvénients.

Un jour, en se promenant à Moorea, Pierre remarque un cabinet de kinésithérapie, il décide d'aller rencontrer son confrère pour se renseigner sur les possibilités de travail et d'installation sur l'île. Le confrère le reçoit chaleureusement, il s'appelle Gil, mais comme il est occupé avec ses patients, il propose à Pierre de dîner ensemble le lendemain soir pour avoir le temps de bien discuter et de passer un bon moment !

Ravi de la proposition, Pierre accepte bien sûr, et rendez-vous est pris pour le lendemain soir. En rentrant à la pension pour annoncer la nouvelle à Ange, Pierre se dit que ce rendez-vous pourrait peut-être changer leur vie ?

Plus l'heure du rendez-vous approche, plus Pierre se prend à rêver de poursuivre son activité ici entre lagon et cocotiers, entre sourires et fleurs de tiare, entre Ange et Lola ...

Les journées se passent au rythme polynésien, soleil, baignade, quelquefois pêche avec Steeve, balades, découverte de l'île, qui sera peut être bientôt leur île, rencontre avec des gens plus gentils et souriants les uns que les autres, bref pas très loin du bonheur !

Le soir du rendez-vous arrive, le (bon) dîner se passe très bien, Gil est très sympathique, il raconte sa vie à Moorea depuis plus de quinze ans, son travail, sa famille, son divorce ...

Et l'envie qui le taquine de bientôt changer de vie, et donc de quitter la Polynésie pour se réaliser dans sa passion, la production musicale, passion qu'il exerce ici depuis quelques années, mais dont il aimerait faire son activité principale.

Mais pour cela, il lui faut rejoindre l'Europe ou les Etats Unis, la Polynésie étant vraiment trop petite pour pouvoir espérer vivre de cette seule activité !

Pierre et Ange boivent du petit-lait, ils entendent ce qu'ils rêvaient secrètement d'entendre, et ils commencent à entrevoir ce que pourrait vraiment être leur prochaine vie !

Ensuite, Gil leur explique qu'en Polynésie il y a un numérus clausus, et donc que l'on ne peut pas s'installer comme on veut, que pour pouvoir travailler en libéral, il faut racheter une convention à un confrère qui désire cesser son activité sur le territoire.

Donc, la proposition de Gil est simple, il propose que Pierre lui rachète sa patientèle le jour où il aura vraiment pris la décision de partir. Ils discutent évidemment des conditions de cession qui semblent acceptables, car avec ce système de conventions, Pierre serait assuré d'avoir du travail dès son arrivée. La fin de la soirée se passe très bien, chacun est satisfait de la discussion et des projets à venir. Gil leur indique quelques bons plans à faire ou à voir à Moorea, ils se quittent en se promettant de se revoir pour dîner avant leur départ.

Le retour à la pension se fait sur un petit nuage, ils n'osent encore croire à ce qui «risque» de leur arriver !

Les jours et les semaines passent évidemment trop vite, de retour à Moorea avant le grand départ, ils dînent à nouveau avec Gil qui leur confirme le sérieux de sa proposition, seule la date reste en suspens, mais il les assure qu'ils seront les premiers informés et que la décision définitive leur reviendra !

C'est bien sûr le cœur lourd qu'ils s'apprêtent à quitter Tahiti, mais avec un petit rayon de soleil dans un coin de leur cœur : la possibilité de revenir bientôt pour vivre dans leur île de rêve ...

Le retour obligé sur terre, plus exactement dans la Drôme avec la reprise d'une vie «normale» mais douloureuse, avec la tête toujours là-bas, dans les îles, et la promesse d'un prochain retour?

Dire que la transition fut rude est un euphémisme, la motivation n'était plus la même pour reprendre la vie d'avant alors qu'ils savaient maintenant qu'ils pouvaient s'offrir et offrir à leurs enfants quelque chose de très proche du paradis !

Le mail tant espéré arrivera environ un an plus tard, quand Gil leur apprend qu'il s'est enfin décidé à quitter la Polynésie et qu'ils peuvent s'ils sont toujours intéressés racheter sa patientèle...

Réunion «de famille» le soir même, la décision est très lourde à prendre, mais elle ne se représentera sans doute pas deux fois, et Moorea est l'endroit dont ils n'osaient rêver pour une nouvelle vie !

Banco !

Le lendemain un mail annonçait à Gil que l'affaire était faite mais qu'il fallait leur accorder jusqu'à la fin de l'année scolaire pour tout organiser (la vente des cabinets, celle de la maison, préparer les enfants, le reste de la famille et les amis à l'idée du départ...)

Les six mois ne furent pas trop longs pour préparer une telle affaire, mais Ange ayant trouvé à céder rapidement son cabinet à une de ses remplaçantes, elle eut le temps de s'y consacrer pleinement.

Pierre par contre n'eut pas cette chance, après quelques projets avortés, il dut se résoudre à partir sans revendre son cabinet, mais comme disait Ange pour le rassurer, «plaie d'argent n'est pas mortelle» et surtout ne doit pas compromettre leur projet.

La maison fut vendue avant même d'être officiellement mise en vente, à tel point qu'ils se demandèrent s'ils n'auraient pas du la vendre plus chère ?

Arrive le mois de juin, la «tournée des adieux», puis le grand saut vers le paradis, vers un nouveau bonheur encore plus intense et plus vrai !

Bien sûr certains de leurs amis ou de leurs familles ne

comprenaient pas leur décision, les traitaient de fous, abandonner tout ce qu'ils avaient construit pour partir vivre au bout du monde, ce n'était pas raisonnable, mais la raison n'avait pas sa place dans leur projet !

Les premiers mois sur place furent très occupés, trouver une location, y emménager, préparer la rentrée des classes de Lola, pour Pierre commencer à travailler dans ce nouvel environnement et dans des conditions évidemment très différentes de la métropole ...

Ange, elle, tout en aménageant leur nouvelle grande maison «Balinaise», toute en bois, avec un toit «local» en pandanus (feuilles), commençe à se faire des connaissances en suivant assidûment les cours de yoga et d'aquagym dispensés dans les hôtels voisins. Grâce à l'école elle rencontre également d'autres mamans, françaises ou tahitiennes et comme à son habitude, elle ne tarde pas à se faire des copines.

En même temps, elle prospecte pour essayer de trouver un local pour pouvoir y exercer.

Une fois que les choses sont à peu près lancées sur la bonne voie, les deux projets suivants sont deux «gros morceaux» : il s'agit de chercher à acheter une maison ou un terrain pour y construire leur nouveau nid d'amour, et le deuxième projet est encore beaucoup plus important puisqu'ils ont décidé d'adopter un bébé polynésien. Toutes les démarches officielles ont été faites en métropole, mais ici c'est un peu particulier puisque la tradition fait que lorsqu'un couple ou une maman ne peut pas garder et élever son bébé, elle le donne à un autre couple. Au début cette tradition, appelée «Faamu» était intra familiale, mais elle a évoluée, et avec de la chance et de la perspicacité, il arrive que l'on trouve la perle rare !

Question immobilier, le choix fut assez vite fait, rien d'in-

téressant à racheter dans leur budget, par contre on leur propose un joli terrain situé en hauteur avec une belle vue sur le lagon et sur l'île voisine de Tahiti !
Marché conclu, la construction (rapide) peut commencer, l'entrepreneur leur assure qu'ils passeront Noël dans leur nouvelle maison !!!
Et il ne mentait pas, ils déménagèrent à la fin du mois de novembre, moins de six mois après leur arrivée !!!
Pour leur premier Noël, dans leur nouvelle maison, petit Pierre (qui a bien grandi) vient les retrouver avec une copine et un copain, et leurs amis de Montpellier, connus en République Dominicaine, viennent également avec leurs deux enfants découvrir leur nouvelle vie. Tout le monde tombe évidemment sous le charme, petit Pierre envisage de venir après son bac, l'année suivante, faire sa première année de médecine à Tahiti, puisque l'option existe !
Quant à leurs amis, ils vivent un rêve éveillé, comme eux deux ans plus tôt, ils commencent à parler de venir vivre ici !
Comme ils veulent absolument visiter Bora Bora, la perle du pacifique, les voilà tous partis passer quelques jours là-bas.
C'est pendant ce séjour qu'Ange laisse une petite carte avec leur numéro de téléphone à une tahitienne rencontrée autour d'un barbecue, en lui expliquant leur désir d'adoption. C'est cette dame qui quelques semaines plus tard les appelle pour les prévenir qu'une «cousine» de son mari attend un bébé et ne pourra pas le garder !!!!
Tout de suite ils prennent contact avec la future maman et rendez-vous est pris, les voilà bientôt de retour à Bora Bora !
Tout se passe bien, entre eux le contact est super, leur projet lui plaît, le fait qu'ils aient déjà des enfants aussi, et

bien sûr le fait que son bébé vivra en Polynésie et pas en métropole la ravit.

Nous sommes fin janvier, la naissance est prévue pour le début du mois de mai !

Et ce sera un garçon ! WOUAH !!!!!

La suite se déroule comme dans un rêve, et le 8 mai, Manahau, Léo, Heimanu voit le jour à 16h15 : 48 cms pour 3kg500 ...

Manahau est un prénom tahitien qui veut dire « esprit de paix », quand on est né le 8 mai (date de la fin de la deuxième guerre mondiale), c'est presque une évidence.

Léo parce que dans la vie il y a des hauts et des bas mais qu'il faut surtout se souvenir des hauts.

Heimanu qui, en tahitien, signifie la couronne d'oiseau ou la tête couronnée d'oiseaux ce qui à n'en pas douter signifie qu'il volera loin et haut, libre comme le vent qui souffle sur ses îles natales ...

Incroyable cadeau de sa maman biologique qui nous confie son bébé, sachant qu'il sera aimé et choyé dans cette famille qui ne demande qu'à donner de l'amour.

Ange est «aux anges». Lola joue à la «petite maman» et Pierre flotte sur son petit nuage. Manahau a à peine un mois quand ils partent en métropole pour le présenter à toute la famille, tout le monde nage dans le bonheur et l'euphorie !

Pour couronner le tout, le petit Pierre qui a décroché son bac, vient vivre avec eux à Moorea et s'inscrit en première année de médecine dans l'espoir de faire des études de kinésithérapie ! Pour Noël, les parents de Pierre viennent leur rendre visite, ils viennent pour fêter Noël avec leurs enfants et petits-enfants, mais ils viennent aussi, et peut-être surtout pour le mariage d'Ange et de Pierre célébré à la mairie de Teavaro le 17 décembre 2004.

Mariage local coloré et fleuri avec quelques amis, leurs trois enfants et les parents de Pierre. Quelques jours plus tard, ils partent tous à Fakarava, un atoll de Tuamotus réputé pour sa beauté et ses spots de plongée. La fin de ce séjour restera gravée dans la mémoire de tous, mais plus particulièrement dans celle de papy et mamie, car en repartant de la pension de famille pour prendre l'avion, ils tombèrent en panne de moteur avec le bateau, et pour rejoindre la terre ferme, il fallut hisser mamie sur les épaules du propriétaire du bateau, fort comme un tahitien, les autres se débrouillant comme ils pouvaient avec valises, poussettes enfants et papy !

Ils réussirent, non sans difficultés, à rallier l'aéroport en camion, réussissant à faire stopper l'avion qui commençait à rouler sur le tarmac pour monter en catastrophe, sans même présenter passeports ni billets ! Fort heureusement la suite du voyage retour fut beaucoup plus calme et le soir ils pouvaient rigoler de cette aventure en buvant l'apéro sur leur terrasse à Moorea.

Après le départ des parents vers la France, le retour du petit Pierre à Tahiti pour l'université, la vie reprend son cours normal, Lola va à l'école, Manahau chez sa nounou mamie Jo, et Ange et Pierre retournent au travail, car Ange a ouvert son cabinet et commence à avoir quelques patients.

Bien sûr il y aura quelques moments difficiles, particulièrement quand de sérieux problèmes de santé de Manahau viendront ternir ce tableau idyllique, mais fort heureusement tout finira par bien se terminer, et la petite famille reprendra rapidement cette merveilleuse vie, celle pour laquelle ils ont tout quitté sans aucun regret. Les mois, les années passent à grande vitesse, quelques voyages loin de leur paradis pour que Manahau découvre la neige et le ski en Nouvelle Zélande, les parcs d'attraction en Californie, San Francisco, le grand canyon, Las Vegas ...

Autant de souvenirs merveilleux gravés dans leurs mémoires, le temps du bonheur, du grand bonheur, celui dont ils avaient si souvent rêvé et qu'ils touchaient enfin du doigt ! Récemment Pierre s'est inscrit à un cours de peinture (à l'huile) qu'il suit tous les mardis après-midi, ce qui n'était qu'une gageure au début finit par le passionner et les résultats sont appréciés par son entourage, si ce n'est Manahau qui trouve que les modèles sont beaucoup trop et beaucoup trop souvent dénudées !!!

A tel point que quand ses copains viennent à la maison il lui demande d'en décrocher certains «qui font trop honte» !

Ange bricole, elle fait ce qu'elle veut de ses mains, bijoux, artisanats divers, mosaïques, calebasses décorées, elle améliore sans cesse la décoration de la maison grâce à ses œuvres, et leurs amis s'extasient du résultat.

Ils ont même essayé de participer à quelques marchés artisanaux, mais sans grand succès. Le temps passe, les enfants grandissent vite, dès qu'ils le peuvent ils partent en vacances tous les cinq dans les îles voisines visiter tous ces petits paradis, nager avec les raies mantas, avec les requins, les tortues et même avec les baleines et les baleinaux, Ange est ravie, pour une fois tous ses enfants sont réunis autour d'eux, elle vit sa meilleure vie !

Pierre, lui aussi devrait être totalement heureux, épanoui, ce n'est pas le cas, il y a toujours au fond de lui une impossibilité à être pleinement heureux, il faut toujours qu'un grain de sable ne vienne enrayer le mécanisme du bonheur.

A quel moment le ver est-il entré insidieusement dans le fruit de leur amour ?

Depuis combien de temps le ver était-il tapi au fond de lui ?

A quel moment le verre de plus, le verre de trop, parfois, de temps en temps, de plus en plus souvent, quand ils reçoivent des amis, puis sans raison, sans justification, et surtout en cachette ...?

Quelle est cette force qui subitement va transformer Pierre, buveur occasionnel en buveur pathologique, pathétique, dépassant de plus en plus souvent les limites, et toujours en cachette, toujours niant l'évidence pour ne pas avoir à affronter la honte ?

Même aujourd'hui avec des mois, des années de recul, il ne trouve pas d'explication rationnelle. Il constate avec dépit qu'il a fini par faire l'inverse de ce qu'il voulait, il fait souffrir ceux qu'il aime le plus, il détruit à petit feu tout ce qu'il a construit avec et pour Ange et les enfants, et il ne l'explique pas !

Il n'y a même pas de notion de plaisir dans ces excès, dans cette alcoolisation solitaire, c'est pitoyable, destructeur mais implacable.

Il est totalement impuissant devant ce qui lui arrive, il sait pertinemment que s'il ne cesse pas, ils courent à la catastrophe, il connaît trop le caractère d'Ange pour penser qu'elle ne mettra pas à exécution les menaces de séparation.

Il sait qu'il va droit dans le mur s'il ne cesse pas de suite mais malgré lui persiste. Il persiste mais ne signe pas, restant continuellement dans le déni, se refusant à admettre le terrible mot : Alcoolique !

Cette situation évoluera sur plusieurs années avec des périodes de calme relatif, et des périodes plus compliquées, mais le venin est dans leur couple et bientôt plus rien ne sera comme avant, pourtant Pierre aime toujours Ange comme un fou, ses seuls moments de bonheur sont ceux qu'ils arrivent encore à partager, ses seuls instants de plaisir sont ceux qu'ils partagent encore intimement, il ne ressent aucune usure dans son amour ni dans son désir pour elle, et néanmoins il continue ses agissements suicidaires.

Il essaye de faire des efforts, il croit faire des efforts, mais tant qu'il reste dans le déni de sa «maladie» il court à sa perte, à leur perte !

Lola a bien grandi, c'est maintenant une belle jeune fille de 18 ans qui bac en poche va partir en Belgique faire ses études de sage femme, c'est dur de laisser partir sa «petite» fille aussi loin, mais c'est aussi la conséquence de leur choix de vie.

Le petit Pierre a déjà suivi ce chemin, mais c'était un garçon et il avait déjà vécu loin d'eux, et son papa vivait en France !

Maintenant il vit dans le sud de la France, il travaille, il a son propre cabinet de kinésithérapie, il a une copine, il vit sa vie ...

Manahau lui aussi a bien grandi, c'est un magnifique garçon au look de surfeur avec sa peau bronzée et ses longs cheveux blonds, il est adorable, mais son caractère impulsif lui joue quelquefois des tours car il a du mal à se maîtriser quand il est en colère ...

Ce sont peut être ses gênes tahitiens qui prennent le dessus sur son éducation «poopa» (européenne).

Quand ça arrive c'est inattendu, parfois violent mais il se sent tellement mal ensuite ... Quelques visites chez la psychologue lui permettront d'atténuer sensiblement ce problème dont il a parfaitement conscience, et c'est cela sans doute le plus important, avoir conscience des choses pour les gérer et les régler !

Ce n'est toujours pas ce que fait Pierre, toujours dans la fuite en avant et le déni. En apparence, personne dans leur entourage n'imagine leur situation, ils donnent l'image d'une famille parfaite aimante et équilibrée, Pierre fuit, Ange est forte et «fait semblant» devant les autres.

Heureusement il y a toujours de nombreux moments de bonheur partagés avec ou sans les enfants, mais il y a toujours au dessus d'eux cette «épée de Damoclès» qui ne demande qu'à venir les briser !

Lola poursuit ses études, elle a trouvé un petit copain, emménage avec lui et semble ravie et bien accoutumée à la vie européenne malgré le manque de soleil et l'absence de lagons turquoises.

Le «petit» Pierre a eu une petite fille, Manon, et décide de venir se marier à Moorea ce qui les réjouit , c'est une merveilleuse idée qui en outre permettra à toute la petite famille d'être réunie ce qui est de plus en plus rare. Mariage à la mairie de Teavaro (encore), suivi d'un mariage traditionnel tahitien officié par tonton Sam et sa femme Cécile, un couple d'amis au fait de la culture et de la tradition polynésiennes.

Que de beaux souvenirs, malheureusement souvent entachés par les excès de boisson de Pierre !

Manahau continue son parcours scolaire avec une année d'avance et a pour projet de devenir pilote d'avion !

Il partira donc bientôt, lui aussi en Europe pour étudier, les laissant seuls tous les deux, ce qui ne manque pas d'inquiéter encore un peu plus Ange qui se demande comment Pierre va gérer, ou pas, cette situation en tête à tête !

Une fois le bac en poche, Manahau ne peut pas partir en Belgique (près de chez sa sœur) pour débuter tout de suite ses études de pilote car il n'a pas encore 18 ans, âge requis par les autorités de l'aviation européenne !

Il va donc partir six mois à l'étranger pour parfaire son anglais, nécessaire pour ses études, la plupart des cours étant dispensés en anglais.

Ce devait être la Nouvelle Zélande, l'Australie ou les Etats Unis, mais la pandémie mondiale qui sévit, avec toutes les fermetures de frontières, fait qu'il se retrouve pour 6 mois dans une école de langue sur l'île de Malte.

C'est pour lui une transition douce entre Moorea et les grandes villes, et cela va lui permettre de grandir sans trop de stress. C'est également rassurant pour ses parents qui voient leur petit dernier, devenu si grand, quitter le nid familial avec un très gros pincement au cœur. Comme toujours, Ange parle, met des mots sur la souffrance de ce départ, sur la déchirure qu'elle représente, même si elle est nécessaire pour le bien et l'avenir de Manahau, mais c'est tellement difficile de laisser partir son «bébé» !

Comme à son habitude, Pierre ne dit rien, il ne souffre pas moins, mais là encore il ne sait pas mettre les mots sur ses maux.

Secrètement, il lit et relit la magnifique lettre d'amour que leur fils leur a écrit avant son départ, ça le rassure, il a l'impression de ne pas avoir tout raté, tout gâché.

*« ... Si je suis le jeune homme que je suis devenu, c'est grâce à vous, à votre générosité, votre tendresse, votre amour, votre regard bienveillant qui m'a aidé à pousser droit bien enraciné dans le sol, mais la tête en hauteur pleine de rêves à réaliser ...*

*... Merci pour ces racines, ces valeurs, cet amour, grâce à vous je suis heureux et je sais quel parent je veux être à mon tour pour mes futurs enfants, mon exemple c'est vous.»*

Mais Pierre souffre, il s'isole, il déprime sans doute, et se réfugie à nouveau et de plus en plus souvent dans cette alcoolisation morbide qui, il le sait, va l'entraîner au fond du gouffre.

Il voit Ange se détacher progressivement de lui, il la voit souffrir, il sait qu'il est la cause de ce désastre annoncé, et la seule chose qu'il réussit à lui dire c'est qu'il l'aime comme au premier jour.

Qu'il l'aime et qu'il aime les enfants plus que tout au monde, qu'il ferait tout pour eux, et il n'arrive pas à faire ce qu'il faut pour essayer de tout sauver.

Les idées noires peuplent de plus en plus souvent sa tête, il perd sa joie de vivre, il se sent seul, ayant toujours privilégié sa famille et son travail, il a très peu de copains et encore moins d'ami(e)s !

Ses seuls ami(e)s, sont en fait des ami(e)s d'Ange qui elle n'en manque pas !

Il s'isole, il déprime, il boit, la machine infernale est en marche ...

La machine à broyer du noir s'emballe, comme il a cessé de travailler (retraite), il n'a plus rien d'autre pour occuper ses neurones, tous les jours, toutes les nuits il tourne, retourne la situation, envisage toutes les hypothèses, toutes les solutions immaginables y compris les pires, mais rien ne sort de son cerveau pourtant si réactif habituellement.

Il est malade, il ne veut pas encore le reconnaître, Ange le somme de se faire soigner, il finira par accepter d'être suivi par une jeune psychiatre installée depuis peu sur leur île. Par le passé déjà, Ange l'avait convaincu de consulter, mais ça ne s'était pas bien passé et cela avait tourné court.

La seule personne avec laquelle cela aurait pu accrocher c'était celle qui suivait Ange en thérapie, mais elle pouvait difficilement suivre les deux protagonistes de cette triste histoire. Miraculeusement, cette fois le contact passe entre Pierre et ce médecin, et il acceptera de la voir une fois par semaine pour parler, parler de lui, d'eux, de son mal, de sa «maladie».

*« Docteur, si je suis malade, ce que je veux bien reconnaître, comment et pourquoi, peut on me reprocher d'être malade ?*
*Est ce que je suis responsable de ma maladie ? ...»*

Les séances se suivent, s'enchaînent, ouvrent dans Pierre des brèches qui mettent à mal ses certitudes sur son enfance, sa famille, ses parents, sur lui-même évidemment. Le travail qu'ils font ensemble lui permet d'avancer, il va de pair avec un arrêt total de consommation d'alcool, et un traitement chimique à base d'antidépresseurs ...

Malheureusement c'est trop tard, le naufrage est annoncé, Ange lui dit qu'elle ne l'aime plus, qu'elle ne supporte plus de devoir vivre à ses côtés, qu'elle a tenu jusque là pour essayer de protéger Manahau, mais que comme maintenant il va partir pour ses études, elle va partir aussi, ce n'est plus qu'une question de temps il le sait bien !

Ils vont tous partir, quitter leur «paradenfer» pour un an, un an pour faire le point, un an pour faire le vide, un an pour finir sans doute de tout déconstruire ...

Leur jolie maison a trouvé preneur pour un an justement, Ange a miraculeusement trouvé une famille qui veut venir passer une année sabbatique au paradis !

C'est Ange qui quittera la première leur île, elle part rejoindre Lola qui est sur le point de leur donner une petite fille, que le temps passe vite ...

Le 20 juin à 00h40, la petite Mya montre sa jolie frimousse pour le plus grand bonheur de toute la famille, Ange est sur place, Pierre et Manahau arriveront dans un mois, car ils doivent attendre que les locataires arrivent, pour les installer et leur expliquer, un peu, la vie des îles !

Pour Manahau, c'est le grand départ, il ne sait pas vraiment quand il reverra son île, il va commencer ses études pour devenir pilote, une nouvelle vie commence !

Quand Pierre repense aux prénoms qu'ils lui ont donné, il ne peut s'empêcher de trouver ces choix extraordinaires:

Manahau, «esprit de paix» lui a qui si souvent, si fortement besoin de trouver le calme, la paix pour endiguer la violence qui essaye parfois de prendre le dessus !

Léo, «les hauts et les bas», Pierre espère sincèrement qu'il gardera en lui tous les «hauts» de sa vie d'enfant et d'adolescent et qu'il lui pardonnera «les bas» qu'il lui impose de vivre en ce moment.

Heimanu, «la tête couronnée d'oiseaux» lui qui a choisi de pouvoir voler dans tous les ciels du monde et d'en faire son métier...

Et ce dernier prénom, c'est sa maman biologique qui l'a choisi, scellant peut-être, sans le savoir, inconsciemment, encore une fois son destin.

Pierre se retrouve donc seul avec son fils qui profite de ces dernières semaines tahitiennes peut être avant longtemps, car une fois ses études commencées, il ne sait pas quand il aura l'opportunité de revoir son île.

Il profite également de sa petite amie qui habite Tahiti et qui vient passer quelques longs week-ends avec eux, Manahau se rend également chez elle de temps en temps, mais il essaye de profiter au maximum de «sa maison».

Ils doivent attendre l'arrivée de la famille de «petits suisses» ce qui leur laisse presque un mois devant eux.

Pierre continue de voir toutes les semaines « Taote Muriel», de prendre son traitement et l'abstinence ne semble pas lui peser. La cohabitation avec son fils se passe très bien et il est très heureux que celui-ci ne semble pas trop lui en vouloir de la situation qu'il a déclenchée par son comportement.

Bientôt les Suisses arrivent à Moorea, deux ou trois jours pour les recevoir et leur expliquer le fonctionnement de la maison, et pour leur faire découvrir sommairement l'île (ils auront un an pour faire leurs propres découvertes), et ils terminent leurs valises pour rejoindre l'Europe et enfin faire la connaissance de Mya sans écran interposé !

Le jour du départ, arrivés au guichet d'enregistrement de l'aéroport, Pierre se rend compte, qu'ayant changé de passeport, il a oublié de renouveler les documents pour le transit aux USA, il ne peut donc pas partir !

Lui qui s'occupe tout le temps de tout ce qui est administratif pour toute la famille, et même parfois pour des amis, il a oublié de le faire pour lui-même !

Heureusement, ils sont arrivés très en avance à l'aéroport, et le personnel de la compagnie aérienne réussit à régulariser la situation par Internet juste à temps pour pouvoir monter dans l'avion.

Manahau est un peu contrarié, car les adieux avec sa petite amie ont été fortement perturbés par cet épisode, mais il est soulagé de ne pas devoir voyager seul.

Arrivés à Paris, Ange les attend, ils doivent y passer quelques jours, la sœur d'Ange leur a laissé son appartement à disposition puisqu'elle est actuellement absente.

Trois jours de visite, tour Eiffel bien sûr, musée de l'aviation évidemment et muséum d'histoire naturelle entre autres occupent pleinement ces journées avant leur départ pour Bruxelles rejoindre Lola, Mya et Brad.

Un après-midi, Ange et Pierre prennent un café en terrasse, et Ange lui annonce sa décision de le quitter, elle ne l'aime plus, elle va partir habiter dans le sud près de chez sa sœur, quant à lui, il ne peut que reconnaître sa responsabilité, il souffre en silence depuis des mois, mais il n'en veut pas à Ange il est le seul responsable !

Le seul responsable, responsable du désastre, il a détruit l'amour de la femme qu'il aime encore aujourd'hui plus que tout !

« J'ai tout gâché je sais, je sais j'ai tout gâché ...
Je ne peux pas oublier ton cul ni le grain de beauté là sur ton ... »

*(Clara LUCIANI)*

# Bruxelles fin juillet 2023 :

Évidemment, l'arrivée de Mya, cette magnifique et adorable poupée bouleverse tout. Alors pour ne pas trop envahir l'espace du petit appartement de leurs enfants, Pierre a réservé pour une petite semaine un «Rbn'b» tout près de chez eux.

Bien sûr, Mya est devenue le centre d'intérêt de tous, même de Manahau qui prend très au sérieux son rôle de tonton.

Ange est enchantée de ce cadeau qui redonne un peu de vie et de gaité à leur famille, et Pierre, même si comme à son habitude il ne le montre pas trop, est le plus heureux des papys, même si au fond de lui cela réveille tant de souvenirs et rouvre bien sur les plaies qu'il a infligées à toute sa famille.

Cette semaine est une parenthèse heureuse, une bulle de bonheur, même si rien n'est plus et ne sera plus comme avant.

Ils mettent à profit cette semaine en Belgique pour chercher (et trouver) le futur logement de Manahau, dans une jolie colocation partagée avec des stewards (la maison est située tout près de l'aéroport), à cinq minutes en vélo de son école, il sera dans les meilleures conditions pour pouvoir bien travailler. Mais il lui reste encore quelques semaines de vacances pour profiter, avant le début de sa nouvelle vie d'étudiant pilote !

Après cette semaine belge, ils partent en Bretagne dans la villa de bord de mer des parents de Pierre, où Lola, Brad et Mya les rejoindront bientôt.

D'un commun accord, Ange et Pierre ont décidé de ne

rien dire pour le moment aux grands-parents, qui, vu leur grand âge risquent de très mal vivre cette situation.

Tout le monde fait donc comme si de rien n'était, ce qui ne pose pas de problème, car Ange et Pierre ont gardé de bonnes relations.

Avant l'arrivée des enfants, c'est Hélène la copine de toujours qui vient passer quelques jours avec eux, ce qui permet à Ange de ne pas se retrouver trop souvent, trop longtemps seule avec Pierre, car même s'ils ont gardé de bons rapports, les blessures ne sont bien sûr pas encore cicatrisées, et Pierre n'a toujours pas enclenché le processus de deuil de leur couple. Comme à son habitude il ne dit rien, il souffre quand il voit Ange à ses côtés, mais il n'ose même pas imaginer la vie d'après, sans elle !

*Souffrir par toi n'est pas souffrir*
*Sans mots sans pleurs sans même sourire*
*Négligemment et sans te retenir ...»*
(Julien CLERC)

C'est une forme de masochisme peut être, mais tout comme il n'a jamais su vraiment être totalement heureux, il s'imagine peut être incapable d'être totalement malheureux !

Ou alors c'est peut être une forme d'autopunition qu'il s'inflige en désirant malgré tout la voir à ses côtés, même distante, même indifférente ...

Néanmoins, le séjour se passe bien, ils partent quelques jours voir des amis, font découvrir le Futuroscope à Manahau, ils essayent de faire semblant d'être encore une famille normale. Pendant ce séjour, ils profitent au maximum de Mya qui se révèle aussi sage que l'était sa maman au même âge, pourvu que comme pour Lola cela se poursuive pendant toute son enfance.

Toutes les bonnes choses passent trop vite et ont une fin, c'est ce qui arrive, les enfants repartent en Belgique, les parents les rejoindront après un nouveau court séjour à Paris, puis Pierre part pour la Bulgarie pour faire du «tourisme dentaire». C'est à dire qu'il va passer une semaine à Sofia pour se faire arracher les dents (mâchoire supérieure), se faire faire une greffe osseuse et un appareil provisoire en attendant la pose d'implants qui sera réalisée dans 6 mois lors d'un nouveau séjour !

Pendant ce temps, Manahau commence ses cours à Charleroi après bien des émotions, car l'école qu'il devait intégrer est en liquidation judiciaire, heureusement il y a une deuxième école de pilotage juste à côté qui accepte de le prendre comme élève.

Pierre est soulagé d'avoir trouvé cette solution, et également de ne pas avoir versé les neuf mille euros qu'il aurait dû provisionner pour réserver la place de Manahau en première année dans l'autre école !

Ange, elle est descendue dans le sud de la France, près de chez sa sœur et de ses anciens amis retrouvés pour l'occasion, elle va s'installer (au moins provisoirement) dans une caravane améliorée qui se trouve sur le terrain de l'ancien copain de sa sœur.

Au retour de Sofia, Pierre passe quelques jours avec les enfants en Belgique, ils vont bien, Mya grandit, elle est toujours magnifique et souriante, quant à Manahau, il est ravi de son école et semble bien décidé à travailler sérieusement.

Afin de finir de plomber son bilan carbone de l'année, Pierre s'envole de Belgique pour l'île de Djerba dans le sud tunisien où il a réservé un hôtel pour six semaines en demi pension au tarif de vingt-deux euros par jour voyage compris ! ! !

En Polynésie, c'est le prix du billet de bateau aller retour pour aller de Moorea à Papeete pour une demie heure de traversée ...

Evidemment fin octobre début novembre, il n'y a pas beaucoup de monde, à Djerba, essentiellement des «vieux», mais il fait soleil et le ciel est bleu !

Heureusement qu'il a rencontré Yvon, qui comme lui est venu passer six semaines de repos à l'hôtel, il a à peu près le même âge que lui, est jeune retraité et est en convalescence après un assez sérieux problème cardiaque. C'est la seule personne avec qui il discute, partage souvent ses dîners à l'hôtel, et en parlant ils se découvrent de nombreux points communs.

Ils sont tous les deux mariés, mais venus seuls (est il lui aussi en cours de séparation ? Il ne lui demandera pas), leurs femmes portent le même prénom, et bien qu'ayant des enfants dit biologiques, ils ont chacun adopté, une petite vietnamienne pour Yvon et sa femme et un petit tahitien pour Ange et Pierre.

Ils travaillaient tous les deux dans le milieu médical, Yvon était psychologue, et tous les deux pendant leurs loisirs peignent (l'acrylique pour Yvon, l'huile pour Pierre).

Et chacun d'eux profite de ce séjour solitaire pour commencer l'écriture d'un livre ! ! !

Ces similitudes interpellent, mais la vie est ainsi faite de rencontres parfois étonnantes. Cela lui permet de maintenir une «vie sociale » à l'occasion d'un café ou d'un repas, ils vont même aller ensemble visiter un village consacré au «Street art» au milieu de l'île de Djerba, lieu étonnant mais vraiment très intéressant .

Ce séjour au soleil n'est bien sûr pour Pierre qu'un pansement sur une jambe de bois, seul, entouré de vieux, seul avec son chagrin, avec le poids de la responsabilité à tourner et retourner dans sa tête tous ces merveilleux moments passés, tous ces beaux souvenirs ...

Mais les souvenirs il faut pouvoir les partager, lui il est seul, terriblement seul.

Il s'ennuie bien sûr parfois, il lit, écrit, marche un peu, il est seul, sauf dans sa tête où il y a du monde, beaucoup de monde, parfois beaucoup trop de monde.

Le seul «luxe» qu'il s'octroie pendant ce séjour c'est au hammam et au spa de l'hôtel. Après un âpre marchandage, il obtient un prix très raisonnable (il y a peu de clients) pour une heure de massage six jours par semaine, et deux séances de hammam !

Comme il y a deux masseuses, il teste les deux, qui s'avèrent être deux sœurs, et décide de confier ses douleurs et ses contractures à la plus douce (et la plus jolie) des deux.

Ainsi donc, tous les jours, sauf si elle est en repos, après son petit déjeuner, il passe une bonne partie de sa matinée entre les mains expertes d'Aîcha ...

Cette habitude remet un peu de joie dans sa triste existence, elle est très timide, très réservée, il essaye d'engager la conversation, apprend qu'elle est célibataire, sans enfant, qu'elle vit avec sa soeur et qu'elle a trente-sept ans (l'âge du «petit» Pierre !).

Alors, il commence à rêver, à délirer, à fantasmer, besoin de se sentir vivant, de se dire que peut être que la vie peut continuer, bien conscient qu'il ne peut s'agir que de fantasmes, qu'elle a trente ans de moins que lui, et qu'elle ne saurait en aucun cas l'imaginer autrement que comme un client parmi d'autres !

Un vieux parmi les vieux, peut être un peu moins décati que la majorité des autres clients actuels, mais un vieux quand même !

Néanmoins elle devient, sans le savoir, son rayon de soleil quotidien, il a l'impression d'exister une heure ou deux par jour, ce n'est qu'un début, mais c'est déjà qu'il n'est pas tout à fait mort à l'intérieur.

Les journées, les semaines passent au rythme des massages, évidemment rien ne se passe. Ils parlent peu car elle si elle le comprend bien, elle ne parle pas très bien le français, mais ils réussissent tout de même à communiquer.

Elle lui demande s'il est marié, s'il a des enfants ?

Pierre lui dit qu'il est séparé de sa femme qu'il a des enfants et qu'il vient d'avoir une petite fille, elle s'extasie devant les photos de Mya qu'il lui montre.

Petit à petit une «amitié» prend forme, mais cela doit rester secret, ne pas franchir les murs de la salle de massage, car ils sont en Tunisie, pays musulman, et même si elle ne semble pas pratiquer assidument sa religion, elle ne porte pas le voile, l'éducation reçue en tant que jeune fille complique singulièrement les rapports homme femme, d'autant plus si l'homme n'est pas musulman !

Un beau matin, après des semaines d'hésitation, à la fin de son massage, Pierre prenant son courage à deux mains (pas à demain pour une fois !), lui demande si elle accepterai de dîner un prochain soir avec lui ?

Pas à l'hôtel bien sûr, discrétion oblige, mais si elle connaît un endroit agréable, il lui laissera volontiers le choix ...

A la grande surprise de Pierre, elle accepte la proposition et propose le lendemain soir

Pierre qui s'attendait à un refus poli, ne sait plus quoi penser, quoi imaginer, quoi rêver ...

Le lendemain soir, elle lui a donné rendez-vous au casino qui possède un bar et un restaurant, l'endroit est agréable mais un peu bruyant au goût de Pierre, car quand il arrive il y a un match de football retransmis en direct, c'est la coupe du monde !

Heureusement elle est un peu en retard, elle lui téléphone pour le prévenir et pour lui demander si elle peut venir avec sa copine !

Tout en regardant le match d'un œil distrait, Pierre s'interroge sur qui peut bien être cette «copine» !

Est ce que c'est une copine ou sa copine ?
Aïcha lesbienne ?
Après tout pourquoi pas, ça expliquerait son célibat alors qu'elle est si jolie, et ici il n'est pas encore question de divulguer ce genre d'information !
Quand elle arrive avec son amie Emna, le match vient de se terminer et le calme est revenu. Ils s'installent, commandent à boire, elles boivent de l'alcool (mais pas Pierre) ce qui conforte Pierre sur la «religiosité» d'Aïcha, fument et discutent joyeusement.
Emna est un peu plus âgée que son amie, au détour de la conversation il lui demande si elle est mariée et si elle a des enfants (homosexuelle?), Emna lui répond qu'elle est divorcée deux fois, mais qu'elle n'a pas d'enfants, et qu'elle espère que le troisième mari sera le bon ! La soirée est agréable, c'est de loin la meilleure soirée de Pierre depuis qu'il est arrivé à Djerba, mais il est un peu pétrifié, ne sachant trop quelle attitude il peut se permettre vis-à-vis d'Aïcha.
Il n'a jamais été un grand dragueur, mais là aujourd'hui il n'a pas soixante-sept ans, il en a tout juste dix-sept, il est paralysé par la peur du geste déplacé, incompris !
L'ambiance a changé, il y a maintenant une chanteuse un peu «jazzy» qui rend le lieu beaucoup plus agréable.
Pierre qui se tortille sur sa chaise manque d'avoir une attaque cardiaque quand il sent la main d»Aïcha qui cherche la sienne sous la table !
Comment cela est-il possible, est ce qu'il rêve, il prend ses désirs pour des réalités, va-t-il se réveiller ?

« *Elle est jolie, comment peut-il encore lui plaire ...*
*Elle au printemps, lui en hiver ...*»

(Serge REGGIANI)

Bien sûr, à partir de cet instant Pierre ne lui lâche plus la main, il la serre, il la caresse, il a envie de l'embrasser, mais il sait qu'il faut rester discret, ils sont dans un lieu public, il est français, elle est tunisienne et musulmane ...

La suite de la soirée se résume, pour Pierre, a «sa main dans la mienne», il n'est pas certain de se souvenir le lendemain de toutes les discussions qui suivent cet évènement.

Au moment de se quitter, chacun reprend son taxi puisqu'ils partent dans des directions opposées, Pierre a droit à un petit bisou (en public !) alors qu'il aimerait pouvoir la serrer dans ses bras, l'embrasser passionnément, satanée religion, maudite éducation sexiste !

Tout seul dans son taxi, la tête dans les étoiles, flottant sur un petit nuage, il ne peut s'empêcher de fredonner :

> « *Il suffirait de presque rien, peut- être dix années de moins*
> *Pour que je te dise je t'aime ...* «
> 
> (Serge REGGIANI)

La main, le taxi, il ne peut s'empêcher de se remémorer plus de trente ans plus tôt à Marseille, les mains qui se frôlent dans le taxi, et tout ce qui a suivi ...

Sommeil un peu difficile à trouver, mais nuit peuplée de rêves en attendant avec encore plus d'impatience son massage quotidien ...

Bien sûr, pas question de changer d'attitude en public, il a compris le fonctionnement de la société tunisienne, mais il espère tout de même qu'il pourra lui dire ce qu'il a ressenti hier soir, et qu'il lui tarde de dîner à nouveau avec elle dès qu'elle acceptera.

Dans la cabine de massage, il peut lui faire un petit bisou, mais pas plus, très professionnelle, Aïcha ne change rien au déroulé de la séance, c'est Pierre qui à deux ou trois reprises réussit à lui saisir la main, à la serrer et à la garder quelques secondes posée près de son coeur ...

Tout cela dans la plus grande discrétion pour ne pas éveiller les soupçons de son employeur qui s'étonne peut-être déjà de ces séances quotidiennes exclusivement réservées avec elle. La fin du séjour de Pierre est encore plus rythmée par ses séances de massage, ces quelques soirées passées ensemble, avec Emna une nouvelle fois, puis avec la sœur d'Aïcha, et enfin une soirée en tête à tête dans un joli restaurant de la marina où elle lui a donné rendez-vous !

C'est, ce soir-là, après plus de trente cinq ans d'abstinence que Pierre pioche une cigarette dans le paquet d'Aïcha et se remet à fumer, comme dans sa jeunesse !

La soirée reste très (trop?) platonique, très (trop?) réservée, très (trop) mesurée, très (trop) adolescente, mais Pierre n'est pas pressé, il ne veut surtout pas la brusquer, risquer de rompre le charme. Il lui dit qu'il se sent bien avec elle, qu'il y a longtemps qu'il ne s'était pas senti aussi bien, que cette rencontre est un cadeau de la vie qu'il n'espérait plus.

Malgré sa timidité, elle lui dit qu'elle aussi se sent bien en sa compagnie, mais qu'ici on n'est pas en France, qu'il ne faut pas se montrer, se tenir par la main dans la rue, ni s'embrasser à la vue des autres, que c'est comme cela, que c'est l'éducation que lui ont donné ses parents et qu'elle la respecte même si elle n'est plus une enfant !

Pierre n'en a cure, il est bien, il est vivant et encore une fois pense qu'il faut profiter de l'instant présent et après « Inch Allah ».

Le dilemme qui se pose à lui, c'est que son séjour arrive bientôt à sa fin, il doit dans un premier temps repartir en France, passer voir ses parents qui ne sont toujours pas au courant de la situation avec Ange. Ils les pensent tous les deux (Ange et lui) à Djerba, mais comme leur a expliqué Pierre, ils ne reviendront pas ensemble puisqu'ils sont partis de deux villes différentes, ils reviendront donc séparément à leur aéroport de départ, et se retrouveront ensuite en Belgique pour passer les fêtes de Noël avec les enfants.

Pierre est heureux de passer Noël avec ses proches, mais très triste de quitter Aïcha au moment où quelque chose était peut-être en train de naître. D'autant plus qu'après cette semaine passée en Belgique, il doit s'envoler pour passer trois mois en Thaïlande !

Il a loué un studio pour un mois sur l'île de Koh Samui, puis doit passer deux mois dans une petite pension tenue par un français dans une autre région !

Son cerveau tourne à plein régime pour essayer de prendre la bonne décision, il aimerait revenir à Djerba bien sûr, mais impossible de ne pas partir ! Une idée germe dans son esprit, pourquoi ne pas revenir habiter Djerba pour les quelques mois qui lui restent avant son départ pour la Polynésie prévu en juillet ?

C'est une bonne idée, encore faut-il savoir où loger, il ne pourra pas s'offrir un séjour à l'hôtel de plusieurs mois, les super promotions dont il a bénéficié sont rares, et ne s'appliquent qu'aux mois d'hiver.

Alors il contacte des agences immobilières, commence à visiter des maisons, et en trouve une fort à son goût et tout à fait dans son budget.

Petite maison individuelle, avec deux chambres, un petit jardin, une piscine, le tout entouré de murs dans un quartier calme proche de la mer, le club Med est tout près, il est très tenté ...

Mais il y a la Thaïlande, il a payé son billet d'avion et la location du studio, il ne peut pas ne pas y aller.

Il décide donc de partir mais pour un mois seulement,

prévenant la pension de famille qu'un imprévu (c'est vrai), familial (pas vraiment !) l'obligeait à annuler son voyage ! Pieux mensonge, mais mensonge nécessaire pour ne pas avoir à le regretter jusqu'à son dernier jour.

Tour à tour, il prévient ses proches de sa décision (sans mentionner l'existence d'Aïcha bien sûr), et un soir alors qu'ils dînent, il annonce à Aïcha qu'il part environ 1 mois au lieu de 3 mais qu'ensuite il revient vivre à Djerba, et que s'il revient c'est pour ses beaux yeux. Elle est un peu déstabilisée, mais ses yeux pétillants traduisent sa joie, et son sourire est si joli. Ils profitent de leurs derniers jours, Pierre aimerait que cette relation platonique s'émancipe un peu, mais il accepte le choix d'Aïcha et se dit qu'ils auront bientôt du temps devant eux, un avenir peut être ?

Pierre profite de ses dernières journées de soleil avant de retrouver le froid et la grisaille, et le soir ils se retrouvent et essayent de commencer à se connaître.

Heureusement Aïcha fait plus de progrès en français que Pierre en tunisien, mais quand il veut lui envoyer des messages un peu longs ou avec des mots plus compliqués, il a recours au traducteur de Google sur son téléphone, et c'est vraiment pratique, même s'il vaut mieux avant de les envoyer, retraduire pour vérifier le contenu !

Quelle incroyable révolution ces smartphones, cet Internet, outre la possibilité de pouvoir communiquer avec ses proches et les voir, on ne peut plus se perdre grâce à Google Maps, on a accès aux informations du monde entier, et en plus on peut faire traduire une lettre pour sa belle !

Mais comment faisait-on avant ?

Un beau matin, Pierre referme donc sa valise, direction Nantes. Les adieux sont discrets, dans «leur» salle de massage (le dernier !), toujours aussi chastes mais ils se serrent fort dans les bras et se disent à bientôt ...

*« Oh Aïcha écoute moi ...*
*Oh Aïcha t'en vas pas ...*
*Oh Aïcha reine de saba ...*
*Moi je ne veux que de l'amour ...»*
(KHALED)

A la descente de l'avion, Pierre dort à l'hôtel à Nantes, car le lendemain matin il doit prendre le train pour aller à Saint Malo récupérer la voiture de Maryvonne (l'ancienne nounou de Lola) qu'ils ont décidé de racheter.

Au départ c'était pour Ange, mais comme Pierre part à l'étranger, il a décidé qu'Ange garderait sa voiture et que la petite servirait à Manahau, mais il n'est pas encore au courant, c'est sa surprise de Noël !

Une étape dans la villa du bord de mer de ses parents, désertée pendant l'hiver, pour récupérer des vêtements chauds, et quelques cadeaux pour Noël rapportés de Tahiti, et le lendemain après quelques démarches administratives, il va rendre visite et dormir chez ses parents qui ne se doutent toujours de rien.

D'autant que Pierre appelle Ange au téléphone et qu'il la leur passe pour discuter un peu de «leurs vacances à Djerba»! (La seule remarque faite par la mamie, c'est qu'elle était moins bronzée que Pierre !)

Le lendemain il prend la route direction Lille, où il doit récupérer Ange à l'aéroport avant de rejoindre Bruxelles fort tard car l'avion est bien sûr en retard !

Ils passent quelques jours chez Lola et Brad, profitent de Mya, Pierre va à Charleroi régler quelques problèmes administratifs avec Manahau, puis pour passer le week end de Noël ils partent dans une maison à la campagne qu'ils ont loué et où les parents et le petit frère de Brad viennent les rejoindre pour le premier Noël de Mya.

Le grand week-end se passe bien, feux de cheminées, bon repas, marshmallows grillés dans le jardin, promenades forestières et bien sûr tout le monde est en admiration de-vant Mya qui est toujours aussi mignonne et facile à vivre.

A un moment, Brad qui n'a plus de cigarettes veut prendre sa voiture pour essayer de trouver une boutique ouverte, Pierre surprend tout le monde en lui proposant une des siennes, car personne dans son entourage ne l'a jamais vu fumer !

Jusqu'à présent, seule Aïcha était au courant, maintenant il est officiellement revenu dans la confrérie des fumeurs !

Tout le monde est ravi de cette petite escapade, mais tout se termine, il faut rentrer dans un premier temps à Bruxelles, puis chacun reprend sa route ...

« *Chacun sa route, chacun son chemin ...*»   (Tonton DAVID)

Manahau repart (avec sa voiture) à Charleroi, Ange redes-cend dans le sud de la France, et Pierre s'envole pour la Thaïlande sans grand enthousiasme.

Bruxelles ... Dubaï ... Bangkok ... Koh Samui !Longues heures d'avion, mais Pierre est habitué, il devrait être gai et excité de revoir la Thaïlande plus de trente ans après sa première visite avec Jeanne, cependant, c'est triste de voyager seul, et sa tête est ailleurs, restée quelque part dans un petit box de massage du côté de Djerba «la douce».

Arrivé à Bangkok, il faut reprendre un avion pour re-joindre l'île de Koh Samui et enfin un minibus pour enfin arriver dans la résidence où il a réservé un studio en loca-tion.

La déception est tout de suite présente, car d'après les

photos, Pierre pensait avoir une petite terrasse avec vue sur la piscine, or il se retrouve dans un petit studio assez ressemblant aux photos, mais la terrasse s'est transformée en un minuscule balcon avec vue sur le parking des scooters et sur les poubelles !

Et des scooters, ici, il y en a beaucoup et le va et vient est incessant de jour comme de nuit. Pierre décide de ne pas se prendre pas la tête, il n'a qu'une envie, prendre une bonne douche et dormir et il verra bien demain !

Malheureusement, le lendemain sa première impression se confirme, le studio est correct mais l'environnement est vraiment minable.

Qu'à cela ne tienne il va aller se promener, il a le souvenir d'une île agréable avec de belles plages de sable fin ...

Là encore, quand il sort de la résidence il est désagréablement surpris par la saleté environnante, et par le défilé incessant des voitures, camions et deux roues en tous genres ! Le voilà parti pour une grande marche, et ce qu'il découvre est loin, très loin de son souvenir. Ce ne sont que constructions, hôtels et chantiers, il n'y a quasiment plus d'accès à la mer, et la seule petite plage pas trop éloignée de «chez lui» est particulièrement sale Il partira de l'autre côté demain, espérant trouver quelque chose de plus réjouissant.

La seule chose positive de la journée c'est la nourriture thaïlandaise qui est toujours aussi bonne et bon marché !

De retour au studio, il s'installe pour essayer de lire et d'écrire un peu sur sa «terrasse», mais ce n'est vraiment pas l'endroit rêvé, entre les gaz d'échappement et les effluves qui émanent des containers à ordures de la résidence (et comme il fait très chaud ! ! !)

La promenade du lendemain n'est pas plus convaincante, et il commence à se demander ce qu'il fait là !

En fait, dans sa tête, il sait bien qu'il n'a pas vraiment envie d'être là, seul, pourquoi a-t-il quitté Djerba ?

Quand il se promène, les inévitables salons de massage (un tous les cent mètres) le ramènent à Aïcha, et il commence à se demander s'il va pouvoir rester un mois dans ces conditions. Heureusement qu'il a chargé sa valise d'un bon stock de livres, et qu'il s'est mis en tête d'essayer d'écrire pour meubler son temps libre (il n'a pas emporté ses huiles et ses pinceaux !), cela occupe ses soirées, et en pensée, il remercie son «gendre» Brad qui a partagé ses codes d'accès à Netflix !

Malgré tout, les journées sont monotones.

Pour explorer d'autres parties de l'île, peut être plus préservées des incroyables ravages du tourisme de masse, Pierre loue une voiture pour quelques jours, renonçant au scooter à cause de la circulation trop dangereuse, mais même avec la voiture cela reste très sportif, d'autant qu'en plus de la circulation, il faut rouler à gauche !

Pierre doit se rendre à l'évidence, l'île qui dans son souvenir était un petit paradis, a été totalement dénaturée, saccagée par une urbanisation liée au tourisme.

C'est assez consternant, et en y pensant il se réjouit que les îles polynésiennes, du fait de leur isolement, soient restées authentiques, à l'abri du tourisme de masse et de ses méfaits. Tout cela fait que rapidement il envisage d'écourter son séjour pour retourner à Djerba avant le début du mois de février comme prévu initialement.

Les jours passent, et il ne se sent pas à sa place, il lit, écrit, marche, fume, reste totalement sobre, mais il s'ennuie.

Il est content de cette sobriété, car il sait que c'est dans ces moments de solitude, d'ennui que le risque de rechute est sans doute le plus important, mais il n'est absolument pas tenté malgré tous les bars et restaurants qui lui ouvrent «leurs bras»

Un matin, Pierre prend la décision d'écourter ce séjour, la première chose à faire c'est de s'assurer qu'il peut disposer de la maison de Djerba quel que soit le jour de son arrivée, et non pas début février comme prévu ?
Ensuite, essayer de modifier les billets d'avion, et prévenir le propriétaire du Rbn'b de son départ anticipé.

Après une journée de surf (sur le web), tout s'organise, la maison est disponible, les billets d'avion sont modifiés, mais au lieu de revenir à Bruxelles où il devait passer quelques jours avec les enfants, Pierre rentre directement à Paris, puis reprend un avion pour Djerba le jour même.

Une intense négociation via WhatsApp avec le loueur de voiture de Djerba (Foufou location !) lui permettra de bénéficier d'une voiture à son arrivée à l'aéroport, voiture qu'il louera au mois à un tarif convenable.

Mi janvier le voilà donc de retour, dans «sa» maison avec «sa» voiture, il n'y a plus qu'à s'installer tranquillement et revoir Aïcha le plus vite possible.

Toujours aussi timide et réservée, mais heureuse et souriante de le revoir, elle lui annonce que sa maman, qui habite Tunis, est arrivée chez elle depuis quelques jours pour une durée indéterminée.

Pierre ne prête pas vraiment attention à ce détail qui va se révéler être un problème plus qu'un détail !

En effet, il avait été déjà désagréablement surpris de ne pas la voir à l'aéroport le soir de son arrivée, mais il se rendit vite compte qu'ici en Tunisie, même âgée de trente sept ans, une fille doit obéir à ses parents (à sa maman en l'occurrence), et que si en rentrant du travail tu veux sortir pour voir et dîner avec tes amies (pas question de parler des amis !) et si la maman dit non, c'est NON !

Donc à partir de son retour il faut qu'Aïcha ruse, qu'elle s'invente des sorties avec ses copines, des courses à aller faire ou des démarches administratives pendant ses journées de repos, pour qu'ils puissent se retrouver !

Comme, entre-temps, elle a changé d'employeur, elle a encore moins de jours de repos qu'avant, donc tout cela ne favorise pas le nombre de rencontres ni leurs durées.

Néanmoins ils passent de très bons et très agréables moments, apprenant à mieux se connaître et commençant à parler d'avenir ...

Un soir, comble d'audace et d'opposition à l'autorité parentale, Aïcha invite Pierre à dîner chez elle, pendant que sa maman est partie passer la journée dans sa famille. Bien sûr, il y a sa sœur qui est présente, mais elle connaît leur «histoire» et sait se montrer discrète. Il faut évidemment éviter de laisser traîner des traces de son passage, mais tout se passe bien, et après cette excellente soirée Pierre repart dans sa petite maison avec du baume au coeur en se disant que c'est sans doute une des premières fois où Aïcha a osé braver l'interdit maternel et religieux !

Oser faire rentrer chez elle un homme, étranger et non musulman de surcroît, en l'absence des parents ! ! !

Cela peut paraître tellement anodin pour ceux qui vivent dans nos sociétés libérales, qu'on a du mal à s'imaginer ce que symboliquement cela représente comme tabou brisé. Un jour, Pierre commence à parler de son retour à Tahiti au mois de juillet et lui propose qu'elle vienne avec lui, elle lui dit que ce n'est pas possible, qu'elle n'a pas de passeport, et qu'elle ne peut pas quitter sa sœur et sa mère pour partir avec lui !

Quand il lui dit qu'il va partir pour trois mois et qu'elle peut faire un voyage dont presque tout le monde rêve, et séjourner trois mois chez lui à Mooréa, elle hésite mais trois mois c'est trop long, ce n'est déjà plus un non catégorique. Il faut laisser le temps agir, attendons et nous verrons bien, se dit Pierre.

C'est donc un peu frustré par le nombre restreint de leurs rendez- vous, mais toujours aussi enthousiaste que Pierre se met à rêver de ce voyage à deux.
Il sait bien que rien n'est encore acquis, que ça va être compliqué peut être même très compliqué, mais il a envie, besoin, de se raccrocher à ce projet.
A travers ce projet il a l'impression d'exister à nouveau, sans doute, toujours ce besoin de reconnaissance, ce besoin d'amour, d'être le centre d'intérêt de quelqu'un.
Bien sûr, si Aïcha venait avec lui à Mooréa, il faudra prévenir Ange, en parler avec les enfants, comment réagiraient-ils ?
Accepteraient-ils cette «étrangère» à ses côtés, dans leur maison ?
Et il y a la question de la différence d'âge, elle a l'âge de leur frère !
Décidément, il ne peut jamais faire simple, il se retrouve encore une fois dans une histoire compliquée, et à nouveau il a peur de faire souffrir ceux qu'il aime, mais il n'est pas maître de ses sentiments et ose encore rêver à quelques années de bonheur !
Mis à part Ange et les enfants, il y aura aussi le regard des gens, des amis, s'il revient à Moorea avec elle.
Pierre se moque de ce que les gens peuvent penser de lui, mais il craint que cela soit difficile à vivre au quotidien pour Aïcha, si elle vient. Il veut qu'elle profite pleinement de ce séjour, sans regretter d'avoir quitté sa famille et son pays pour l'accompagner.
Encore quelques journées et quelques nuits de réflexions, de questionnements pour lui. Doit-il penser aux autres en priorité, ou égoïstement suivre ses envies, ses désirs ?
Les journées, les semaines passent, il est en contact plusieurs fois par semaine avec Ange, avec les enfants, avec

ses parents, avec sa soeur, ils semblent tous aller bien, ils s'inquiètent un peu de son isolement, de sa solitude, l'interrogent pour savoir s'il s'est fait des amis, mais Pierre leur assure que tout va bien, qu'il lit, qu'il écrit, qu'il se promène un peu, mais «oublie» de parler de sa rencontre avec Aïcha.

Ils décident de tous se retrouver une petite semaine au Pouliguen fin mars début avril pour fêter l'anniversaire de Lola.

Si à ce moment-là, Aïcha a vraiment pris la décision de venir à Moorea, ce sera peut être l'occasion qu'il en parle avec Ange ?

Ou peut-être attendre un peu, car Pierre craint qu'elle ne change d'avis avant le départ. La pression familiale est tellement forte, qu'il n'ose croire vraiment qu'Aïcha osera braver sa maman et partir à l'autre bout du monde avec un homme beaucoup plus âgé qu'elle, étranger et non musulman de surcroît !

Pour elle, qui n'a semble t il jamais remis en cause l'autorité parentale, ça fait beaucoup à la fois, mais ce serait vraiment une belle preuve d'attachement ou même plus qu'elle lui donnerait.

Pierre essaye de ne pas s'emballer, même s'il a l'impression d'être redevenu un peu l'adolescent fou amoureux d'Ange, puis de Corinne, puis de Renée, puis de Jeanne, puis d'Ange, puis de Lola sa fille, et enfin d'Aïcha !

Ange, Corinne, Dominique, Jeanne, Ange, Lola, Aïcha ... les sept femmes de ses sept vies !

Ainsi, la boucle serait bientôt bouclée ?

Il ne lui resterait que quelques tours de piste à faire ?

Un soir après avoir bien dîné, en buvant leur café, Pierre reparle de Tahiti, de sa proposition pour qu'elle l'accompagne, du problème du passeport qui est simple à résoudre, du projet merveilleux que serait ce voyage. Aïcha lui dit qu'elle serait d'accord mais que 3 mois c'est trop long, qu'elle ne peut pas laisser sa famille aussi longtemps ...

Pierre n'en croit pas ses oreilles, il croit rêver, pour la première fois, elle envisage ce voyage comme étant possible, seule la durée du séjour poserait problème.

Elle dit avoir beaucoup réfléchi, que pour son passeport il faut qu'elle aille à Tunis, mais que justement elle doit y aller une semaine pour accompagner sa maman pour des contrôles médicaux prochainement, et qu'elle pourra donc s'en occuper à cette occasion !

*« Boum, quand votre cœur fait Boum ...*
*Tout avec lui dit boum ...*
*Et c'est l'amour qui s'éveille !»*
*(Charles TRENET)*

Bien sûr, il y a toujours le problème de la durée du séjour, mais, chaque chose en son temps, il faut prendre les problèmes les uns après les autres, à chaque problème sa solution, et pour l'heure Pierre exulte intérieurement.

Après le froid le chaud, après la pluie le beau temps ...

La semaine suivant cette merveilleuse soirée, Aïcha reste injoignable au téléphone, elle ne décroche pas, ne répond pas aux messages de Pierre qui n'y comprend plus rien

A tel point qu'il se risque à envoyer un message à la sœur d'Aïcha pour lui demander si tout va bien et pour essayer de savoir ce qu'il se passe !

Elle répond ne pas savoir précisément, mais qu'Aïcha est fâchée, elle ne sait pas pourquoi ni contre qui, mais que quand cela arrive elle a l'habitude de se renfermer sur elle-même et de ne plus communiquer avec personne, «sauf avec maman bien sûr !». D'ailleurs, elles, elles ne se sont pas adressé la parole depuis plusieurs jours !

Mais elle le rassure et lui affirme qu'elle va mener son enquête le soir même auprès de sa maman, mais sans évoquer ni son nom ni même son existence, puisqu'il n'existe pas ! Pierre n'est qu'à moitié rassuré par ce comportement, et espère quelques explications de la part d'Aïcha quand ils se reverront, car il craint une volte face concernant le voyage, après la réservation des billets d'avion, et pas question de perdre un billet au prix des voyages, particulièrement au mois de juillet !

Le silence assourdissant d'Aïcha durera une semaine complète, jusqu'au matin où Pierre reçoit un laconique message : « Bonjour, ça va ? Tu es où ? »

Évidemment il est heureux de cette reprise de contact, mais en route pour la rejoindre il tourne et retourne dans sa tête les questions qui lui brûlent les lèvres.

Ils se retrouvent autour d'un café, elle s'excuse de son silence, affirme que c'est son mode de fonctionnement quand elle a des problèmes, qu'elle est stressée par ses proches, en particulier par sa mère, et par la situation de son frère qui est actuellement en détention provisoire à Tunis en attente de son jugement (sans préciser la raison de cette incarcération) ! Pierre est prêt à pardonner bien sûr, mais cela ne le rassure pas quant à leur voyage à Tahiti.

# 5 Février :

Aujourd'hui c'est l'anniversaire d'Ange. Le premier qu'ils ne passent pas ensemble depuis trente ans, aujourd'hui Ange a soixante-cinq ans, elle est toujours aussi jolie, paraissant au moins dix ou quinze ans de moins, plus jolie que bien des femmes beaucoup plus jeunes qu'elle !

Bien qu'il le sache au fond de lui depuis longtemps, Pierre se rend compte aujourd'hui, mais il l'avait toujours su, qu'il est toujours amoureux d'elle, il se retrouve plus de trente ans en arrière avec son éternel questionnement Peut-on aimer deux femmes en même temps ?

Est ce que son Amour pour Ange est le même, est ce que son désir pour elle est intact malgré tout ce qui leur est arrivé ?

Est ce que ses sentiments pour Aïcha ne sont qu'une manière pour lui d'exister encore, de tester son éventuel pouvoir de séduction, ou du moins ce qu'il en reste ?

Décidément, à chaque fois qu'il pense avoir réussi à franchir une barrière dans sa vie personnelle, il s'empresse d'en dresser d'autres plus hautes, plus infranchissables !

Une fois de plus il est perdu, il sait qu'Ange ne l'aime plus, elle lui a dit et répété à plusieurs reprises, tel un mantra qui lui lacère le cœur, comme une flèche qui le traverse de part en part et reste fichée là à jamais. Oui c'est sa faute, mais il n'en souffre pas moins, il croyait jusqu'à ce jour anniversaire avoir enfin parcouru une partie du chemin qui mène à la résilience, mais à cet instant il prend conscience que ce n'est vraiment pas le cas ! Cet anniversaire lui rappelle douloureusement celui, cinq ans plus tôt, où il avait organisé dans le plus grand secret une fête pour les soixante ans d'Ange.

Tous les amis de Polynésie étaient là, les enfants et les amis qui étaient en France branchés sur WhatsApp ou sur Skype, ce fût une belle fête !

Ce jour là, Pierre qui a toujours aimé écrire, lui avait adressé une jolie lettre qu'il eut bien du mal à finir de lire, tant l'émotion étreignait sa voix :

> « Nous fêtons aujourd'hui ton vingt-sixième anniversaire sur la planète RENAUD et je trouve que tu ne fais pas ton âge, tu n'as pas changé.
> Bon anniversaire ma chérie.
> La plupart de mes amis se sont mariés jeunes, ils ont eu des enfants, puis ont pris une maîtresse avant de finir par divorcer !
> Moi, j'ai rencontré ma maîtresse, elle m'a donné de beaux enfants, puis elle devenue ma femme !
> Merci Ange, merci de m'avoir accompagné et d'avoir ensoleillé ces vingt-six années, en espérant encore de nombreuses années ensoleillées, pourquoi pas vingt-six, au milieu de nos enfants et petits enfants ...»

Cinq ans plus tard, Pierre relit cette lettre et se dit qu'il n'en changerait pas un mot.

Evidemment le scénario actuel n'est pas celui qu'il a imaginé, mais il se prend à rêver tout en sachant qu'il n'y a que dans les contes de fée que les rêves se réalisent ...

> «Si un jour tu veux revenir ...
> Sans mots, sans pleurs, sans même sourire ..
> Négligemment et sans te retenir ...
> Sans farder du passé tout l'avenir ...»
>
> (Julien CLERC)

# 14 Février 2023 :

Ce soir Aïcha s'est arrangée pour pouvoir sortir sans avoir à subir la surveillance de sa mère ou de sa sœur, ils vont pouvoir aller dîner «en amoureux», et ça tombe plutôt bien puisque c'est la saint Valentin !

Pierre a déniché un petit restaurant où ils ne sont pas encore allés, et St Valentin oblige, lui a acheté un flacon de parfum dont il sait qu'elle en rêvait (merci la sœur), espérant qu'ils passent enfin une bonne soirée, détendus, sans stress ...

Repas agréable, Aïcha est radieuse et ravie de son cadeau, gênée de ne pas en avoir à lui offrir en retour, mais Pierre sait bien qu'elle a des soucis d'argent et lui affirme que sa présence là ce soir est le plus joli cadeau qu'elle pouvait lui faire.

Ce soir, Aïcha n'est pas pressée de rentrer chez elle, elle a dit à sa maman qu'elle dînait et dormirait peut-être chez son amie Emna qui vient de se casser le poignet et qui a donc besoin d'aide.

Après le dîner elle propose donc à Pierre d'aller chez lui pour enfin lui faire le massage qu'il lui réclame depuis si longtemps !

Pierre ne sait que penser, n'ose espérer que ce soir, enfin ...

Il refuse de penser, préfère savourer chaque instant passé en sa compagnie.

Les voilà arrivés chez Pierre, il prépare un café pendant que le chauffage réchauffe un peu sa chambre où doit avoir lieu le massage, puis une fois le café bu, place au massage.

Toujours très professionnelle, Aïcha lui fait une séance en

tout point identique à celles qu'il recevait à l'hôtel, Pierre tente bien deux ou trois fois de lui saisir la main, mais elle le gronde, lui dit qu'il faut qu'elle le laisse terminer ce qu'elle a commencé.

A regret il obéit, reste sagement dans son rôle de client jusqu'à la fin de la séance, persuadé encore une fois qu'il ne se passera rien entre eux ce soir !

Pendant qu'Aïcha part se laver les mains dans la salle de bains, Pierre commence à se rhabiller, persuadé qu'il va devoir la raccompagner bientôt chez elle en voiture.

A son retour dans la chambre, Aïcha est simplement vêtue du paréo de Pierre qu'elle a trouvé accroché dans la salle de bains, elle éteint la lumière et se glisse dans le lit sous ses yeux ébahis !

Pierre est pétrifié, il ne sait plus trop quoi faire, comment agir, comment ne pas la brusquer? Il aimerait rallumer la lumière pour admirer son corps, pour voir son visage, ses yeux, mais il respecte sa pudeur, il s'allonge doucement à ses côtés, elle sous les draps, lui n'osant pas encore s'y glisser.

Ils se prennent la main, comme toujours, quelques petits baisers et Aïcha parle, lui dit qu'ici ce n'est pas comme en France, qu'elle est musulmane et qu'elle doit garder sa virginité pour son éventuel futur mari, elle lui dit qu'elle l'aime, qu'elle a envie de faire l'amour avec lui, mais qu'il ne faut pas qu'il la pénètre, pas aujourd'hui, pas déjà.

Tout cela dans un français approximatif mais avec beaucoup de gestes qui facilitent la compréhension. Pierre entend et comprend tout cela, mais est bouleversé par cette déclaration.

« *Alors que fais-tu là enfermée dans ta tour ...*
*Je veux briser les lois qui règlent tes amours ...*

*Quand j'aime une fois j'aime pour toujours...»*
*(Richard DESJARDIN)*

Il sait bien qu'ils peuvent faire l'amour, se donner et prendre tout autant de plaisir même sans pénétration, ce sera même sans doute une expérience incroyable, un partage absolu de plaisirs et de jouissance sans cesse retardés...

Alors, dans l'obscurité il se déshabille à nouveau et se glisse sous les draps à ses côtés.

Cet instant tant attendu et qu'il s'était résolu à n'être qu'un rêve un fantasme, était en train de se réaliser malgré tout, malgré la famille, malgré la religion, et peut être grâce à ce cher Saint Valentin !

S'il trouve un jour une église ou une chapelle consacrée à St Valentin, Pierre se promet d'y allumer une bougie !

A défaut de bien la voir, il la découvre avec ses mains, caressant tout doucement son corps si doux mais il la sent tendue, il faut être calme, ne rien brusquer, explorer son visage avant le reste de son corps, puis ses épaules, ses bras ses mains, ses petits seins qu'il n'ose encore embrasser, avant de caresser son ventre doucement tendrement et de rester là de longues minutes la tête posée sur son ventre plat sans bouger, juste respirer, la respirer et lui parler, lui dire que puisque ses yeux ne peuvent la voir, ses mains la trouvent belle, très belle, très douce.

Elle, timidement lui caresse la tête, elle a de l'avance sur lui, puisqu'elle l'a massé à de nombreuses reprises, donc son corps à lui n'a pas beaucoup de secrets pour elle !

Pierre remonte doucement dans le lit pour la prendre dans ses bras, et enfin ils échangent leur premier vrai baiser, long passionné, contenu, retenu depuis si longtemps qu'ils vont presque s'en user les lèvres.

Ils restent ainsi longtemps, blottis dans les bras l'un de

l'autre, sans trop parler, échangeant quelques baisers, quelques caresses.

Pierre la rassure, il ne fera rien qu'elle ne désirerait pas, il ne veut que son plaisir et son bonheur à elle, donc si elle ne veut pas quelque chose il suffit de le lui dire.

Aïcha se détend, s'enhardit, ose enfin le toucher, elle lui parle tout doucement en arabe en caressant son visage et son torse. Pierre n'a pas besoin de comprendre les mots pour comprendre ce qu'elle lui murmure, il est vraiment sur un nuage, et espère ne plus jamais en redescendre, les descentes sont tellement douloureuses.

Ensuite, tout se fait naturellement, simplement, avec douceur, avec amour, les caresses, les baisers, la montée lente et progressive du plaisir qu'il faut maîtriser et retarder pour que l'instant magique dure longtemps, recommence, continue et s'intensifie jusqu'au paroxysme de la jouissance des deux amants qu'ils sont devenus.

Malgré ses craintes, liées à son âge Pierre est redevenu un jeune homme dans les bras d'une jeune femme, et ils continuent ainsi à se donner mutuellement le plaisir qu'ils s'étaient interdit jusque là.

Essoufflés, épuisés mais heureux, ils s'endorment quelques heures, blottis l'un contre l'autre. Pierre se réveille au lever du jour, Aïcha dort encore, il la regarde, il ne comprend toujours pas comment tout cela est possible, comment ont ils pu abattre toutes les barrières qui se dressaient entre eux : la famille, la langue, la religion, et la différence d'âge !

Aïcha dort et il la regarde, il la couve du regard et n'ose bouger de peur de la réveiller et de rompre le charme, peur que tout ceci ne soit qu'un rêve et qu'il disparaisse au moindre mouvement.

*« Je te regarde quand tu dors la nuit ...*
*Je me rapproche et tu es près de moi ...*
*J'aime bien être là pour sentir ton parfum ...*
*J'aime bien tes jambes et j'aime beaucoup tes seins*
*Et j'aime la soie qui caresse ta peau ...»*
(Peter KRONER)

Combien de temps avant qu'elle ne se réveille ? Pierre serait bien incapable de le dire, il aurait pu rester des heures encore à l'admirer, à savourer son rêve.

Le sourire qu'elle lui adresse au réveil suffirait à son bonheur pour la journée, mais Pierre est gourmand, ils reprennent leurs baisers et leurs caresses avant de se réfugier sous une douche bien chaude, car il fait frais en février, même en Tunisie.

Sous la douche, Pierre peut enfin admirer, s'imprégner de son corps, le caresser, le savonner, le rincer, l'essuyer ...

Il voudrait passer sa journée sous la douche, mais Aïcha lui fait tout de même remarquer qu'il va bientôt falloir qu'elle parte pour aller travailler !

Il la dépose donc, à regret devant l'hôtel où elle travaille avec un simple petit bisou sur la joue, car ils sont de retour dans le monde musulman, il ne faut rien laisser paraitre.

Se reverront-ils ce soir ? Demain ?

Elle lui dit qu'elle le voudrait mais il y a maman, donc rien de certain, elle lui enverra des messages, il faut qu'il comprenne et qu'il soit patient.

Pierre sait être patient et c'est le cœur léger qu'il repart dans «leur» petite maison aux volets bleus .

*« C'est une maison bleue accrochée à ma mémoire ...»*
(Maxime LEFORESTIER)

Toute la journée, Pierre évite de passer devant un miroir, persuadé d'afficher un sourire béat qu'il n'a pas envie de croiser du regard. Il s'occupe comme d'habitude, mais à du mal à se concentrer sur sa lecture, et se révèle incapable d'écrire la moindre phrase !

Alors, ce sera une journée lessive, ménage et courses pour l'aider à redescendre les pieds sur terre.

Il attend bien sûr avec impatience les messages d'Aïcha qui n'arrivent pas, vérifie cent fois son téléphone, commence à se faire des films dans sa tête, elle a été déçue, elle ne le rappellera pas, il ne la reverra sans doute plus, plus jamais ...

Encore une fois incapable de savourer pleinement son bonheur !

## 15 Février :

Quand Pierre se réveille, il ne comprend pas où il se trouve, il a en tête un souvenir merveilleux de la nuit qui vient de passer, mais là ce matin il se réveille seul dans son grand lit froid. Pas de trace d'Aïcha, de sa présence ni même de son passage !

*« J'ai encore rêvé d'elle, elle est faite pour moi ...*
*Je l'ai rêvée si fort que les draps s'en souviennent*
*Je dormais dans son corps bercé par ses «je t'aime»...*
*(Il était une fois)*

Il comprend rapidement que ce n'était qu'un rêve, un merveilleux rêve, mais seulement un rêve ...

Aïcha n'a pas eu de «bon de sortie» hier soir, ils n'ont pas pu se voir, son cadeau trône tristement emballé dans son papier rouge et son ruban doré sur la table du salon !

Bien qu'il n'ait pas bu une goutte d'alcool depuis plus

de quinze mois, Pierre se réveille avec une épouvantable gueule de bois et une étrange sensation, comme si depuis le début il s'était imaginé toute cette histoire pour meubler sa solitude, pour essayer de la rendre supportable. Mais non, Aïcha n'est pas venue hier soir, il l'a attendue, a essayé de la joindre sans succès, il a passé la soirée seul, et dans son sommeil il a imaginé la soirée et la nuit idéales. Certes ce n'était qu'un rêve, mais certains rêves sont prémonitoires, il lui faut garder espoir. Il la contactera dans la journée pour savoir quand ils pourront faire leur St Valentin à eux, et advienne que pourra ! Première journée sans qu'elle ne donne de signe de vie, l'inquiétude et le stress commencent à monter, ce n'est pas normal qu'elle ne le contacte pas, en fin de journée Pierre commence à s'inquiéter, d'autant qu'elle ne répond pas à ses messages et ne décroche pas son téléphone. Il est coincé, ne pouvant pas débarquer chez elle puisque sa maman est là bas, il n'a pas d'autre alternative que d'attendre !

Le lendemain, n'y tenant plus, il décide d'envoyer un message à la sœur d'Aïcha pour lui demander si elle sait ce qui se passe . Elle lui répond qu'Aïcha a essayé de parler avec leur maman pour lui expliquer qu'un de ses amis, un ancien client de l'hôtel, lui proposait de partir en voyage à Tahiti pour deux ou trois mois à partir du mois de juillet prochain !

Refus catégorique de la maman, pas question de partir aussi loin, aussi longtemps avec un inconnu étranger de surcroît ! Les disputes qui ont suivi n'ont pas ébranlé la position de la matriarche, et depuis Aïcha s'est murée dans le silence et la bouderie ! Le voilà renseigné, il peut à présent comprendre l'absence, le silence, mais combien de temps cela va t il durer ? Comment sortir de cet imbroglio ?

Ainsi donc tout n'était pas qu'un rêve, elle envisage vrai-

ment de partir avec lui à Tahiti, elle essaye de résister à son statut de femme musulmane brimée à la fois par sa famille, par la religion, par les hommes, par le regard des autres ...
Pierre qui commençait à penser qu'il avait pris ses désirs pour des réalités, et qui commençait à se faire à l'idée de repartir seul là bas, ne sait plus quoi penser. Et le temps passe, il va bientôt falloir s'occuper de la réservation des billets d'avion avant que les prix n'explosent, donc il va falloir qu'Aïcha prenne une décision ferme et définitive. En espérant qu'elle soit suffisamment forte pour aller au bout de sa démarche d'émancipation. Le lendemain Pierre reçoit enfin un message, elle lui donne rendez- vous à quatorze heures Peut être viendront-ils à la maison et qu'elle proposera de lui faire son massage, peut être que et que et que ...
Il n'ose plus penser, réfléchir à l'avenir, persuadé qu'il est du fiasco de leur futur voyage à Tahiti, il vient de programmer son séjour «dentaire» à Sofia, et a donc prévu de partir de Djerba le trente mai pour séjourner quelques jours en Belgique avant de rejoindre la Bulgarie. Il envisage même d'arrêter sa location fin mai, de passer le reste du mois de juin au Pouliguen avant de rejoindre seul Tahiti !
Trois heures plus tard, il ne sait plus où il en est, ce qu'il va faire, de quelle côté va basculer sa vie, seul ou accompagné ? C'est donc la boule au ventre qu'il part à ce rendez-vous, ima-ginant tous les scénarios possibles, n'osant en privilégier un de peur de tomber de haut.
Malgré tout, pendant les quelques heures qui le séparent de sa belle, son esprit di-vague, il se retrouve à Moorea accompagné bien sûr d'une Aïcha radieuse, libérée, enfin totalement elle-même ...
Re-trouvailles chaleureuses mais toujours réservées à cause du regard des autres, ils vont boire un café avant de partir à la maison pour le massage ... Et juste un petit baiser, encore bien timide, mais un petit baiser ce n'est pas rien ! Arrivés

à la maison, Pierre se rend compte qu'Aïcha semble souffrir de son dos car elle grimace quand elle bouge. Comme la séance de massage doit avoir lieu sur le lit, rien de tel pour se faire encore plus mal au dos ! Il propose donc, pour une fois d'échanger leurs rôles, aujourd'hui ce sera à son tour de la masser elle. D'abord réticente, pudique, elle finit par accepter, part se déshabiller dans la salle de bain, et revient vêtue du paréo de Pierre ...

Très concentré Pierre essaye de ne pas être trop troublé par cette première vision du corps d'Aïcha, il essaye de détendre tous les muscles du dos et de la nuque qui sont les plus noués, il la gratifie d'un massage complet comparable à celui qu'elle a l'habitude de lui faire.

Lors de la première partie de la séance, elle est couchée sur le ventre, simplement vêtue d'un joli string noir, mais quand elle doit se retourner sur le dos, Pierre a vraiment beaucoup de mal à garder son sang froid, il n'a d'yeux que pour son corps, ses seins, son ventre plat et musclé, son sexe épilé visible au travers de la dentelle. Professionnel, presque jusqu'au bout, Pierre «craque» au moment où il lui effleure les seins, comme dans son rêve, il va caresser son corps, l'embrasser, l'embraser, l'amener au plaisir ...

Mais Aïcha ne l'entend pas de cette oreille, elle se relève d'un bond et se rhabille rapidement en le remerciant pour le massage qui, dit elle lui a fait beaucoup de bien

Ensuite, autour d'un café, ils reparlent du voyage, elle lui redit qu'elle en rêve, qu'elle voudrait tant pouvoir partir, mais que le refus de sa maman est toujours aussi ferme, et que de ce fait elle ne sait plus quoi faire, elle est perdue entre ses envies et les barrières de sa culture. Pierre cherche tous les arguments possibles, qu'une maman ne devrait vouloir que le bonheur de ses enfants, que lui, si sa fille était amoureuse d'un musulman au point de se convertir et même de porter le voile, cela l'inquiéterait bien sûr, mais que si son bonheur était à ce prix, il la laisserait faire.

Il peut comprendre que sa maman soit inquiète, mais pas qu'elle l'empêche d'essayer d'être heureuse et de découvrir une autre vie. Elle semble sincère quand elle lui dit qu'elle voudrait partir avec lui, mais, il y a toujours un «mais». Il lui demande si elle a parlé de ce voyage avec sa sœur, et ce qu'elle en pense ?

Sa sœur lui a dit qu'elle devrait profiter de l'aubaine et partir, qu'elle ne craint rien avec lui ! Il lui faut encore réfléchir, mais Pierre lui rappelle qu'il y a le passeport à faire (elle va la semaine suivante à Tunis), et qu'il faut acheter les billets bientôt.

Elle va réfléchir, tourner cela des centaines de fois dans sa tête ce soir, et ils en reparleront demain soir, car elle lui annonce la bonne nouvelle, ils dîneront ensemble demain

Pierre pourra se coucher presque heureux ce soir, et certainement faire encore de beaux rêves !

Le lendemain midi, Pierre déjeune avec Yvon et Ange son épouse, qui doivent quitter Djerba dans deux jours pour rejoindre leur Bretagne natale.

Poissons et poulpes grillés dans un petit restaurant sur la plage, il fait un temps magnifique, il y a même quelques personnes qui se baignent !

Le soir, il passe la soirée avec Aïcha avant son départ le lendemain pour Tunis, elle lui annonce que malheureusement, du fait des différents rendez-vous médicaux de sa maman, elles sont obligées de rester deux semaines là-bas.

Bien qu'un peu déçu, Pierre voit le bon côté des choses, elle aura le temps de faire les démarches pour son passeport, et si par malheur elle revenait sans passeport, il comprendrait le message et ferait son deuil de ce voyage ensemble.

Elle, elle est toujours perdue, tiraillée entre deux mondes, deux cultures, deux vies tellement différentes !

A un moment, pendant le repas elle semble tout à coup très triste, Pierre se demande ce qu'il se passe, s'il a dit ou fait quelque chose qu'il ne fallait pas ?

Les larmes aux yeux, elle lui dit qu'elle pense à son papa qui est mort il y a aura neuf ans la semaine prochaine, elle se demande bien sûr ce qu'il penserait d'elle, ce qu'il lui dirait ...

Pierre la console, lui redit que les parents doivent tout faire pour le bonheur de leurs enfants, c'est leur mission en temps que parents, et que parfois ils doivent mettre de côté leurs propres désirs, rêves ou projets qu'ils s'étaient imaginés pour leurs enfants

La soirée se termine dans la nostalgie, le départ pour deux semaines, l'anniversaire de la mort du papa, ils se disent encore une fois ce qu'ils ressentent l'un pour l'autre, et qu'ils réussiront à bousculer les montagnes.

Pierre attend déjà avec impatience son retour, avec le passeport, première véritable étape vers l'émancipation

Cette fois, il va se retrouver vraiment tout seul, ses amis rentrés en Bretagne, Aïcha à Tunis, deux longues semaines d'isolement à venir, beaucoup de temps pour réfléchir, écrire, rêver.

Bien sûr il y a les appels vidéos avec les enfants, et surtout avec Ange qui s'inquiète encore régulièrement de savoir comment il va, s'il ne s'ennuie pas trop ?

Elle, elle profite de voir de nombreux amis, de voir «petit» Pierre et Manon sa fille, ils ont même passé le dimanche au ski, Pierre se réjouit que leur relation qui s'était dégradée se soit améliorée depuis peu.

Finalement Ange et son amie Hélène ne viendront pas à Djerba en mai ou juin, seuls peut être ses amis Alain et Danièle viendront le voir, et peut être sa sœur, il faut qu'il lui propose ...

Ce nouvel épisode de solitude lui permet encore une fois de plonger en lui-même pour essayer de se comprendre, essayer de comprendre ce qu'il a fait de sa vie, ce qu'il valide et ce qu'il regrette, et surtout essayer de comprendre comment il en est arrivé là ?

A vrai dire, il aurait envie de presque tout valider, à part ses addictions bien sûr, addiction au tabac pour commencer (et pour finir), addiction au travail, addiction à l'alcool !

Pour le tabac et l'alcool, on en revient aux années d'internat, c'est là bas qu'il a consommé (en cachette) pour la première fois cigarettes et alcool, pour faire comme les autres, comme les grands !

Pour le travail, il avait l'impression de suivre l'exemple paternel, mais il ne s'est pas suffisamment rendu compte qu'il laissait le travail grignoter sa vie personnelle, familiale. Bon petit soldat de la société de consommation, il travaillait plus pour consommer plus, pour ne manquer de rien et pour que sa famille ne manque de rien, mais il se rend compte maintenant qu'il n'était pas assez présent au quotidien auprès de ses enfants, qu'il a, à tort, privilégié le confort matériel au détriment de moments passés avec ceux qu'il aime, et il sait que ces instants sont à jamais perdus.

Bien sûr, il a de bons rapports avec ses enfants, mais il sait qu'il n'a pas donné assez de tendresse, de câlins, de jeux partagés, et que si c'était à refaire il ferait différemment Aujourd'hui il est seul, un peu triste de remuer tous ces souvenirs dans sa tête, mais il espère encore que l'avenir lui réserve quelques belles surprises et quelques années de bonheur.

Il vit au jour le jour et profite de chaque instant gagné sur la solitude, la tristesse et la vieillesse que l'avenir lui propose.

Même s'il devait repartir seul à Moorea, ce qu'il pense de plus en plus probable, il conservera au fond de son cœur ce séjour à Djerba et sa rencontre avec Aïcha, comme une chance incroyable, salvatrice à un moment où il aurait pu sombrer totalement.

Elle lui a permis, même si ça ne devait durer que ces quelques mois, de se sentir vivant, d'exister encore, de pouvoir espérer encore quelque chose de l'avenir.

Elle lui a permis également d'être certain cette fois, qu'il peut aimer deux femmes en même temps, mais pas de la même manière.

Ange, il l'aime, il l'aimera toujours, comme toutes les femmes qu'il a vraiment aimé. C'est un fait, il sait que cet amour n'est plus réciproque, mais cela ne change rien à ses propres sentiments, c'est un amour inconditionnel

Aïcha, il l'aime bien tout simplement, sans vraiment la connaître, mais il n'est pas amoureux, il pense l'aimer parce qu'il l'a rencontrée à une période où il en avait besoin, pour ne pas sombrer, mais il sait bien qu'il peut vivre sans elle, alors qu'Ange ...

Les premiers jours de séparation, il se sent un peu désorienté, mais plus par solitude que par le vide absolu qui vous prend quand vous êtes séparé de l'être aimé.

Les quelques messages et appels échangés avec Aïcha, lui font le plus grand bien, mais rapidement, elle ne répond plus ni aux messages, ni aux appels, elle ne lit même pas ceux qu'il lui envoie !

Une nouvelle fois Pierre ne sait plus que penser, il ima-

gine tous les scénarios, mais celui qui le poursuit, c'est que sa maman a prévenu sa famille de Tunis de son désir de partir avec lui, et qu'ils lui interdisent de communiquer !
Malgré le silence en retour, il continue de l'appeler, de lui envoyer des messages, mais rien n'y fait. Il va même une nouvelle fois contacter sa sœur qui ne répond pas non plus !
Cette fois pas de doute, c'est une conspiration familiale, et il ne peut rien faire, ne sait pas où elle se trouve à Tunis, et n'a aucun moyen de la contacter à part son téléphone.
Les journées passent lentement, son cerveau est tellement en surchauffe qu'il a bien du mal à se concentrer sur sa lecture, et qu'il est incapable d'écrire le moindre mot !
Au bout d'une semaine, elle lui envoie enfin un message, elle s'est fait voler son sac avec papiers, portefeuille et téléphone, donc grosse galère impossible pour le moment de faire faire son passeport, il faut auparavant refaire sa carte d'identité ... mais elle lui assure que sa décision est prise, qu'elle veut partir avec lui à Tahiti !
Pierre qui s'était presque résolu à réserver son billet, et seulement le sien, ne sait à nouveau plus quoi penser et quoi faire !
Il faut absolument qu'ils arrivent à se parler rapidement, qu'elle se procure un autre téléphone et qu'ils s'organisent pour le passeport, si besoin est, il lui enverra l'argent nécessaire pour le faire faire, mais comment ?
Mais cette histoire de vol du sac à main, le perturbe, il se demande si ce n'est pas un prétexte, une excuse pour revenir de Tunis sans le fameux passeport ?
Mais il ne peut pas, bien sûr, aborder la question avec elle au risque de la blesser si cette méfiance est infondée !
Comment faire la part des choses, Aïcha éprouve-t-elle effectivement des sentiments pour lui, a-t-elle vraiment

l'intention de partir à Tahiti ou est il encore dans son rêve ?

Comment faire pour essayer de ne pas gâcher cette relation, si cette relation existe ailleurs que dans son esprit à lui ?

Encore une fois Pierre est perdu dans ses questionnements existentiels.

A bien y réfléchir, il se rend compte que très souvent dans sa vie il a l'impression d'avoir vécu en retard par rapport aux autres: pas de crise d'adolescence, une première relation sérieuse, beaucoup trop sérieuse, voire même ennuyeuse, digne d'un vieux couple. La rencontre avec la femme de sa vie à bientôt quarante ans, la paternité à quarante ans, l'adoption à presque cinquante ans ...

Et maintenant à l'âge de la retraite, il s'imagine avec une jeune femme qui pourrait très largement être sa fille, sans savoir où il va vraiment, sans savoir de façon certaine ce qu'elle pense vraiment, ce qu'elle veut vraiment ?

Il veut la croire quand elle lui dit qu'elle partage ses sentiments, mais quels sentiments ?

A-t-il le droit de la croire, a-t-il le droit d'essayer une nouvelle fois d'être heureux ?

Mais est ce que cette fois il sera capable de la rendre heureuse et d'être enfin pleinement heureux, lui?

Est ce qu'il ne risque pas une nouvelle fois de faire souffrir ses autres amours: ses enfants, Ange ...?

Il y a décidément beaucoup trop de monde dans sa tête, et la solitude favorise ces réflexions en boucle du matin au soir.

Est-ce qu'un jour il sera capable de vivre simplement, lui qui dit si souvent qu'il faut profiter de l'instant présent, qu'en fait-il ?

Que fait-il là à Djerba, alors qu'il pourrait être en Belgique auprès de ses enfants, ou en France auprès de sa famille, de ses rares amis ? Qu'est-il venu chercher, un rêve, un mirage ..?

Ne sachant vraiment plus où il en est, et devant les nouveaux silences d'Aïcha, il décide de réserver son billet pour Tahiti, sans prévoir de date de retour car il ne sait pas, mais vraiment pas ce que sera demain, alors dans plus de six mois ...

Si Aïcha se décide enfin à partir, il avisera et tentera de trouver une place sur le même vol que lui, sinon il se résoudra à rentrer seul «au paradis».

Dans trois semaines il préparera sa valise, et l'idée de cette semaine auprès de ses proches le ravit déjà. «L'ours» qu'il est devenu ressent tout de même le besoin de retrouver les ruines de sa famille.

Pierre ne sachant vraiment plus quoi penser prévient Aïcha que désormais il attendra que ce soit elle qui le contacte, que malgré sa tristesse il n'essaiera plus de l'appeler puisqu'elle ne répond pas. Il lui dit qu'il imagine bien dans quelle situation elle est, mais qu'à un moment il faut savoir faire des choix, aussi compliqués et douloureux soient-ils. Il respectera bien sûr son choix, dût-il en souffrir.

Sa vie continue donc, de plus en plus solitaire, il ne sort que pour faire quelques courses, profite de son jardin pour faire la sieste au soleil, écrit quand son esprit le lui permet, lit encore et toujours, mais il est temps qu'il repasse par la France, car son stock de livres s'épuise, et ce n'est pas évident de trouver des livres qui l'intéressent ici !

Les seuls «vrais» contacts humains il les a par visio grâce au téléphone (encore une fois !), quelquefois avec ses enfants, mais le plus souvent et le plus longuement avec Ange qui lui transmet les nouvelles importantes en particulier pour qui concerne les enfants et la merveilleuse petite Mya.

Il a l'impression qu'Ange s'inquiète encore pour lui, elle

craint qu'il ne s'ennuie, a peut être peur qu'il replonge dans les excès de boisson, ou pire encore.

Mais Pierre n'est pas tenté du tout par l'alcool, et comme depuis 16 mois maintenant, il s'abstient sans effort, il n'a pas de sensation de manque dans sa vie, en tout cas pas de vide dû à l'abstinence, seule Ange lui manque !

*« Jolie bouteille, sacrée bouteille*
*Veux tu me laisser tranquille*
*Je veux te quitter, je veux m'en aller*
*Je veux recommencer ma vie »*
                                    Graeme ALLWRIGHT

Lors de leur dernière discussion, Ange lui a confirmé qu'elle avait dû rendre le logement qu'elle louait, et qu'actuellement elle «naviguait» entre la maison de sa sœur et celle d'un couple de vieux amis qui, explique t-elle, après avoir été séparés quelques années se sont remis à vivre ensemble mais «comme frère et soeur» !

Pierre se souvient bien d'eux, lui c'est le fameux copain qui avait fait pour Ange le string en cuir noir qu'elle portait à l'hôtel Adhémar !

Est ce que ce serait quelque chose de possible pour eux, Ange et lui, de revivre ensemble, à Moorea?

Mais comme frère et sœur ?

Pour cela, il faut avoir vraiment terminé le processus de deuil de la relation passée, et Pierre n'est pas certain de l'avoir fait, ou plutôt il est certain de ne pas l'avoir fait.

C'est bien pour celà, il en est conscient qu'il a essayé de s'étourdir avec Aïcha, et sans doute que cette relation était vouée à l'échec parce qu'il n'était pas prêt à s'investir pleinement, espérant inconsciemment que tout n'était pas totalement perdu avec Ange.

En se levant le matin suivant, Pierre a pris de grandes décisions, il faut qu'il réduise sa consommation de cigarettes, car depuis qu'il a repris, il tousse tous les matins et, si ici le tabac n'est pas cher, ce n'est pas le cas en Europe et encore plus à Tahiti ! Donc autant essayer de reprendre les bonnes habitudes et se rapprocher de l'abstinence !

*« Arrêter la clope, avant qu'elle n'arrête ma vie ... »*
                                                  Renaud SECHAN

Autre résolution, il faut qu'il réussisse à tourner la page Aïcha, il va lui écrire une dernière(?) fois pour lui demander enfin une explication, il ne lui en veut pas, mais il veut comprendre la situation.

Quand il réfléchit, il se dit que c'est lui qui a tout rêvé, tout fantasmé, mais ce n'est tout de même pas lui qui a pris la main d'Aïcha lors de leur premier dîner !

Il l'a bien entendu lui dire ce qu'elle éprouvait pour lui, qu'elle était décidée contre vents et marées à partir à Tahiti et que malgré la différence d'âge elle était amoureuse !

Alors quoi ?

Tout cela n'était-il qu'une «vaste» escroquerie aux sentiments pour lui faire payer quelques repas, quelques paquets de cigarettes et quelques cadeaux ?

Ou alors, sa famille fait-elle pression sur elle pour l'empêcher de mener à bien son projet?

Comment Pierre peut-il être certain, comment et pourquoi privilégier une hypothèse plutôt qu'une autre ?

Il faut qu'il réussisse à la rencontrer rapidement ...

Plus le temps passe, et plus les choses deviennent évidentes dans l'esprit de Pierre, il aime toujours, et aimera toujours Ange, toute cette «romance» avec Aïcha il se l'est construite pour avoir le sentiment d'exister encore, même loin d'Ange, pour flatter son égo, pour ne pas être à la fois le responsable et la victime de ce gâchis.

Encore une fois il a besoin de prouver, et surtout de se prouver qu'il n'est pas celui qu'il a été ces dernières années, que le vrai Pierre c'est le Renaud, pas le Renard !

Alors, c'est vrai Ange lui a dit qu'elle ne l'aimait plus, mais elle l'a dit au «Renard», pas au «Renaud», qui sait peut être sera t elle capable de retrouver le «Renaud» dans les cendres de leur amour ?

Quand elle lui a dit qu'elle le quittait et qu'elle espérait qu'il retrouve l'amour avec une belle et gentille jeune femme, il l'a crue, mais on ne désaime pas sur commande, il en est bien conscient aujourd'hui.

Il a inconsciemment essayer de suivre son injonction à retrouver l'amour, alors il s'est lancé à cœur perdu vers la première personne belle, jeune, gentille qui l'écoutait et semblait s'intéresser un peu à lui, même si ce n'était que de la poudre aux yeux, une espèce de conte des mille et une nuits du vingt et unième siècle.

A bien y regarder, cette histoire ne pouvait déboucher sur rien, trente ans d'écart, des cultures tellement différentes, une difficulté de communication dûe à la barrière de la langue, les seuls moments partagés étaient des moments de tendresse, d'intimité, de sensualité adolescente, mais là encore avec le regard et le jugement de la société et de la religion pour essayer de les opposer, de les séparer.

Quand Pierre s'imaginait revenir à Moorea avec Aïcha, il ne pensait encore une fois qu'à lui, à son plaisir, à l'image qu'il donnerait aux autres: parti un an plus tôt à moitié détruit, et revenant triomphant au bras d'une nouvelle compagne si jeune, si belle !

Mais pour elle ?

Bien sûr elle rêvait sans doute de ce voyage, qui n'en rêverait pas, mais une fois passé l'enthousiasme de découvrir tous les trésors de la Polynésie, que ferait-elle ?

Sans ami(e)s, parlant mal la langue, elle se morfondrait à coup sûr dans son «palais doré», coupée de son monde, et n'ayant que la présence de Pierre pour s'y raccrocher.

Et lui, comment vivrait il cette situation ?

Mal, forcément, à chaque fois qu'il croiserait Aïcha dans leur maison, c'est Ange qu'il verrait, chaque situation ne manquerait pas de le ramener quelques années en arrière, il ne pourrait que comparer ce serait totalement insupportable.

Heureusement qu'il a ouvert les yeux avant que le mal ne soit fait, cette fois il a réussi à éviter le désastre, c'est peut être bon signe, il finit par s'améliorer !

C'est décidé, il va donc envoyer un message à Aïcha pour se retrouver rapidement autour d'un dîner, et il lui expliquera la conclusion de ses réflexions, espérant qu'il ne s'est pas trompé, et qu'Aïcha est, de son côté, arrivée aux mêmes conclusions.

Les nuits sont compliquées, encore plus compliquées que les journées, les rêves et les cauchemars s'enchaînent sans répit, les réveils sont difficiles et les journées suivantes il manque de dynamisme, ne sortant de chez lui que pour faire quelques courses et boire son thé à la menthe quotidien.

Les certitudes du jour sont ébranlées au réveil, il a du mal à faire la part du réel et du rêve, il peine à discerner les envies des réalités.

Néanmoins il est maintenant persuadé que son avenir ne peut pas se conjuguer avec celui d'Aïcha, il l'aime bien, elle lui a été précieuse à un moment où il aurait pu perdre pied, mais ce n'est pas elle qu'il aime d'amour inconditionnel, et s'il a un avenir, il est derrière lui, ou qui sait ...

> «*On a vu parfois rejaillir le feu d'un ancien volcan qu'on croyait trop vieux ...*
> *Il est paraît-il des terres brûlées donnant plus de blé qu'un meilleur avril ...*»
>
> *(Jacques BREL)*

# Dimanche 12 mars :

Hier soir Pierre a eu une assez longue discussion téléphonique avec Ange, ça lui fait du bien de l'entendre et qu'ils puissent enfin se parler, il lui a envoyé la première partie de ses écrits qu'elle semble avoir lue d'une traite, elle l'a trouvé « littéralement bouleversant « (sic) et réclame déjà la suite et la fin.

Mais Pierre n'a pas encore terminé tout à fait son travail, elle devra patienter sans doute jusqu'à leur prochaine rencontre à la fin du mois.

Ils ont parlé de l'anniversaire de Lola et se sont mis d'accord pour lui offrir une journée «Spa, Thalasso» pendant la semaine qu'ils passeront ensemble en bord de mer.

Et, comme les enfants et Hélène repartiront le 7 avril et que lui, Pierre doit regagner Djerba le 9, Ange lui a proposé de faire également une journée au Spa le 8, tous les deux !

Pierre ne peut que se réjouir de cette proposition, mais n'ose pas tirer de conclusions hâtives sur le début d'un éventuel retour en grâce, mais dans sa tête c'est reparti …

Bilan : une nuit d'insomnie, imaginant tout et son contraire , se mettant à espérer là où il n'y a sans doute rien à espérer.

C'est plus fort que lui, il ne peut s'empêcher de laisser son esprit divaguer jusqu'aux lagons de Moorea et d'imaginer une nouvelle vie, de nouveaux projets, de nouvelles promesses, un espoir d'avenir commun.

Pour la première fois depuis qu'il habite sa maison à Djerba, il entend le muezzin appeler à la prière dès 5 heures du matin !

Habituellement il ne l'entend que dans la journée car à cette heure matinale il dort.

Il ne sort pas pour autant son tapis de prière, mais se contente de se préparer un thé et de manger un yaourt, toujours plus client des nourritures terrestres que célestes !

Evidemment dans la matinée un gros coup de pompe le ramène sur son lit, et il s'endort profondément...

# Lundi 27 mars :

Après avoir traversé la méditerranée en avion pour rejoindre Paris, après avoir retrouvé la foule des transports en commun, leurs bruits et leurs odeurs si éloignés du parfum du jasmin et du doux bruit de la mer qui l'accompagnaient ces derniers mois, Pierre se retrouve propulsé d'un coup dans le monde moderne, la «civilisation» avec tous ses aléas et ses désagréments. Dernière étape avant de rejoindre le calme de l'océan et la réunion familiale pour fêter l'anniversaire de Lola.

Gare Montparnasse, TGV direction Nantes, une heure d'attente avant de prendre un TER pour Le Pouliguen, nouveau voyage vers l'incertitude, joie de retrouver ses enfants, mais crainte de se confronter à Ange pour ...

Pour quoi d'ailleurs, il ne le sait pas vraiment, est-ce qu'il espère encore quelque chose de leur rencontre?

Il serait bien en peine de répondre à cette question, encore une fois il est perdu naviguant entre ses espoirs, ses rêves et la réalité.

Le bercement du train favorise son endormissement et lui permet, un temps, d'abandonner provisoirement tous ses questionnements.

Brutalement réveillé par l'annonce de l'arrivée en gare du Mans, Pierre se remémore sa vie 35 ans plus tôt, sa vie avant sa rencontre avec Ange, cette rencontre qui allait totalement bouleverser sa vie .

Lorsque les nouveaux passagers envahissent les couloirs du wagon, Pierre se demande si son rêve continue ou si ce qu'il voit peut être la réalité ?

Devant lui, à quelques places de son siège, il voit s'installer une femme qu'il reconnait tout de suite. Avec évidemment les années en plus, il voit ressurgir devant lui Jeanne qui s'installe tranquillement, ne l'ayant visiblement pas encore repéré !

Flash back, rewind de sa vie, quel programmateur diabolique a fait en sorte qu'ils se retrouvent là, presque face à face, à ce moment de sa vie déjà tellement compliqué ?

Que faire ?
Faire semblant de ne rien avoir vu ?
L'ignorer ?
Jouer au vieux copain tellement content de la revoir comme si ...

Plongé dans ses nouvelles interrogations, il ne la voit pas arriver près de lui et sursaute quand elle lui adresse la parole. Sa voix n'a pas changé, son sourire non plus, bien sur quelques rides d'expression, quelques cheveux blancs, mais la maturité lui va bien, elle est resplendissante.

Elle semble toute autant surprise que lui de cette rencontre mais nullement gênée, bien au contraire et lui demande si la place à ses côtés est libre et si elle peut s'y asseoir ?

Pierre acquiesce, la laisse s'installer côté fenêtre ne sachant trop quoi dire, quoi faire.

C'est Jeanne qui prend l'initiative de la discussion, elle a toujours été bavarde, et ne semble pas embarrassée par cette situation inattendue.

Après les banalités, les politesses :

« *Tu n'as pas changé ...*»
« *Tu as l'air en pleine forme ...*»

Puis vient le moment d'évoquer leurs vies respectives depuis tout ce temps !

Pierre avait appris par son copain Franck que quelques temps après son départ, Jeanne s'était mise en couple avec son copain François, le photographe, mais il ignore bien sûr ce qu'il en est maintenant.

Jeanne quant à elle ignorait le départ de Pierre en Polynésie Française, et quasiment tout de sa vie depuis son départ.

A sa demande, il lui résume, en premier, ces dernières trente années, la naissance de sa fille Lola, les dix années passées dans la Drôme avant le grand départ pour Tahiti.

Il lui raconte sa nouvelle vie là bas au bout du monde, l'arrivée de son fils Manahau, cadeau du ciel, cadeau d'une maman incapable de l'élever dignement.

Il lui raconte les années qui passent, les enfants qui partent pour faire leurs études, la retraite et cette dernière année passée en Europe (entre autres). Il lui annonce qu'il est grand-père depuis quelques mois, mais ne parle pas de la situation actuelle de son couple ...

A elle maintenant de se raconter, elle vient de prendre sa retraite, elle vit toujours dans la Sarthe, toujours avec François qui lui aussi est grand-père,quant à elle, elle va bientôt l'être, puisque sa fille qu'elle part rejoindre à Nantes, va très bientôt accoucher de sa première petite fille.

Ainsi, Jeanne a une fille qui s'appelle Marie, qui est partie après son bac faire ses études d'ostéopathie à Nantes et qui s'y est installée avec son chéri avec qui elle travaille dans un cabinet du centre ville !

« *Marie a bientôt 30 ans, et c'est ta fille* !»

Pendant quelques instants la terre s'arrête de tourner, le TGV s'immobilise et Pierre se demande encore une fois s'il est en plein rêve ou en plein cauchemar?

Comment est-ce possible, que s'est il passé, pourquoi n'avoir rien dit pendant toutes ces années ? Les questions se bousculent dans sa tête qui va bientôt exploser, il en est certain, ou alors c'est son cœur qui va lâcher. Devant l'état catatonique de Pierre, Jeanne commence à s'expliquer :

> « Quand tu as quitté le Mans il y a trente ans, tu te souviens certainement de la dernière nuit que nous avons passée ensemble, de la manière pitoyable dont je me suis comportée pour essayer de te retenir, mais j'ai bien compris cette nuit là que je ne pouvais pas rivaliser avec cette femme vers qui tu partais, celle pour qui tu m'abandonnais ! Cette nuit-là, de dépit, de fureur, je me souviens t'avoir littérale-ment «violé», même si tu ne t'es pas beaucoup défendu», lui dit-elle avec son sourire espiègle qui n'a pas changé depuis tout ce temps !

Malgré la situation, Pierre ne peut s'empêcher d'esquisser un sourire à l'évocation de cette nuit de folie, il se souvient de la fureur, de la violence de Jeanne lors de leurs ébats. Une véritable furie qu'il découvrait pour le première et unique fois, mais dont le souvenir piquant ne l'a jamais véritablement quitté.

> « Dans ma démarche désespérée, je n'avais pas imaginé que cela se terminerait de cette façon, je n'avais pas prévu que nous ferions l'amour une dernière fois, et surtout j'avais totalement occulté que, comme j'étais en traitement pour mon problème d'utérus, j'avais arrêté toute contraception depuis quelques mois ...
> C'est donc, ironie du sort, cette nuit là que Marie fut conçue,

*durant cette nuit entre plaisir et larmes, entre douceur et violence, entre amour et haine !* »
*Quand je me suis aperçue que j'étais enceinte, j'ai d'abord paniqué par rapport à mon traitement, mais mon gynécologue m'a rassurée et m'a dit que si je décidais d'aller au bout de cette grossesse, il n'y aurait pas de problèmes particuliers et qu'il m'accompagnerait volontiers dans cette aventure...* »

Complètement sonné, Pierre a du mal à reprendre ses esprits, il écoute Jeanne mais il ne comprend pas vraiment ce qui lui arrive, il a du mal à réaliser, il découvre presque trente ans après qu'il a une fille, une jeune femme qu'il n'a jamais vue, jamais même imaginée et qu'elle attend un bébé dans quelques semaines. Père et grand-père en quelques secondes !!!

« *Bien sûr, après le choc de cette nouvelle, je me suis demandé si je devais te prévenir, j'ai passé plusieurs nuits blanches à tourner et retourner cette question dans ma tête et je suis arrivée à la conclusion que tu avais choisi de partir et qu'essayer de te faire revenir grâce ou à cause de cette grossesse inattendue serait une mauvaise chose.*
*Comment construire ou reconstruire une histoire sur ces bases ?*
*Comment construire une famille, une véritable famille en t'obligeant à revenir pour assumer cette enfant ?* »
*J'ai donc pris la décision de ne rien dire à personne, de ne pas révéler, ni à ma famille ni à mes amis, qui était le géniteur de ma fille.*
*Comme à l'époque nous étions séparés depuis plusieurs mois et que personne n'était au courant de ce qui s'était passé la nuit précédant*

*ton départ, personne ne pouvait imaginer que tu étais le père, et tout le monde a conclu que j'avais décidé de faire un bébé toute seule ce qui n'étonnait personne connaissant mon caractère et mon désir de maternité.»*

« *Elle a fait un bébé toute seule* ...»
Jean Jacques Goldman

Comment décrire l'état dans lequel se trouve Pierre à ce moment du récit de Jeanne ?
Il ne sait pas s'il doit rire ou pleurer ?
S'il doit demander pardon à Jeanne ou s'il doit lui reprocher son silence ?
Et si elle lui avait tout dit il y a trente ans, qu'aurait-il fait ?
Aurait-il assumé, ou aurait-il demandé à Jeanne d'avorter ?
Quelle aurait été sa vie auprès de Jeanne et Marie, et surtout quelle a été la vie de Marie qui a grandi aux côtés de Jeanne, mais sans papa ?
Autant de questions qu'il ne peut s'empêcher de poser à Jeanne, il veut tout savoir de Marie, de son enfance, de son caractère, de sa ressemblance physique à sa mère ou à son «père»?
A-t-elle des photos à lui montrer, que sait-elle de son «père» ?

« *Quand Marie est née, tous mes amis(es) et ma famille étaient très présents, en particulier François qui m'a été d'un grand secours, il était toujours là, à mes côtés quand j'en avais besoin. Omniprésent dans les moments difficiles, il y avait toujours son épaule ou ses bras pour me consoler. Il a même joué à la nounou, à la baby sitter pour me permettre de sortir de temps en temps.*

*Plus le temps passait, plus sa présence était précieuse, Ma-rie s'attachait à lui, moi également !*
*Ainsi, passant de nounou à «parrain» pour Marie, il passait de meilleur ami à «chéri» pour moi. Donc petit à petit nous avons commencé à former une «famille» habitant d'abord chacun chez soi, puis à la demande in-sistante de Marie, nous avons franchi le pas et emménagé ensemble dans ma maison, François laissant la sienne à son fils Mickael.*
*Quand Marie a eu cinq ans, (décidément c'est elle qui a tout décidé) elle a émis l'idée d'un mariage et nous avons obéi ! Dans la foulée, François nous a demandé s'il pouvait adopter officiellement Marie, qui bien sûr ne rêvait que de cela.*
*Donc Marie a un papa, il s'appelle François, c'est son idole et il n'est pas question de bouleverser sa vie, ni de révéler à François l'identité du géniteur de sa fille !»*

Une demie heure après avoir appris l'existence de «sa fille» et l'arrivée de «sa petite fille», Pierre constate qu'il vient de les perdre, et qu'il ne pourra sans doute jamais les rencontrer !

Mais il ne peut en vouloir à personne, de quel droit pourrait-il s'immiscer dans cette famille qui n'est plus la sienne, qui n'a jamais été la sienne ?

Les questions se bousculent alors que le train avale les kilomètres à grande vitesse, et pour une fois Pierre se met à rêver d'une panne, d'une grève, de quelque chose qui puisse arrêter le temps au moins le temps d'entendre les réponses à ses questions !

Jeanne qui a compris que Pierre a besoin de parler, envoie un message à sa fille pour lui dire que son train aura une heure de retard, et qu'elle ne vienne pas à l'heure prévue mais une heure plus tard !

Pierre la remercie de sa sollicitude, ils vont pouvoir parler une heure avant qu'il ne reprenne son train suivant et une heure ce ne sera pas de trop tellement il a soif de savoir ! Arrivés en gare de Nantes, ils s'attablent devant un café. Pendant que Jeanne répond à un appel téléphonique, Pierre sort fumer une cigarette, il en a bien besoin !
A son retour Jeanne s'étonne de le voir fumer car c'est avec (grâce à) elle qu'il avait cessé il y a environ trente cinq ans, et elle lui fait remarquer que décidément elle avait une bonne influence sur lui ce qui ne semble pas être le cas de tout le monde ...
Revenant à l'objet principal de cette pause café, Pierre demande s'il peut voir des photos de Marie, et là c'est à nouveau le choc, la photo que lui montre Jeanne sur l'écran de son téléphone ressemble tellement à Lola qu'il en est bouleversé, bien sûr il y a des différences, ses cheveux sont moins blonds, tirant sur le roux, la coupe est différente, mais les yeux, le sourire ...
C'est réellement troublant et le moins qu'on puisse dire c'est que Pierre est troublé. Il ne trouve plus ses mots, au bord des larmes il se tait, se retient de s'écrouler submergé pas ce trop plein d'émotions en si peu de temps.
Jeanne respecte son silence, lui prend la main, essaye de le calmer, de le rassurer, de lui dire que tout va bien, que Marie va bien et que c'est là l'essentiel. Qu'il ne doit pas se sentir coupable, que c'est son choix et qu'elle ne l'a jamais regretté et qu'elle ne le regrette toujours pas même si, en ce moment elle comprend que ce soit très douloureux et compliqué pour lui . Pierre, à son tour sort son téléphone, affiche une photo récente de Lola et la tend à Jeanne qui à son tour semble déstabilisée par cette ressemblance plus que troublante.
Elles n'ont que deux ans d'écart et ceux qui les verraient

côte à côte penseraient à coup sûr qu'il s'agit de deux sœurs ou même de sœurs jumelles ...

Les minutes passent, Pierre sait qu'il ne dispose plus que de quelques minutes pour assouvir sa soif de savoir, d'apprendre le maximum de choses sur «sa» fille.

Jeanne n'est pas avare de réponses, elle raconte Marie bébé qui a toujours été sage (comme Lola), la scolarité sans problèmes particuliers (comme Lola), la petite crise d'adolescence pas trop méchante (comme Lola), le départ de la maison familiale pour les études (comme Lola), la rencontre de son chéri pendant ses études et la décision de rester vivre là bas ensuite (comme Lola) et maintenant la naissance imminente de sa fille (comme Lola) ...

C'en est trop, Pierre ne peut plus contenir son émotion, les larmes commencent à couler sur ses joues, impossible à arrêter, comme un trop plein de souffrance contenu depuis des mois, des années peut-être.

Pierre ne se cache même plus, là au bar de la gare de Nantes, entouré de tous ces gens étonnés qui assistent à cette scène improbable: un homme qui pleure à chaudes larmes accompagné d'une femme qui lui tient la main mais qui respecte son silence.

Incapable de réagir, Pierre ne s'aperçoit pas que le temps passe, tant et si bien que son train pour le Pouliguen quitte la gare alors qu'il est encore en train d'essayer de tarir son chagrin et de sécher ses larmes !

Qu'importe le train, il y en aura un autre un peu plus tard, il suffit de prévenir ses parents qui doivent venir le chercher à la gare du Pouliguen, et s'il n'y en a pas d'autres il trouvera toujours une chambre d'hôtel pour dormir s'il y arrive !

Jeanne, elle non plus, n'a pas vu le temps passer, c'est quand son téléphone sonne et qu'elle voit s'afficher le nom et le visage de sa fille qu'elle réalise que celle-ci est en train de la chercher dans la gare.

Sans réfléchir elle lui dit qu'elle arrive tout de suite, qu'elle est au bar à boire avec un ami de longue date rencontré par hasard dans le train ! A peine a t elle raccrochée que Pierre voit arriver «sa fille» qui saute dans les bras de sa mère, la couvre de baisers très démonstratifs, avant de se tourner vers lui :

*« Marie la fille préférée de Jeanne, elle n'en a qu'une ! Enchantée de faire votre connaissance monsieur l'ami de longue date qui profite de mon léger retard pour tenter de faire la cour à ma maman !»*

Un peu décontenancé, Pierre serre maladroitement la main qu'elle lui tend, et s'entend bafouiller que telle n'était pas son intention.

Jeanne commence à se lever, mais Marie annonce qu'elle a soif, qu'elles ne sont pas si pressées et qu'elle est curieuse d'entendre quelqu'un qui a connu sa maman quand elle était jeune, et qui va certainement lui apprendre quelles bêtises elle faisait quand elle avait son âge.

*«Allez racontez moi tout, ses amis, ses amours, ses secrets ... Elle n'en parle jamais de tout ce qu'elle a vécu avant ma naissance, comme si rien d'important ne lui était arrivé avant moi ! Papa c'est la même chose, pourtant ils se connaissaient bien longtemps avant d'être ensemble, mais il ne me raconte jamais rien lui non plus !»*

Pierre ne sait quoi répondre, il a tellement peur de dire ce qu'il ne faut pas, tellement peur qu'une parole de trop puisse déclencher un nouveau cataclysme, il ne veut pas risquer de briser la belle histoire que Jeanne et François ont construit et l'équilibre de Marie qui semble si bien aller.

*« Et bien, j'ai connu ta mère il y a bientôt quarante ans, nous étions jeunes et nous travaillions dans le même établissement de soin, à quelques kilomètres du Mans, elle était infirmière et moi kinésithérapeute et nous sommes rapidement devenus de bons copains. A L'époque elle était mariée et moi je vivais avec l'orthophoniste du centre. Nous ne nous fréquentions pas vraiment mais ils nous arrivait de nous croiser à des soirées chez des amis communs. Puis Jeanne a divorcé, moi je me suis séparé de ma compagne et pendant une période nous nous voyons un peu plus souvent avec François, Babeth et Franck un couple d'amis et quelques autres copains. Ensuite j'ai quitté la Sarthe pour la Drôme et dix ans plus tard je suis parti vivre à Tahiti où je suis depuis vingt ans ce qui explique que nous ne nous soyons pas vus depuis si longtemps.»*

*« Et pendant toutes ces années vous allez essayer de me faire croire que vous n'avez jamais été amoureux tous les deux ! Il suffit de voir comment vous vous regardez pour savoir qu'il y a eu quelque chose de très fort entre vous, quelque chose qui n'a rien à voir avec une simple amitié, racontez moi ...»*

*« Tu es bien curieuse, si ta maman ne t'a jamais parlé de sa jeunesse, ce n'est certainement pas à moi de t'en parler, c'est une affaire entre elle et toi, mais par contre j'aimerais bien savoir ce qui t'a poussé à faire des études d'ostéopathie, tu ne sais pas, bien sûr, mais moi même j'étais kinésithéra-peute et ostéopathe ...»*

*« Ah c'est vous le fameux copain kiné ostéo, ça maman m'en a souvent parlé, c'est d'ailleurs peut être ce qui m'a donné envie de faire ces études et ce métier, car elle en parlait avec tellement*

*d'enthousiasme que ça a éveillé ma curiosité. Racontez-moi un peu votre parcours, votre travail après avoir quitté la région ...»*

*« Et bien, j'ai quitté Le Mans par amour d'une femme que j'avais rencontré lors d'un des nombreux séminaires que je faisais à l'époque, comme elle vivait dans la Drôme je l'ai rejoint là bas, nous y avons vécu dix ans, beaucoup de travail, l'arrivée de ma fille Lola qui a presque ton âge, qui est sage-femme et qui vient d'avoir une petite fille qui a maintenant déjà un an.*

*Puis, fatigués de la vie que nous menions, nous sommes partis vivre en Polynésie, à Moorea une petite île en face de Tahiti ou nous avons repris notre activité, moi en tant que kiné ostéo et ma compagne en tant que pédicure podologue.*

*La vie rêvée mais là encore, rapidement rattrapés par une charge importante de travail mais dans des conditions tellement plus agréables et un environnement paradisiaque.*

*Là bas nous avons adopté un bébé qui a maintenant dix-neuf ans et qui fait des études pour devenir pilote de ligne. Depuis trois ans je suis en retraite, et cette année nous sommes venus en Europe pour profiter de notre famille et pour voyager*
*Voilà tu sais tout, d'autres questions madame l'enquê-trice ? »*

*« Oui bien sûr, vous n'avez pas répondu à ma première question qui est la plus importante : Est-ce que vous avez été amoureux tous les deux ? Je ne sais pas pourquoi mais je sens que vous me cachez quelque chose, particulièrement toi maman, je te connais par coeur et je vois bien à ton langage corporel que tu as un comportement inhabituel, tu es fuyante, pressée de partir*

*alors que tu n'as pas vu ton ami depuis toutes ces années, ce n'est pas toi ça ! Habituellement tu l'aurais déjà invité à dîner avec nous et proposé de dormir à la maison, je ne te reconnais pas !* »

Jeanne qui n'a pas ouvert la bouche depuis un bon moment semble à son tour déstabilisée par le discours de sa fille et ne sachant comment réagir, là voilà qui propose à Pierre de dîner et de rester dormir chez sa fille s'il le veut !

La balle est dans le camp de Pierre qui ne sait ce qu'il doit répondre : tiraillé entre l'envie de passer quelques heures avec «sa fille» pouvoir connaître l'endroit où elle vit, découvrir son compagnon et paniqué à l'idée de commettre un impair en répondant aux nombreuses questions que Marie ne manquera pas de lui poser.

Finalement, c'est Marie qui prend les choses en main :

« *C'est décidé vous venez à la maison, il y a de la place et de toute façon comme vous avez raté votre train il vous suffit de prévenir que vous n'arriverez que demain ! Ce soir c'est moi qui fait la cuisine, je commande des pizzas et Maman tu feras la salade !*»

Pierre n'ose même plus regarder Jeanne, sachant très bien que Marie les observe. Il va régler les consommations, passe par les toilettes pour s'asperger le visage d'eau froide afin de reprendre ses esprits, ou à tout le moins d'essayer de les retrouver !

Sans vraiment attendre sa réponse, Marie s'empare de sa valise et se dirige vers le parking où est garée sa voiture rouge (comme celle de Lola) !

Jeanne et Pierre suivent le mouvement se demandant, chacun de son côté, comment cette soirée allait bien pouvoir se dérouler.

Pendant le trajet, Marie bavarde comme sa mère, ne leur laisse pas la parole ce qui soulage Pierre qui n'ose plus rien dire de peur de créer un impair, quant à Jeanne elle semble plongée dans ses pensées, et son silence tellement inhabituel chez elle n'a manque pas d'inquiéter Pierre. Il profite du trajet pour prévenir qu'il n'arrivera pas ce soir, mais demain sans préciser l'heure car il n'a même pas eu le réflexe de se renseigner à la gare sur les horaires du lendemain, et au train où vont les choses, qui peut affirmer qu'il arrivera demain à bon port ?

Bientôt arrivés chez Marie, Pierre reconnaît le quartier qu'il habitait quand il était étudiant, il logeait à deux rues de là !

Sentiment étrange d'entrer dans la vie, dans l'intimité de «sa fille» qui est une étrangère pour lui, et qui doit le rester car Pierre a promis à Jeanne quand ils étaient dans le train, de ne rien faire, de ne rien dire de peur de tout détruire.

« *Bienvenue chez nous, vous êtes ici comme chez vous, mais n'oubliez pas que vous êtes chez moi !* »

S'il y a une chose qui est sure et certaine, c'est que Pierre n'est pas prêt d'oublier chez qui il se trouve !

« *Mathieu, mon chéri ne devrait pas tarder à arriver, il avait prévu de finir tôt aujourd'hui pour accueillir sa belle mère préférée !*
*Je vous montre vos chambres, si vous voulez prendre une douche il n'y a pas de problème, il y a une salle de bains qui communique avec les deux chambres, il suffit de s'organiser...*»

Dit-elle avec un petit sourire coquin plein de sous-entendus...

Jeanne et Pierre s'installent dans leurs chambres respectives.

Prenant la suite de sa fille, Jeanne qui a bien senti le malaise qui envahit Pierre, vient lui demander s'il veut se doucher en premier, en deuxième ou ensemble comme au bon vieux temps !

Se sentant rougir jusqu'au bout des oreilles Pierre bafouille que ça lui est égal, ce qui réjouit Jeanne qui lui rétorque que si c'est elle qui choisit, son choix sera vite fait, ce sera la dernière proposition qui aura ses faveurs..

« *Je passe devant toi, tu peux venir quand tu veux, si tu veux ?* «

Cette fois, Pierre a besoin de s'asseoir sur le lit pour essayer de reprendre son souffle. Il a l'impression d'avoir couru un marathon ou d'être passé dans une machine à laver, perdant ses repères les uns après les autres depuis le début de l'après-midi.

Il vient de vivre un, deux, trois ou quatre tsunamis consécutifs ayant à peine le temps de sortir la tête de l'eau entre ces vagues successives qui viennent le toucher en plein cœur.

Jeanne a laissé la porte entrouverte, il entend bientôt le jet de la douche ...

Pierre hésite, se déshabille puis entre dans la salle de bain déjà envahie de buée.

Jeanne chantonne sous la douche, il devine sa silhouette, toujours sportive, son corps n'a pas beaucoup changé, il se demande ce qu'elle va penser du sien et se traite de fou quand il soulève le léger rideau de douche pour la rejoindre.

Aussitôt, Jeanne l'arrose copieusement d'eau brûlante, l'enduit de gel douche et commence à le frictionner énergiquement puis plus doucement, de plus en plus doucement, ce sont bientôt des caresses qui se font de plus en plus précises, de plus en plus directes. Pierre retrouve la Jeanne d'il y a trente ans, la Jeanne de leur dernière nuit, la dernière fois qu'ils ont fait l'amour ensemble, cette dernière étreinte qui allait donner Marie !

Il se laisse faire, sentant que ce n'est pas à lui d'agir, mais en serait-il seulement capable ?

Rien n'est moins sûr, alors il laisse Jeanne prendre l'initiative, toutes les initiatives ...

Ses mains sont partout à la fois, sa bouche les rejoint, et, quand elle l'a enfin décidé, elle le chevauche brutalement, violemment, comme il y a trente ans ...

Quand Jeanne sort de la douche après lui avoir offert un dernier baiser, Pierre se laisse tomber au sol et reste de longues minutes, mêlant ses larmes au jet toujours brûlant. Des larmes sur son passé ? Sur son présent ? Son avenir ...

Ou simplement le besoin évacuer tout le stress emmagasiné durant cette folle journée ?

De retour dans sa chambre, encore sonné, un peu groggy, il entreprend de s'habiller quand Jeanne revient le voir, rhabillée elle aussi, elle lui dépose un léger baiser sur la bouche, une tape sur les fesses, et s'éclipse sur un clin d'oeil malicieux, non sans lui envoyer une dernière flèche :

« *Tu n'as rien à craindre, je suis ménopausée !!!* »

Quand ils se retrouvent au salon, Pierre fait la connaissance de Mathieu, le chéri de Marie, qui l'accueille chaleureusement, lui souhaite la bienvenue avant de partir, à son tour, prendre une douche.

Quelques minutes plus tard, il revient en ronchonnant au prétexte que le chauffe-eau est certainement en panne car il n'a eu que de l'eau froide !

Jeanne et Pierre échangent un regard complice qui bien sûr n'échappe pas à l'œil inquisiteur de Marie ...

Délaissant le problème de chauffe-eau jusqu'au lendemain, Mathieu signale qu'est venue l'heure de l'apéritif et commence à énumérer une liste digne des meilleurs bistrots.

Quand Pierre demande de l'eau gazeuse, expliquant qu'il ne boit pas d'alcool, Jeanne s'étonne, s'inquiète même de sa santé, mais Pierre la rassure avec une pirouette :

> « *Quand j'ai décidé de reprendre la cigarette, j'ai décidé d'arrêter l'alcool, on ne peut pas avoir tous les défauts !* »

Apéritif donc pour les uns, eau gazeuse pour Pierre qui subit un véritable nouvel interrogatoire, mais de la part de Mathieu cette fois ...

Celui-ci veut tout savoir sur les cours d'ostéopathie que Pierre donnait, sur sa vie à Tahiti, sur sa famille, ses enfants, sa petite fille ...

Pierre essaye de répondre au mieux sans donner trop de détails personnels, il passe très vite sur sa période sarthoise, mais Mathieu revient à la charge :

> « *C'est étonnant, tu connais Jeanne, François, Franck et certainement de nombreuses personnes que nous côtoyons régulièrement et depuis longtemps, et on n'a jamais entendu parler de toi !*
> *C'est comme si tu avais disparu de leurs vies et même de leurs souvenirs ...*
> *On dirait une histoire d'agents secrets ou de la mafia !*

C'est intriguant mais excitant aussi ! »

« Tu lis trop de romans policiers ou tu regardes trop de séries, c'est beaucoup plus simple dans la vraie vie, Pierre a changé de région, changé de vie, alors comme on dit loin des yeux loin du coeur. Chacun a continué sa vie sans se soucier des autres, ce n'est pas plus compliqué que ça, il n'y a pas à inventer des histoires qui n'existent pas »...

répond Jeanne.

Marie qui, qui ne parlait pas depuis quelques minutes, n'en perdait pourtant pas une miette, observant alternativement sa mère et Pierre, un sourire de plus en plus visible sur son visage, ce qui inquiétait fortement Pierre qui se demandait quel nouveau séisme allait encore le frapper ?

« Quand je vous regarde tous les deux, je ne peux m'empêcher de penser qu'il y a certainement eu autre chose qu'une simple amitié entre vous, même trente ans après on ressent des connexions, des ondes qui passent entre vous, je suis presque certaine que vous avez été amoureux l'un de l'autre !
Et je me demande même si vous ne l'êtes pas encore aujourd'hui ! »

La sonnette de l'entrée permet à Jeanne et Pierre d'obtenir un sursis, c'est le livreur de pizzas qui les sort de la mauvaise posture où ils se trouvaient.

Ils passent donc à table et la discussion repart dans d'autres directions ce qui les soulage au moins momentanément.

Le repas se passe sans que personne ne revienne à leur discussion précédente et Pierre commence à souffler un peu, espérant que l'orage est passé et que la fin de soirée sera plus paisible pour lui.

Puis ils repassent au salon boire un café, se mettent à discuter de tout et de rien, Pierre fait en sorte que l'on parle maintenant de Marie et de Mathieu, de leur travail, de ce bébé qui ne va pas tarder à arriver, bref de tout sauf de lui et de Jeanne, du passé, de leur passé ...

Ils se racontent, Pierre découvre quelques morceaux de la vie de «sa» fille, ses études, sa rencontre avec Mathieu, la création de leur cabinet, leur conception de l'ostéopathie qui, cela le rassure, est très proche de la sienne (bon sang ne saurait mentir !).

Jeanne ne dit rien, écoute, observe, passant de sa fille à Pierre, de Pierre à sa fille, à tel point que Pierre est certain que Marie va s'en apercevoir, et l'inquiétude le reprend de plus belle.

Le temps passe, la soirée s'étire, Mathieu qui donne des signes de fatigue depuis un moment est le premier à s'éclipser, fatigué de sa journée de travail il s'excuse auprès de Pierre :

« *Ravi d'avoir fait votre connaissance, peut-être à une prochaine fois, ce serait avec plaisir. Je vous laisse avec les femmes vous raconter tous vos petits secrets, car je connais Marie elle serait capable de faire avouer un innocent !* »

Ces dernières paroles ne sont pas faites pour le rassurer, il profite que Marie accompagne Mathieu quelques minutes pour interroger Jeanne, d'abord du regard puis :

« *A quoi tu joues Jeanne ?* «
« *Je ne joue pas, c'est Marie, comme toujours, qui décide ...*»

D'ailleurs la voilà déjà de retour au salon son sourire espiègle, que Pierre commence à connaître et à redouter, sur ses fines lèvres.

« *Alors les amoureux qu'est ce que vous complotez dans mon dos ? Toujours des secrets que vous refusez de partager avec moi ? Pourquoi tant de mystères, il y a un macchabé dans le placard ? Va-t-il falloir que je te torture Pierre, au fait, tu veux bien que je te tutoie ?* »

« *Oui bien sûr, tu sais, chez moi à Tahiti, tout le monde se tutoie, alors pas de soucis surtout qu'avec la façon dont tu m'as accueilli, j'ai l'impression de faire un peu partie de ta famille !* »

A peine sa phrase prononcée, Pierre la regrette, persuadé que Marie va rebondir dessus pour poursuivre son enquête. C'est ce moment que Jeanne choisit pour déclarer être fatiguée de sa journée, et qu'elle les quitte pour aller se coucher . Pierre aimerait bien faire de même, mais Marie continue son interrogatoire ...

« *Est-ce que tu as des photos de ta femme, de tes enfants, de chez toi à Tahiti ? J'ai trop envie de les voir, montre moi.* »

Pierre peut difficilement lui dire qu'il n'a pas de photos, de nos jours tout le monde en a plein son téléphone. Il cherche donc, redoutant le moment où elle va, il en est certain remarquer sa troublante ressemblance avec Lola.

Il commence par lui montrer une photo de sa petite fille Mya, car comme elle doit accoucher dans quelques semaines, il sait qu'elle y sera sensible, et peut-être cela suffira à nourrir sa curiosité et qu'il pourra rapidement s'éclipser pour rejoindre sa chambre ?

Malheureusement, même si elle s'extasie devant la frimousse de Mya, et demande à voir d'autres photos, elle ne lâche pas l'affaire si facilement, revient à l'attaque quand, sur une photo, on voit Lola de dos tenant sa fille à bout de bras.

« *C'est ta fille là, de dos ? Montre moi des photos d'elle, de son compagnon, et de ton fils également, je suis curieuse de les connaître.* »

Résigné, Pierre ouvre le dossier photos «Famille» et tend son téléphone à Marie qui s'empresse de faire défiler les nombreuses photos.

En silence, elle découvre un à un tous les membres de la famille de Pierre, ne dit rien, les regarde encore une fois, s'arrête longuement sur certaines. Pierre, inquiet attend la suite, redoutant les prochaines questions, principalement celles concernant Lola

« *Tu as une belle famille, ta femme est très jolie, et elle ne fait pas son âge, je comprends que tu ais changé de vie il y a trente ans pour la rejoindre !*
*Ta fille et son bébé sont magnifiques, on sent leur compli-cité, leur amour, et le papa à l'air en admiration devant elles, j'espère voir la même étincelle dans les yeux de Ma-thieu quand notre fille sera là !*
*Ton fils est magnifique, si j'avais dix ans de moins ... Je ne dirais pas non !*
*Il y a quelque chose d'étrange, quand je regarde ta fille, j'ai l'impression d'avoir déjà vue, de la connaître, pourtant d'après ce que tu m'as raconté, il y a très peu de chances que nos chemins se soient croisés, elle doit ressembler à*

*quelqu'un que je connais mais je n'arrive pas à savoir à qui !* »

Pierre sent d'un coup le stress le quitter, remplacé par une grande fatigue, il en profite pour s'excuser auprès de Marie et partir se coucher.

Elle l'embrasse et le remercie de cette belle rencontre non sans lui rappeler que :

« *Je n'oublie pas que tu, ou plutôt vous, n'avez pas répondu à « La Question » principale, mais va te reposer, nous en reparlerons demain au petit déjeuner ...*»

Pierre rejoint donc sa chambre, rassuré pour le moment, mais conscient que demain sera un autre jour !

Nouvelle surprise, quand il arrive dans sa chambre, Jeanne est là, endormie, son corps nu partiellement découvert par les draps défaits.

Essayant de ne pas la réveiller, il passe par la salle de bains, s'assoit quelques minutes pour essayer de faire le point après cette folle journée, tellement innatendue, forte en émotions, et s'interroge sur ce que va lui réserver la nuit et le lendemain ...

Il se glisse entre les draps sans que Jeanne ne bouge, mais comme il s'y attendait il ne trouve pas le sommeil, donc recommence à cogiter !

Trente ans après, ressurgissent dans sa vie, Jeanne, François et surtout Marie !

Comment tout cela va-t-il finir, pourquoi n'a-t- il pas su dire non à cette invitation ?

Par curiosité bien sûr, il ne pouvait pas ne pas découvrir, au moins un petit peu, l'univers de cette fille tombée du ciel, mais là, maintenant il a peur des conséquences de cette journée surtout sur la vie de Marie, de Jeanne et bien sûr de François et de Mathieu ...

Les minutes et les heures s'égrènent sans que le sommeil n'arrive, il se tourne et se retourne dans le lit, finissant par réveiller, involontairement Jeanne.

Encore à moitié endormie, elle vient tout naturellement se blottir dans ses bras et semble se rendormir. C'est à peine s'il ose respirer, totalement tétanisé. Il sent son bras sur lequel repose la tête de Jeanne s'ankyloser progressivement.

La sensation d'engourdissement se transforme rapidement en une douleur insupportable qui l'oblige à soulever doucement la tête de Jeanne pour se libérer.

Malgré toutes les précautions prises, il finit par réveiller totalement Jeanne qui se demande ce qu'il est en train de faire ?

*« Je rêve, tu me repousses quand je viens me blottir dans tes bras ? »*
*Si tu préfères je peux changer de chambre ?*
*Mais avant raconte moi comment s'est terminé ta soirée, comment as tu résisté à la curiosité de Marie ?*

Alors, Pierre raconte, les questions, les réponses, ses tentatives d'échapper à la curiosité de Marie, sa réaction étonnée quand elle a découvert le visage de Lola et leur ressemblance qui curieusement ne semble pas l'avoir trop perturbée.

Et sa question, La Question à laquelle ils ne pourront échapper le lendemain, car il en est certain elle ne lâchera pas l'affaire comme celà !

Jeanne l'écoute songeuse, elle se serre encore un peu plus contre lui, commence à se bercer et finit par s'endormir.

Pierre la regarde dormir, quand il ferme les yeux, deux

visages imprègnent ses rétines, les visages de ses deux filles qui se superposent et qui vont l'accompagner durant cette nuit.

Quand il se réveille, il est seul dans son lit, il entend du bruit dans la salle de bains ou Jeanne l'a précédé. Sans hésiter, il la rejoint sous la douche, l'aide à terminer son shampoing, moment de douceur et d'intimité qui se poursuit par une étreinte pleine de sensualité, d'amour même sans aucun doute, et si Marie avait raison ?

Jeanne l'embrasse passionnément, c'est son tour de pleurer, entre deux sanglots elle lui souffle que cette fois c'est vraiment la dernière fois qu'ils font l'amour, et sans doute la dernière fois qu'ils se voient. Elle lui fait promettre de ne rien faire pour essayer de la revoir, et surtout de ne jamais tenter de revoir Marie, pour ne pas tout gâcher ! Pierre promet, conscient de la plaie qui restera en lui jusqu'à la fin de ses jours, savoir qu'il a une petite fille qu'il ne verra pas grandir, tout comme il n'a pas vu grandir cette fille inconnue jusqu'à hier.

Il sait que dorénavant, à chaque fois qu'il sera avec Lola ou avec Mya, il ne pourra empêcher son esprit de vagabonder quelques secondes vers Marie et sa petite fille dont il ne connaîtra sans doute jamais le prénom !

Quelques minutes dans la chambre pour essayer de se recomposer un visage neutre et souriant, et le voilà qui rejoint Jeanne et Marie devant un copieux petit déjeuner.

*« Alors les « jeunes», bien dormi ? Reposés après toutes ces émotions ?*
*J'avoue que personnellement j'ai eu beaucoup de mal à m'endormir, je me suis relevée plusieurs fois, j'avais encore envie de parler avec toi Maman, mais tu dormais déjà ! »*

Jeanne qui n'a pas encore pris la parole, se lève pour aller chercher le café et la théière. Pierre, lui, consulte son téléphone pour connaître les horaires de train qui vont l'éloigner définitivement de cette deuxième «famille».

Il y en a un qui part en milieu de matinée, Marie dit que c'est parfait, elle a justement un rendez vous chez la sage-femme peu après, donc elle peut le déposer sans problème à la gare.

Le petit déjeuner se passe sans que Marie ne pose de questions, parlant de choses et d'autres, faisant promettre à Pierre de ne pas rester trente ans sans donner de ses nouvelles, et lui demandant adresse et téléphone pour pouvoir lui annoncer la naissance du bébé !

Le repas terminé, alors que Jeanne s'affaire dans la cuisine, Marie s'approche de Pierre et lui dit avec un grand sourire,:

*« Ne t'inquiète pas, je sais tout, j'ai tout deviné mais je ne dirais rien à personne, je garderai votre secret avec moi, ce sera notre secret à nous trois ! »*

Décontenancé, Pierre s'interroge sur ce qu'elle veut dire, que sait-elle ?

De quel secret parle-t-elle ?

*« Hier je suis montée pour voir s'il ne te manquait rien, et je vous ai entendus dans la salle de bains, j'ai d'ailleurs bien rigolé, intérieurement, quand Mathieu s'est plaint qu'il n'y avait plus d'eau chaude, il ne va rien comprendre le pauvre chéri quand il va vouloir réparer un chauffe-eau qui fonctionne !*

*Et cette nuit quand je n'arrivais pas à dormir, je suis allée pour parler avec maman et j'ai constaté que sa chambre était vide.*

Mais ne t'inquiète pas je ne dirai rien, je ne suis pas choquée et je ne vous juge pas. Je sais depuis longtemps que maman et papa s'aiment «bien» mais que leur histoire n'a jamais été une grande histoire d'amour, je sentais depuis longtemps qu'il y avait eu quelqu'un d'autre qui avait beaucoup compté dans la vie de Maman bien avant mon arrivée, maintenant je sais que c'était toi, je suis contente, je suis également contente pour elle et pour toi .»

Pierre se sent à la fois soulagé et un peu honteux, soulagé que Marie n'ai pas fait le rapprochement entre leur histoire d'amour et sa naissance, et honteux de s'être fait «griller» par sa «fille» !
Grâce à elle, à sa maturité, la catastrophe qui s'annonçait allait certainement être évitée, ils en sortiraient tous indemnes ...
Sauf lui, mais n'était-il pas la cause de tout cela ?

« Marie tu es une belle personne, je suis content d'avoir fait ta connaissance, et je te souhaite d'être heureuse, tu le mérites, et surtout prend bien soin de ta Maman, elle en a besoin.»

La fin de matinée se passe tranquillement ce qui semble étonner Jeanne qui, connaissant sa fille, s'attendait à ce qu'elle revienne à la charge avec ses questions dérangeantes, mais non, rien ne se passe !
L'heure du départ arrivant, les voilà partis direction la gare où Marie et Jeanne déposent Pierre qui cette fois ne ratera pas son train.
Le moment des «au revoir» ou des «adieux» est là, Marie embrasse Pierre en lui faisant promettre encore une fois de

donner de ses nouvelles et de revenir les voir. Pierre promet, bien sûr, sachant pertinemment qu'il n'honorera sans doute pas sa promesse même s' il sait ce que cela lui coûtera.

Marie s'éloigne un peu pour qu'ils puissent se dire au revoir, Pierre enlace Jeanne lui souffle quelques mots à l'oreille et dépose un léger baiser sur ses lèvres.

Un peu déboussolé, groggy, Pierre se retrouve assis dans ce train qui l'emmène rejoindre sa fille Lola et le reste de sa famille, mais qui l'éloigne certainement à jamais de Marie, cette autre fille qu'il s'est découvert. Il doit rapidement retrouver ses esprits car le voyage ne dure qu'une heure, il ne doit rien laisser paraître et s'inventer une histoire pour expliquer son retard ...

Qu'importe qu'il ne réussisse pas à être totalement, pleinement heureux, le plus important est que ses enfants, tous ses enfants le soient.

Assis dans son train, Pierre essaye de faire le point sur sa vie passée, présente et à venir.

Cette journée qui vient une nouvelle fois de bouleverser sa vie, lui a ouvert les yeux, il vient de comprendre que les femmes qui ont vraiment compté dans sa vie, qu'il a aimé, vraiment aimé, il les aimera toujours, mais d'une autre façon. Il a compris que toutes ces histoires d'amour qui ont jalonné sa vie sont derrière lui, y compris la plus longue avec Ange.

Cette journée lui a enfin permis de faire le deuil de son couple et lui a ouvert les yeux.

La vie continue, sa vie continue et elle continuera à être belle pour peu qu'il rencontre celle avec qui continuer à l'écrire.

Le séjour au Pouliguen avec sa famille se passe au mieux, tout le monde le trouve plus joyeux, plus détendu que ces derniers temps et s'en réjouit. Pierre profite du bonheur de ses enfants petits et grands, et du plaisir qu'ils ont à se retrouver tous ensemble, il finit par croire qu'il n'a pas tout raté.

Il s'imagine même épanoui heureux et apaisé dans quelques mois, quelques années, ou plutôt:
Disons demain !

« *Non rien de rien, non je ne regrette rien ...*»
*Ni le mal que j'ai fait, ni le bien ...*»

*Edith Piaf*

FIN